WARRIORS 貓戰士

破滅守則

⑦部曲之V

無星之地

The Place of No Stars

艾琳・杭特（Erin Hunter）著
約翰・韋伯（Johannes Wiebel）繪
朱崇旻 譯

晨星出版

特別感謝基立・鮑德卓

鷹翼：薑黃色母貓。

所指導的見習生，香桃掌：淺褐色母貓。

露鼻：灰白相間的公貓。

竹耳：深灰色母貓。

暴雲：灰色的公虎斑貓。

冬青叢：黑色母貓。

蕨歌：黃色的公虎斑貓。

蜂蜜毛：帶黃斑的白色母貓。

火花皮：橘色的母虎斑貓。

栗紋：深棕色母貓。

嫩枝杈：綠眼睛的灰色母貓。

鰭躍：棕色公貓。

殼毛：玳瑁色公貓。

梅石：黑色與薑黃色相間的母貓。

葉蔭：玳瑁色母貓。

貓后　（懷孕或正在照顧幼貓的母貓）

黛西：來自馬場的奶油黃色長毛母貓。

點毛：帶斑點的母虎斑貓。

長老　（退休的戰士和退位的貓后）

灰紋：灰色的長毛公貓。

雲尾：藍眼睛的白色長毛公貓。

亮心：帶薑黃斑的白色母貓。

蕨毛：金褐色的公虎斑貓。

各族成員

雷族 *Thunderclan*

臨時族長 **松鼠飛**：綠色眼睛、有一隻白色腳爪的深薑黃色母貓。

臨時副手 **獅焰**：琥珀色眼睛的金色虎斑公貓。

巫醫 **松鴉羽**：藍眼睛、失明的灰色公虎斑貓。

赤楊心：琥珀色眼睛、深薑黃色的公貓。

戰士 （公貓，以及沒有子女的母貓）

刺爪：金褐色的公虎斑貓。

白翅：綠眼睛的白色母貓。

樺落：淡褐色的公虎斑貓。

鼠鬚：灰白相間的公貓。

所指導的見習生，月桂掌：金色虎斑公貓。

罌粟霜：淺玳瑁與白色相間的母貓。

鬃霜：淺灰色母貓。

百合心：藍眼睛、嬌小、帶白斑的深色虎斑母貓。

所指導的見習生，焰掌：黑色公貓。

蜂紋：帶黑條紋、毛色極淺的灰色公貓。

櫻桃落：薑黃色母貓。

錢鼠鬚：棕色與奶油黃相間的公貓。

煤心：灰色的母虎斑貓。

所指導的見習生，雀掌：玳瑁色母貓。

花落：玳瑁與白色相間的母貓，帶花瓣形狀的白斑。

藤池：深藍色眼睛、銀白相間的母虎斑貓。

蛇牙：蜂蜜色的母虎斑貓。

板岩毛：毛髮滑順的灰色公貓。

撲步：灰色母貓。

光躍：棕色的母虎斑貓。

鷗撲：白色母貓。

尖塔爪：黑白相間的公貓。

穴躍：黑色公貓。

陽照：棕色與白色相間的母虎斑貓。

長老 **橡毛**：嬌小的棕色公貓。

影族 *Shadowclan*

族長　**虎星**：深棕色的公虎斑貓。

副手　**苜蓿足**：灰色的母虎斑貓。

巫醫　**水塘光**：帶白斑的棕色公貓。
影望：灰色的公虎斑貓。
蛾翅：帶斑點的金色母貓。

戰士　**褐皮**：綠眼睛、玳瑁色的母貓。
鴿翅：綠眼睛、淺灰色的母貓。
兔光：白色公貓。
冰翅：藍眼睛的白色母貓。
石翅：白色公貓。
焦毛：耳朵有撕裂傷的深灰色公貓。
亞麻足：棕色的公虎斑貓。
麻雀尾：魁梧的棕色公虎斑貓。
雪鳥：純白色的綠眼母貓。
蓍草葉：黃眼睛、薑黃色的母貓。
莓心：黑白相間的母貓。
草心：淺褐色的母虎斑貓。
螺紋皮：灰白相間的公貓。
跳鬚：母花斑貓。
熾火：白色與薑黃色相間的公貓。
肉桂尾：白色腳爪的棕色母虎斑貓。
花莖：銀色母貓。

葶水花：淺褐色公貓。

微雲：嬌小的白色母貓。

灰白天：黑白相間的母貓。

紫羅蘭光：黃眼睛、黑白相間的母貓。

貝拉葉：綠眼睛、淡橘色的母貓。

鶺鶉羽：耳朵黑如鴉羽的白色公貓。

鴿足：灰白相間的母貓。

流蘇鬚：帶棕斑的白色母貓。

礫石鼻：棕褐色公貓。

陽光皮：薑黃色母貓。

貓后　花蜜歌：棕色母貓（生了白色與虎斑相間的母貓——小蜜蜂；公虎斑貓——小甲蟲）。

長老　鹿蕨：失聰的淺褐色母貓。

天族 *Skyclan*

族長　**葉星**：琥珀色眼睛、棕色與奶油黃相間的母虎斑貓。

副手　**鷹翅**：黃眼睛、深灰色的公貓。

巫醫　**斑頤**：腿上與身上帶斑點的淺褐色母虎斑貓。
躁片：黑白相間的公貓。

調解者　**樹**：琥珀色眼睛的黃色公貓。

戰士　**雀皮**：深棕色的公虎斑貓。
馬蓋先：黑白相間的公貓。
露躍：健壯的灰色公貓。
根躍：黃色公貓。
針爪：黑白相間的母貓。
梅子柳：深灰色母貓。
鼠尾草鼻：淺灰色公貓。
鳶撓：紅棕色公貓。
哈利溪：灰色公貓。
櫻桃尾：毛髮蓬鬆、玳瑁色與白色相間的母貓。
雲霧：黃眼睛的白色母貓。
花心：薑黃色與白色相間的母貓。
龜爬：玳瑁色母貓。
兔跳：棕色公貓。
所指導的見習生，鵪掌：金色的母虎斑貓。
蘆葦掌：嬌小的淺色母虎斑貓。
薄荷皮：藍眼睛的灰色母虎斑貓。

呼鬚：深灰色公貓。

所指導的見習生，哨掌：灰色的母虎斑貓。

蕨紋：灰色的母虎斑貓。

長老 **鬚鼻**：淺棕色公貓。

金雀尾：藍眼睛、毛色極淡、灰白相間的母貓。

風族*Windclan*

族長　**兔星**：棕色與白色相間的公貓。

副手　**鴉羽**：深灰色公貓。

巫醫　**隼翔**：灰色毛髮帶白色雜毛、像是披了紅隼羽毛的公貓。

戰士　**夜雲**：黑色母貓。

斑翅：帶雜毛的棕色母貓。

蘋果光：黃色的母虎斑貓。

葉尾：琥珀色眼睛的深色公虎斑貓。

木歌：褐色母貓。

燼足：有兩隻深色腳爪的灰色公貓。

風皮：琥珀色眼睛的黑色公貓。

石楠尾：藍眼睛的淺棕色母虎斑貓。

羽皮：灰色的母虎斑貓。

伏足：薑黃色公貓。

所指導的見習生，歌掌：玳瑁色母貓。

雲雀翅：淡褐色的母虎斑貓。

莎草鬚：淺褐色的母虎斑貓。

所指導的見習生，振掌：褐色與白色相間的公貓。

微足：胸口有星形白毛的黑色公貓。

燕麥爪：淡褐色的公虎斑貓。

貓后　　**捲羽**：淡褐色母貓（生了母貓小霜、小靄；公貓小灰）。

長老　　**苔皮**：玳瑁色與白色相間的母貓。

河族 *Riverclan*

族長　**霧星**：藍眼睛、灰色的母貓。

副手　**蘆葦鬚**：黑色公貓。

巫醫　**柳光**：灰色的母虎斑貓。

戰士　**暮毛**：棕色的母虎斑貓。
鯉尾：深灰色與白色相間的母貓。
錦葵鼻：淺棕色的公虎斑貓。
黑文皮：黑白相間的母貓。
豆莢光：灰白相間的公貓。
閃皮：銀色母貓。
蜥蜴尾：淺褐色公貓。
所指導的見習生，霧掌：灰白相間的母貓。
噴嚏雲：灰白相間的公貓。
蕨皮：玳瑁色母貓。
松鴉爪：灰色公貓。
鴞鼻：棕色的公虎斑貓。
金雀花爪：灰色耳朵的白色公貓。
夜天：藍眼睛、深灰色的母貓。
風心：棕色與白色相間的母貓。

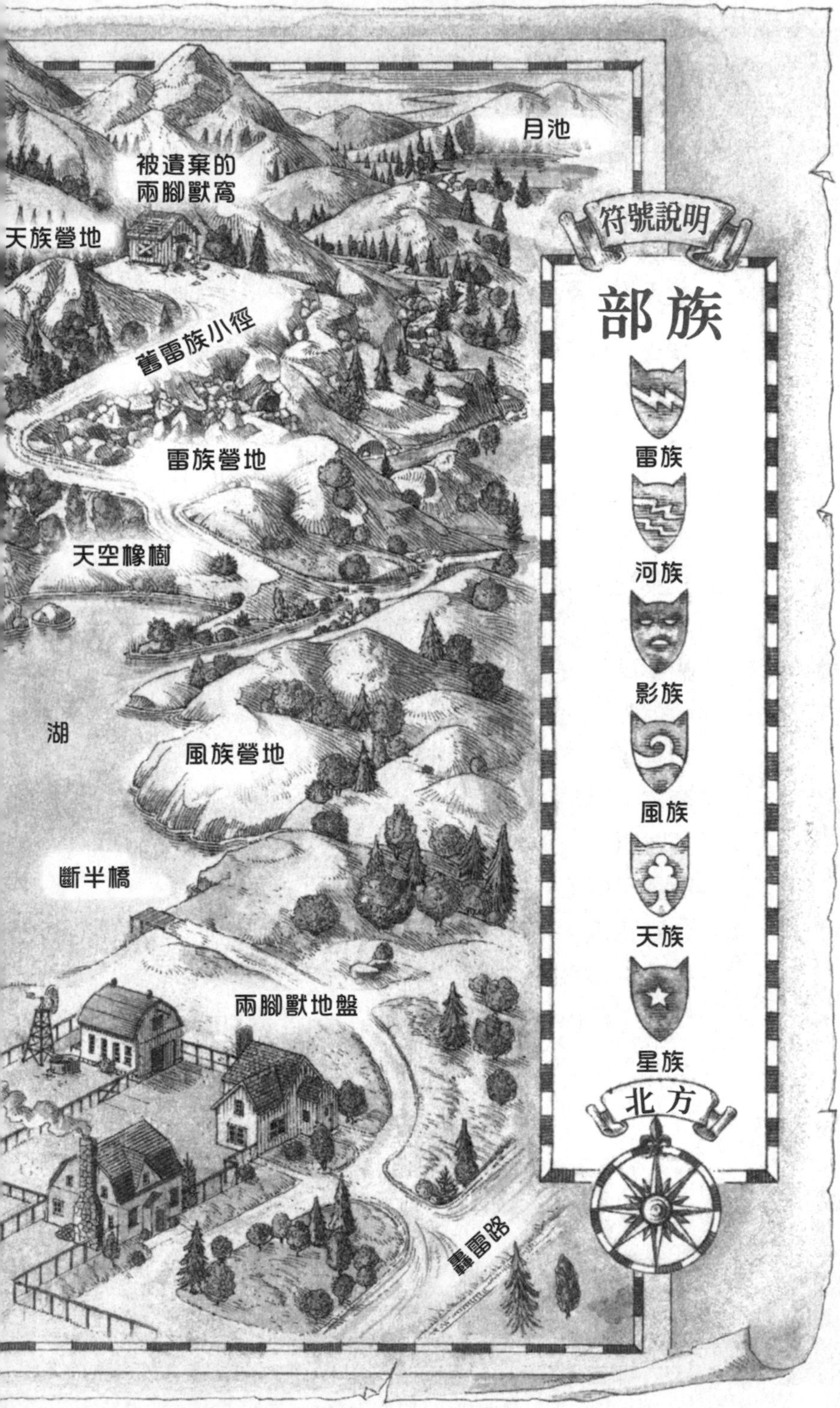

月池
被遺棄的
兩腳獸窩
天族營地
舊雷族小徑
雷族營地
天空橡樹
湖
風族營地
斷半橋
兩腳獸地盤
轟雷路
符號說明
部族
雷族
河族
影族
風族
天族
星族
北方

綠葉
兩腳獸地盤
兩腳獸窩
兩腳獸小徑
兩腳獸小徑
空地
影族營地
半橋
小轟雷路
綠葉
兩腳獸地盤
半橋
貓兒視角
小島
小河
河族營地
馬兒地盤

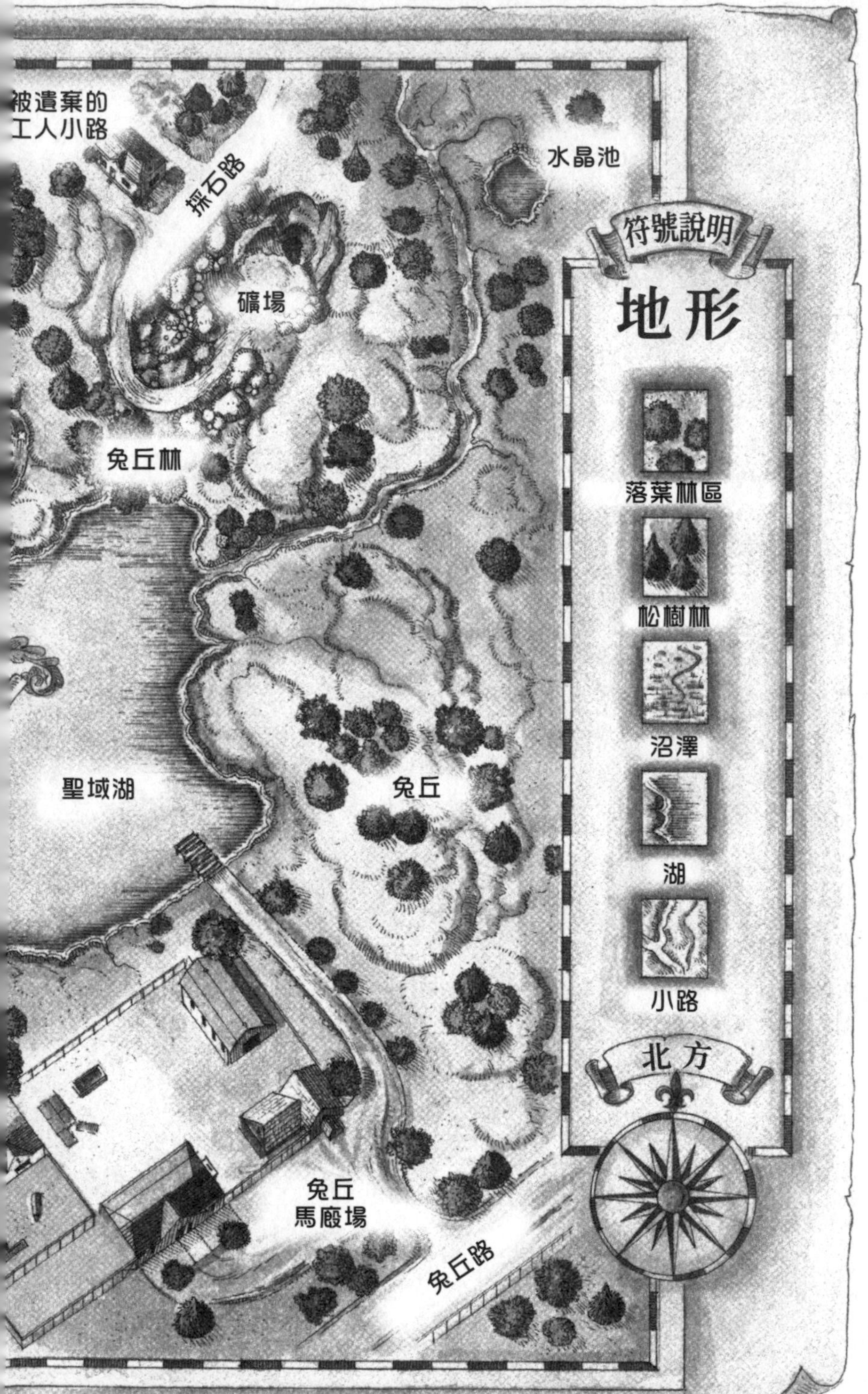
被遺棄的
工人小路
採石路
水晶池
符號說明
地形
礦場
落葉林區
松樹林
沼澤
湖
小路
兔丘林
聖域湖
兔丘
北方
兔丘
馬廄場
兔丘路

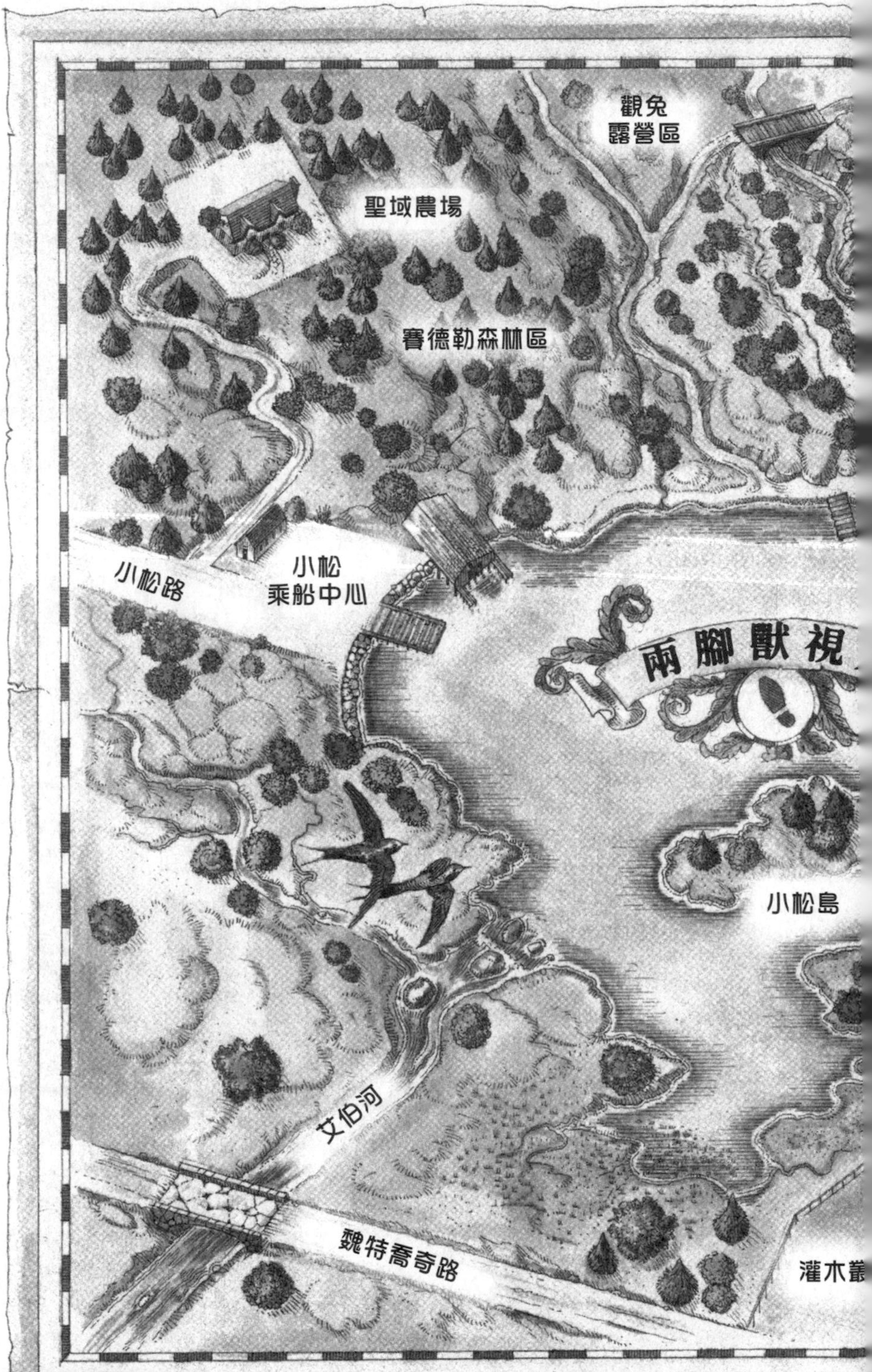
觀兔
露營區
聖域農場
賽德勒森林區
小松路
小松
乘船中心
兩腳獸視
小松島
艾伯河
魏特喬奇路
灌木叢

序章

松鼠飛焦急地掙扎著，月池的池水在她四周洶湧翻騰。灰毛咬著她後頸把她往下拖，遠離水面的溫暖與光明。冰水滲進她的毛髮，溼透了的毛髮讓她掙扎的動作變得更吃力了，缺乏空氣的胸腔陣陣發疼，可是她不敢張嘴。她知道自己愈來愈虛弱了，她想用最後的力氣反擊灰毛，爪子卻只抓到了形成漩渦的池水。

他想把我溺死！她心想。驚慌宛如一隻巨大的腳爪，緊緊地抓住她。她從之前就知道了——灰毛雖然披著她伴侶棘星的皮，終究是隻危險的貓。灰毛來到貓族裡想要欺騙她，結果松鼠飛明言表示自己不相信他，他就想方設法要折磨她。**問題是，他真的會動手殺我嗎？**一想到自己可能再也沒辦法和真正的棘星見面了，想到自己可能會就此死在這裡，松鼠飛就心痛不已。

五感都逐漸墮入黑暗之時，她突然感覺自己「砰」一下落到某個堅硬的平面上，還聽到水聲。她低頭一看，看見水從她的毛皮滴到了乾燥的地面。**是乾的。那這地方究竟是……？**她的頭腦逐漸清晰了，但先前和灰毛在月池畔打了一架，到現在肩膀、喉嚨和臉頰還在痛。她疲憊地躺在原地大口大口喘氣，胸口劇烈起伏，感覺像是被荊棘深深刺到了體內。

上方某處傳來熟悉的喵嗚聲：「松鼠飛，歡迎來到我的地盤。」

松鼠飛跌跌撞撞地站起來，甩掉毛髮中的水之後環顧四周，看到伴侶兼族長——棘星，壯碩的身影與深色虎斑毛皮。他的琥珀色眼眸得意地閃閃發亮。

但松鼠飛知道那不是棘星，而是過去屬於雷族的戰士，灰毛。他好幾個月前就去星族的狩獵場了，現在卻不知用什麼方法奪走了棘星的身體，回到了活貓的世界。在他的領導下，雷族迎來了血戰與混亂。想到他做的這一切都是「為了她」，松鼠飛又感到一股新的罪惡感與憤怒。

他從以前就一直對我很執著，她心想，**就算是活著的時候也一樣。他做的這一切——占用棘星的身體、自己當雷族族長——都是為了獨占我。我早該知道的……唉，我打從一開始就該明白了，他根本不是我的伴侶！**可是現在，松鼠飛對上這隻貓貪婪的雙眼，滿腔愧疚頓時化成了嫌惡與憤怒。**灰毛騙了我，**她提醒自己，**那不是我的錯，犯錯的貓明明就是他。當初我們是族貓的時候，他就想殺了我收養的小貓，他去了星族好幾個月也完全沒變，還是這麼邪惡！**

假棘星朝她走近一步，松鼠飛立刻往後縮，咧嘴發出威嚇的咆哮聲。「你別想碰我，我連一根毛都不會讓你碰的。」她警告道。「這是哪裡？你把我帶到什麼地方了？」

「妳猜不到嗎？」冒牌貨問她。

他說完的同時，棘星的身體癱倒在地上。松鼠飛驚恐地看著一股薄霧從那具身體往上飄，逐漸凝聚成另一隻貓的形體：那是一隻公貓，淺灰色毛髮有著深色斑點，深藍色眼睛滿懷惡意。星族冰霜般的光輝在他腳爪與耳朵邊閃爍著。

松鼠飛早就知道冒牌貨是灰毛了，但看見他生前的模樣，她還是感覺到恐懼的冰爪刮過毛皮。

「終於能在妳面前做自己了，真好呢。」他呼嚕呼嚕道。

松鼠飛腦中只有一個想法，那就是逃離這個地方。問題是，她要怎麼逃？她轉過身，繃緊了肌肉準備逃跑，可是還沒機會跑走，她就看到自己周遭的景象了。她全身一僵——眼前是往四方無盡延伸的樹林。這裡的樹木都病懨懨的，葉子都垂了下來，樹與樹之間的空間沒有茂密樹叢，而是空空蕩蕩的，只有偶爾出現的一小簇蕨叢，就算是蕨類也長得焦焦脆脆的。樹林被不知從何而來的慘白光線照亮，她抬頭望去，只見天空一片漆黑，一顆星星也沒有。松鼠飛終於明白自己被灰毛帶到了什麼地方，她害怕無比，感覺體內每一滴血都結凍了。

「這裡是黑暗森林！」她啞聲說。

松鼠飛從沒在夢中走訪過黑暗森林，但藤池來過，也有其他的貓在大戰役前來這裡特訓，她聽他們說過黑暗森林的事。她緊張地環顧四周，擔心被一群有史以來最壞的貓攻擊，然而森林寂靜無聲，感覺比她想像中還要寂寥，簡直是一片荒蕪。難道這裡就只有她和灰毛兩隻貓嗎？

比起看到一群邪惡的貓，現在的死寂更加陰森。松鼠飛想起自己和葉池身受重傷時，她曾經短暫和星族共處過，那時星族貓就告訴她了：黑暗森林幾乎全空了。可是她想像歸想像，親眼看到空空蕩蕩的森林時，感覺還是好怪。

「我知道你之前被接入星族了，」她對灰毛說，「我在那邊看過你。你怎麼會來到這個地方？其他的貓又去哪了？」

「死後生命可沒有那麼簡單。」灰毛答道，完全沒回答到她的問題。

新一波恐懼充斥了松鼠飛身上每一根毛髮。「我死了嗎？」她努力擠出這句話。她該不會真的在月池裡溺死了吧？

灰毛搖了搖頭。「沒有。我把妳帶來這裡，是為了和妳在一起。」

灰色公貓的眼中充滿了愛慕，可是在松鼠飛看來，這比明目張膽的惡意還要恐怖。她很慢很慢地開始倒退，視線片刻不離灰毛。

但是她才剛走出幾步，就被某個柔軟的東西絆了一跤，一下子重心不穩倒在地上。她的視界短暫地模糊一下，等到視力恢復正常時，她突然發現自己倒在一具熟悉的形體旁邊——熟悉到令她心痛。

「棘星！」她驚呼。明明知道沒有用，她還是伸出前腳搖晃伴侶的肩膀。「醒醒啊……拜託你，醒醒啊！」棘星沒有回應她悲痛的呼聲。松鼠飛往後一縮。「他死了。」她悄聲說。

她懷疑灰毛是偷了棘星的一條命，趁棘星死時強占他的身體。有貓在活著的貓族看到了棘星的靈魂，後來影族那隻年輕的巫醫——影望，說棘星的靈魂被灰毛囚禁在黑暗森林，還說他把靈魂給放出來了。可是，在那之後就沒有貓看到棘星了。現在，松鼠飛低頭看著他沒有生氣的身體，全身、全心都充滿了恐懼，她怕自己的伴侶就這樣永遠消失了。

「失去了靈魂的身體是沒辦法長久存活的。」灰毛語調平板地告訴她。「棘星已經沒有用了。」

松鼠飛恨不得露出尖牙利爪撲向這隻高傲又殘忍的貓，一口咬在他喉頭。她恨不得用一聲充滿恨意的尖叫，把滿腔的嫌惡給吼出來。但是，她沒有攻擊灰毛，也沒有吼叫，而是逼自己靜靜站在原地思考。

自從她發現棘星的身體被冒牌貨占據開始，她所做的一切、所制定的計畫，全都是為了拯救她的伴侶和雷族。現在，她必須面對最危險的對手——灰毛會不擇手段地逼她留下來，如果她拒絕了，灰毛就會想盡辦法折磨她。**我們可是身在無星之地。**她顫抖著提醒自己。這是個恐懼與孤獨的所在，她不懂這裡的規則，灰毛卻對它很是熟悉。松鼠飛當了好幾年的戰士與雷族副族長，還是不覺得自己有能力面對眼下的困境。

話雖如此，我還是會找到辦法的。她下定決心。**我要離開這裡，回到我的部族——到時候，我會把真正的棘星一起帶回去。**她伸展著爪子，做好心理準備，從體內召喚出了所有、所有的勇氣。**無論如何都要回去。**

第一章

雷族營地上空，月亮悄悄落到了樹林後方，鬃霜猜黎明就快到來了。她躁動不安地繞著石谷踱步，累到每往前跨出一步都疲憊不已，心中卻有什麼東西不讓她靜下來。來回踱步的貓不只有她一隻，雷族沒有一隻貓在睡覺，族貓們也都走來走去，緊張兮兮地和其他貓兒眼神交流，尾巴和觸鬚抽動著。鬃霜感覺得到他們的緊張，那彷彿黏在大家毛髮上、將大家黏在一起的一條條蜘蛛絲，連結了整個貓族。

獅焰和另外幾隻貓都不在，還在營地的貓兒都不知該如何是好。**他們現在應該在殺死占用棘星身體的灰毛吧。**鬃霜心想。**我們是該做何感想？**

她的心在胸中猛地一跳，彷彿承受不了流竄全身的哀傷與恐懼了。棘星是他們睿智又勇敢的族長，她實在無法想像沒有棘星的雷族。松鼠飛當然可以成為能幹的族長，但少了祖先靈魂的指引，她真的有辦法帶領雷族生活下去嗎？鬃霜的一些族貓已經離開了，那他們剩下的貓呢？少了戰士守則的引領，他們難道只能四分五裂，變得和惡棍貓一樣嗎？

雷族真的有辦法復元嗎？

她終於看到天空逐漸變白，看得見上方樹木的輪廓了。破曉時分到來，漫長、疲憊的夜晚終於迎來了終結。

與此同時，她望見荊棘通道口的動靜，負責守衛的嫩枝杈一躍而起。太好了，終於有事情可以做了！鬃霜跑到營地對面，去到嫩枝杈身邊，準備面對入侵者，或是面對歸來的獅焰與巡邏隊……結果，只有一隻貓踏進空地。

「翻爪！」鬃霜欣喜的呼聲迴盪在營地裡。

她弟弟和另外幾隻貓之前離開雷族營地，去外頭「遊蕩」了——照他和那些貓的說法，「遊蕩」就是花時間靜靜想事情。翻爪他們都不確定自己還會不會回到這個與以往不同的雷族，所以鬃霜其實做好了再也見不到弟弟的心理準備，沒想到弟弟還是回來了。翻爪看上去健壯又有活力，他看到每隻族貓都在空地上走動，而不是在窩裡，臉上露出了驚訝的表情。鬃霜蹭著他的肩膀，吸入他熟悉的氣味，心裡萌生一絲希望：說不定她的生命並不會一直都黑暗又悲哀——說不定雷族以後還會有繁盛的一天。

鬃霜身後傳來更多號叫歡迎聲，其他族貓都蹦蹦跳跳地過來迎接翻爪。他們的姊妹竹耳和爸媽——藤池與蕨歌，都擠到貓群最前面，爭先恐後地磨蹭年輕公貓的毛皮、纏著他的尾巴、狂舔他的耳朵，差點把他給擠壞了。

「喂，你們要讓我呼吸啊！」他高興地高呼。

「你回到我們身邊了，我真的好開心！」藤池的呼嚕聲充滿了喜悅，她緊緊貼著本以為永遠離開她的兒子。「從你離開到現在已經過了將近一個月，我還以為你再也不會回家了。」

鬃霜踏上前，對上弟弟的雙眼，希望翻爪能看出她的欣喜。松鼠飛之前對所有外出「遊蕩」的貓說過，如果不在一個月內回到雷族，雷族就不再歡迎他們了。在此之前，只有刺爪一隻貓回來——他是隻年紀比較大的貓，在外面待四分之一個月就回來了，還說自己已經不年輕、沒辦法從頭開始了。

「我也很高興自己回來了。」翻爪回道。「我在外面遇到了好多危險，這才發現：既然非得面對危險不可，那我想和我的貓族一起面對。我現在知道，雷族是最適合我的地方。可是……發生什麼事了嗎？」他看著在四周走動的貓兒們，接著問道。「你們怎麼都這麼早就起來了？」

大家開始七嘴八舌地回答他的問題，但翻爪把注意力放在鬃霜身上。「告訴我吧。」他喵嗚道。

「翻爪，現在狀況很糟。」鬃霜開口解釋。「族長們決定殺死灰毛，他們現在正在動手——也可能已經辦完了。」

翻爪開心的表情消失了，他震驚又駭異地瞠目結舌。「可是，那就表示……」他沒有說完，彷彿沒辦法逼自己說出那句話。

「對，棘星的身體必須死。」鬃霜替他說完。她的心因哀傷與恐懼而哭號，說話時語音卻很平穩。

在那一瞬間，每一隻貓都沉默了。一段時間後，嫩枝杈開口說話了，很明顯是想打破尷尬、開啟新的話題。「翻爪，和你一起離開營地的那些貓都去哪了？刺爪已經回來了，那其他的貓會回家嗎？」

翻爪難過地搖搖頭。「我們離開營地兩天過後就分頭了，我跟灰紋去了山區的急水部落，灰紋的兒子——暴毛就住在那裡。」說著說著，他的語氣變得輕快一些。「那邊真的好棒喔！我交了新朋友，是暴毛的兒子，他叫飛鷹之羽毛。他教了我急水部落貓在山中狩獵的方法，後來有一堆石頭掉到我身上，我的腿受傷了，不過——」

「等等，」他母親藤池插嘴說，「你說有石頭掉到你身上？」

「對啊，可是沒關係。」翻爪不在意地揮了揮尾巴。「不過後來——」

「你的腿受傷了？」這回，打斷他的是松鴉羽。他擠上前，站到翻爪身旁。「是哪一條腿？」

「這條。」翻爪抬起一條後腿，然後才想到松鴉羽看不到他的動作，於是用那條腿戳了對方一下。「是尖石巫師把我治好的。我休息了好幾天，現在已經沒事了。」

「我說沒事才沒事。」松鴉羽嘀咕道。「你來我的窩，讓我好好檢查一下吧。」

「好喔。」翻爪聽起來相當愉快。鬃霜想了想，覺得他都用那條腿從山區一路走回來了，可見他的腿沒什麼問題。「總之，」他接著說，「我跟急水部落住在一起的時候，就發現我很想回家，很想努力讓雷族變得和以前一樣強大。可是灰紋——」

「對了，灰紋在哪裡啊？」貓群後面，有一隻貓問道。

「我不知道他現在在哪裡。」聽到其他貓跟著問類似的問題，翻爪答道。「我只知道，他離開急水部落時，說要回舊的森林領地去。」

「什麼？」雲尾驚呼一聲。他瞪大雙眼，尾巴直直豎了起來。「可是這……這也太鼠腦袋了吧！我們當初離開舊森林，就是因為兩腳獸要把森林給拆了，那邊什麼都不剩了啊！」

「可能還有剩一點什麼吧。」他的伴侶亮心輕聲說。她用吻部蹭了蹭雲尾的耳朵。

「我也想回去再看看那個地方。」

「我也想。」樺落附和道。「我們離開時，我還只是隻小貓，但我能清楚記得以前的營地。」

雲尾嗤之以鼻。「就算它還在好了，」他喵嗚道，「我還是不懂，灰紋大老遠跑回去，到底有什麼好處？」

「他想試著透過月石聯繫星族。」翻爪解釋道。

聚集在四周的貓兒驚奇地交頭接耳。

「喔，如果能成功就好了！」赤楊心熱切地說。

「我覺得有機會成功。」翻爪回道。他眼中閃爍著明亮的希望。「灰紋很聰明，如果他覺得這件事值得他千里迢迢回去舊森林，那應該有一定的機會成功。」

鬃霜身上每一根毛髮都豎了起來，充滿了復甦的希望。**假如灰紋可以透過月石聯絡上星族，那他說不定也可以把祂們帶回來這裡，說不定一切都終於——可以恢復正常了！**除此之外，鬃霜也忍不住心想：假如星族回歸了，他們說不定可以給棘星一條新的生命，送他回到陽間。**說不定這麼一來，我們的族長又可以變回自己原本的樣子了。**

「不過，灰紋這次去舊領地以後，還是會回來的吧？」蕨歌問道。

翻爪點點頭。「應該會。」

「那飛鬚和拍齒呢？」煤心從貓群的縫隙鑽出來，站到翻爪面前問他。她的藍色眼瞳中盈滿了焦慮。「藤池剛剛也說了，一個月時間就快結束了，他們一直沒有回來。你有他們的消息嗎？」

鬃霜能理解這隻灰色母貓的心情，畢竟飛鬚和拍齒是她的孩子。從他們離開以後，就再也沒有貓看過他們或嗅到他們的氣味了，而除了煤心和她的伴侶獅焰以外，族裡大多數的貓都忙著處理雷族的問題，沒放太多心思在他們身上。問題是，松鼠飛定下的期限就快到了，要是飛鬚和拍齒等到那之後才回來——要是松鼠飛不撤回前言——他們就會被趕出雷族。

「他們沒事。」翻爪對煤心說。「可是妳聽了我接下來的話，可能不會很開心。」

煤心納悶地眨眼睛。「為什麼？」

翻爪先頓了頓，這才接著說下去：「我和灰紋離開的時候，拍齒跟飛鬚在討論要不要去當寵物貓試試看。後來，我在回家路上繞過我們的地盤，去兩腳獸地盤看了一下，想看看他們是不是在那邊。我找到他們了——他們現在跟一隻兩腳獸住在一起。我在那邊待了——」

周圍貓群爆出震驚的號叫與嘶聲，打斷了翻爪。點毛垂下了頭，鬃霜對她心疼不已。**她懷了伴侶的小貓，後來伴侶死了，現在她又失去了手足。**鬃霜試著給貓后一個鼓勵的眼神，但點毛不肯對上她的視線。

「叛徒！」冬青叢低吼道。

煤心轉身面對女兒，後頸的毛髮都豎了起來。「妳怎麼可以說這種話！」她罵道。「妳老實告訴我，妳就沒想過要逃離現在的混亂嗎？這裡有任何一隻貓『沒』這麼想過嗎？我就不信妳沒有！」

鬃霜瞥見嫩枝杈和鰭躍交換一個不安的眼神。**他們是拍齒和飛鬚的導師**，她回想道，**希望他們不要太自責**。

赤楊心用尾巴搭著煤心的肩膀安撫她。「妳這樣罵血親叛徒並沒有幫助。」他對冬青叢說。他接著轉向翻爪，問道：「你就沒有想辦法說服他們回家嗎？」

「當然有了！」翻爪回道。「我在那個兩腳獸地盤待了好幾天，偶爾抓老鼠吃，不然就是偷吃兩腳獸餵寵物貓吃的噁心東西。我已經儘量勸拍齒和飛鬚回雷族了，可是他們不肯回來。你難道覺得我應該把他們當兩隻不聽話的小貓，叼著他們後頸把他們拖回來嗎？」

「沒有貓怪你，」藤池對兒子說，「我們只是很希望——」

她接下來的話還沒說出口，就被荊棘通道突然傳來的腳步聲打斷了。獅焰衝進了營地，蜂紋緊跟在後，兩隻貓都毛髮直豎、耳朵緊貼著頭頂，眼睛閃爍著狂怒。

這又是怎麼了？鬃霜暗想，緊張到腹中開始翻騰。他們不像是剛殺了族長身體的樣子；她本以為他們會滿臉哀傷，甚至是充滿罪惡感，但沒想到他們會表現出這種失控的憤怒。

獅焰看到族貓們聚集在一起，猛然停下腳步。「發生什麼事了？」他問道。

「翻爪回來了！」蕨歌宣布。

獅焰幾乎是漫不經心地掃了年輕公貓一眼。「喔，嗨，翻爪。」他喵聲說。在那一瞬間，他滿懷希望地環顧四周，鬃霜猜他在尋找拍齒和飛鬚的身影。獅焰沒看到自己的孩子，眼中的希望消失無蹤——鬃霜知道他為兩個孩子擔心不已，但他沒有開口詢問。**他晚點才會問翻爪。**她告訴自己。**他現在有更要緊的事情要處理。**

「發生什麼事了？」松鴉羽問道。「我嗅到你的憤怒了。事情出錯了嗎？」

「錯到不能再錯了。」獅焰答道，聲音在胸腔深處隆隆作響。「原本被囚禁在影族的灰毛越獄了。」

聽到獅焰這番話，眾貓震驚地沉默了。鬃霜心想，族貓們過去一個月接二連三地受到打擊，現在已經不知道該怎麼反應了，她自己也不知道該怎麼想才是。灰毛重獲自由了，準備帶來他計畫中的災難——但轉念一想，這至少代表棘星的身體還活著，族長還是有機會回到他們身邊。

「影族那群癩皮貓不是要看守他嗎？怎麼讓他跑了？」雲尾耳朵一彈，開口質問。

「是影望幫他逃走的。」獅焰解釋道。「還有……」他瞄了蜂紋一眼。「我們猜他是和松鼠飛合謀。」

鬃霜盯著眼前的金色虎斑戰士，困惑地抽動觸鬚。昨天召開臨時大集會時，她和根躍親眼看見松鼠飛向其他族長求情，請他們為了救棘星的身體而饒過灰毛。然而，其他幾位族長相信只有殺死棘星的身體，才有辦法驅走灰毛的靈魂。他們動身要去執行這項可怕的任務時，松鼠飛偷偷溜走了——是鬃霜和根躍及時攔下了她，說服她別放走伴侶的身體。至少……鬃霜以為事情是這樣的。那之後，鬃霜回到了雷族營地，根躍則跟著松鼠飛去了，說是要安慰悲痛不已的她。

不知道後來發生什麼事了，鬃霜納悶地想，**難道松鼠飛又改變心意了嗎？**

「沒錯，現在被影族囚禁起來的貓變成影望了。」蜂紋跟著說。

「影望不是他們自己的巫醫貓嗎？」煤心驚呼。「他是虎星的兒子吧？」

獅焰點點頭。「他既然背叛貓族、救了我們的敵人，那就連虎星也保不了他。」

鬃霜不敢相信那隻年輕巫醫會背叛貓族，選擇幫助灰毛。灰毛不是欺騙過他，還想置他於死地嗎？

「影望不可能背叛貓族的。」赤楊心喵嗚道，道出了鬃霜的心聲。「如果真的是他幫助灰毛越獄，那他想必是有什麼合理的理由。」他用顫抖的聲音補充一句：「一定是的。」

赤楊心說話的同時，鬃霜幾乎能看見他內心的矛盾。他一定是承受了巨大的壓力吧——他父親被驅離自己的身體，那具身體被判了死刑，他母親則有背叛貓族、奮不顧身地救那具身體的嫌疑。鬃霜為赤楊心心疼。換作是別隻貓，應該會承受不住壓力而崩潰吧，但是赤楊心還是撐了下去，沒有荒廢自己的職責。

「我們很快就會知道真相了，」獅焰喵聲回覆年輕巫醫貓，「包括我在內，所有貓族領袖都會集結最強的戰士，先去審問影望，接著去把灰毛抓出來——如果松鼠飛和他在一起的話，我們也會把她抓起來。」

「松鼠飛不可能幫助那隻噁心的東西的。」火花皮踏上前，站到赤楊心身旁，為了守護他們母親的名譽而豎起橘色虎斑毛髮。她瞪著獅焰——選獅焰當臨時副族長的，就是擔任臨時族長的松鼠飛。

「沒錯。」樺落跟著替松鼠飛說話。他的伴侶白翅補充道：「你們能提出任何證據，證明松鼠飛幫助灰毛越獄嗎？」

「其實，」鬃霜喵嗚道，「在大集會結束後，我和根躍在森林裡遇到了松鼠飛，她也同意讓大家執行灰毛的死刑。她當然很不高興，但她還是接受了部族的決定。」

「妳不覺得松鼠飛只是在說漂亮話騙妳嗎？」蜂紋問道。「她費了那麼多唇舌爭辯，就是不希望棘星的身體被殺死——真的有貓相信她會突然改變想法嗎？」鬃霜扭頭瞪著他，可是蜂紋沒有理她，而是惡狠狠地來回擺動尾巴。「她背叛了雷族！」他下了結論。

「對啊，」竹耳附和道，「她只關心棘星而已，根本就不在乎我們雷族。」

聽到她這句話，全族貓兒都開始大聲呼號。

「太鼠腦袋了！」火花皮罵道。「早在在場大部分貓兒出生之前，我母親就一直是雷族戰士了，她對雷族忠心耿耿！」

「就算是這樣，她現在還是背叛了我們啊。」葉蔭對她咆哮。

「她不可能背叛我們的！」

「明明就有可能。我覺得應該放逐她！」

「這是解決問題的唯一方法！」

眾貓大聲爭論的同時，鬃霜緊緊閉著雙眼，默默站在原地。她不停想著，她深愛的雷族怎麼會變成這樣？大家怎麼會在這邊討論要不要放逐自己的副族長！

過了好一段時間，喧鬧聲稍微靜下來之時，藤池提高了音量，對眾貓說話。「我相信一定是松鼠飛幫助灰毛逃跑的，」她宣布，「但她之所以這麼做，想必是為了保護棘星的身體，讓他以後有機會回到自己的身體裡。而且，松鼠飛這麼做不只是因為棘星是她的伴侶——我們大家不都希望族長能夠回來嗎？」

「我希望他回來。」鰭躍喵嗚道。

「我也是。」嫩枝杈跟著說。「我不認同松鼠飛的作法，可是我能理解她的心情。如果棘星能回來，那就再好不過了。」

「那真的有可能嗎？」白翅哀傷地垂著尾巴問道。「棘星已經離開身體好久了耶。松鴉羽、赤楊心，你們怎麼看？」

赤楊心只是搖了搖頭，鬃霜看得出他內心還是五味雜陳，爪子一再伸縮，抓入營地地表。

「我不知道。」松鴉羽沉聲說，失明的藍眼閃爍著哀傷。「五大貓族從沒發生過這種事情。既然棘星的身體不在我們這裡，他的靈魂也不在，那我們在這邊爭論也沒什麼意義。」他遲疑片刻，然後補充道：「但是老實說……我覺得沒什麼希望了。」

雷族貓都靜了下來，濃霧般的絕望籠罩住所有貓兒。**就連松鴉羽都放棄了，**鬃霜心想，**那棘星應該是真的沒救了。**

「假設松鼠飛真的幫了灰毛，」過了半晌，煤心開口說，「那說不定她已經把灰毛帶離貓族地盤了。他們兩個一起遠離這裡，可能對所有貓來說都是最好的結果。」

「最好的結果？」獅焰重複道，彷彿不敢相信灰色母貓說的話。「胡說八道！只要灰毛不死，雷族就沒辦法平安生活。我和所有貓一樣不希望失去棘星，」他接著說，提高音量壓過眾貓的呼號抗議聲，「他對我而言就像親生父親一樣！可是老實說，我們所有貓都知道，棘星──甚至是星族──都已經永遠消失了。」

恐懼從鬃霜的耳朵尖端竄到了腳底。獅焰描述的未來顯得無比黑暗、無比空虛。**少了棘星和星族，我們該怎麼過活？松鼠飛沒辦法獲得九條生命，又怎麼能真正成為我們的族長？**

一想到雷族可能從今以後就沒有棘星了，鬃霜就覺得好難受，她很努力秉持先前的信念：松鼠飛不可能幫助灰毛的。她之前明明就和根躍一起說服了松鼠飛，她是真心相信松鼠飛接受了他們的勸說、決定不去干涉五族的計畫了。

那如果蜂紋說對了怎麼辦？說不定松鼠飛騙了我們，說不定她實在太愛棘星了，所以對灰毛邪惡的本性視而不見。鬃霜無助地搖搖頭。**可是她那時候看起來是真心被說服了啊！**

鬃霜好後悔，早知道就跟根躍一起去找松鼠飛了。如果那隻薑黃母貓真的準備鋌而走險，那鬃霜和根躍合力阻止她應該會比較有效。

結果，她讓根躍獨自去了……如果灰毛動手攻擊根躍——如果松鼠飛真的在幫助灰毛，如果她也對根躍出手的話，那根躍會不會遭他們毒手了？鬃霜的心沉了下去，她真的很關心根躍，擔心他出了什麼事。

雷族貓爭論不休的同時，黎明的光線逐漸增強，溫暖的金黃色陽光灑落林間空地。聚集在空地上的貓群眨著眼睛抬頭，彷彿剛才都忘了自己身在何處。

「我們必須派出黎明巡邏隊。」錢鼠鬚喵嗚道。「獅焰，那我帶一支巡邏隊出去囉？」

「什麼？」獅焰一副心不在焉的模樣。「嗯，好，你們去吧。」

錢鼠鬚明快地對他點頭，接著對櫻桃落與暴雲招了招尾巴，三隻貓朝荊棘通道走去。鬃霜看在眼裡，覺得他們似乎很樂意暫時離開營地。

現在也到派出狩獵巡邏隊的時候了，但獅焰顯然還沒準備回歸雷族平時的生活。「我們必須完成一項任務。」他宣布道。「我需要一群貓跟著我去影族，我們要先審問影望，然後去追捕灰毛。這是當務之急。有哪些貓願意隨我去？」

「我去。」鬃霜立刻回應。她不想待在營地裡操心，而是想出去做事。而且，她想儘可能幫助松鼠飛，也不想對影族那隻年輕的巫醫貓心生懷疑。**只要和影望說過話，我就能弄清他到底有沒有幫助灰毛逃跑了。**

獅焰朝她投了個嚴厲的眼神。「該動手的時候，妳真的下得了手嗎？」他問道。

「我可以的。」鬃霜定定地對上臨時副族長的視線。「我瞭解事情的輕重。」

獅焰又注視著她片刻，彷彿能看清她心中的想法。然後，他簡單地一點頭。「好，妳來。」

我無論如何都必須去。獅焰挑選巡邏隊的其他成員時，鬃霜心想。**就算隊上其他貓兒都只想追捕灰毛，我也可以幫助松鼠飛。**

「那我帶蜂紋、梅石和葉蔭。」獅焰宣布道。「還有鬃霜。你們其他貓就自行組織狩獵巡邏隊。」

「那我呢？」火花皮問道。「我也想跟你去影族。松鼠飛是我的**母親**耶！」

「我不能帶全族的貓過去。」獅焰粗率地喵嗚道。「不然虎星會以為我們是去入侵影族的。」

「但是，火花皮有資格跟著去。」赤楊心指出。現在雷族有了明確的行動計畫，他似乎稍微冷靜了些。「我也一樣。而且，我認為松鴉羽也該跟著來；你帶著巫醫貓同行，虎星比較不會覺得我們在威脅影族。」

「獅焰，我瞭解你的個性。」松鴉羽踏上前對哥哥說。「沒有貓比我更懂你，你總是用爪子思考，事後又會後悔。我想確保影望和松鼠飛受到公平的對待。」

金色虎斑公貓挺起胸膛，一時氣往上衝，然後又放鬆身體、不耐煩地嘆一口氣。「好啦，既然你都這麼說了……可是，星族老天啊，我們快點出發吧。」

獅焰帶頭走進森林，轉向影族地盤的方向。蜂紋走在獅焰身旁，接著是松鴉羽與赤楊心，巡邏隊上其他貓則一起走在他們後方，由鬃霜殿後。她雖然很慶幸自己有事情做，但一想到自己可能會面對的事物，她就覺得肚子裡空空蕩蕩的，只剩下無盡的擔憂。要是獅焰聽了影望的話之後火冒三丈，那可能連松鴉羽和赤楊心都沒辦法讓他冷靜下來，影望就算是在自己的地盤也會受到威脅。

我們去到影族營地以後，會看到什麼樣的畫面呢？

第二章

影族營地裡，影望慘兮兮地縮在族長窩裡，父親虎星和母親鴿翅緊靠在他身體兩側。他感覺到父母的心跳，兩隻貓恐懼的氣味刺得他鼻子癢癢的。

他們問了他好多問題，問了一整晚，但現在晨光逐漸滲入族長窩，他們終於靜了下來。影望知道父母對他的回答不滿意，他們沒有隱藏各自的擔憂，也沒有掩飾他們對他的失望。

窩外的營地傳來憤怒的語音，一些是影族族貓，還有一些是其他貓族留下來看守他的幾隻戰士。影望明白，眾貓憤怒的矛頭都指向了他，就連他的導師與朋友——水塘光，在得知影望做了什麼事之後，也露出了震驚與駭異的神情。

「我已經把事情原原本本告訴你們了。」影望再次開口說。他覺得自己該最後努力一次，想辦法讓父母明白他說的是實話。「灰毛讓我看到棘星了，棘星還沒死。可是棘星告訴我，如果我們殺死他的身體，那他就會永遠死去了。我還看到了尖塔望，」見虎星和鴿翅都沒有回應，他焦急地接著說，「他好像有什麼話想告訴我……他好像想跟我說，灰毛不知用什麼方法困住了很多的貓靈。我們必須解放他們——要是灰毛死了，我們就沒辦法逼他說出那些靈魂被困在什麼地方，也沒辦法解放他們了。要是灰毛死了，這麼多貓兒就會死掉或是受苦。在這種情況下，我怎麼能讓灰毛被殺呢？」

他先是看著虎星，又看看母親，又看看虎星。影望看見他們眼中的恐懼，他發現自己發自內心的哀求根本就沒說服父母。

「現在最有可能死去或受苦的貓，就是你。」虎星粗聲喵嗚道。

鴿翅用吻部蹭了蹭影望的臉頰。「其他貓族的族長都要來審問你了，」她對兒子說，「我們不希望你被他們逼問。我覺得你該趁他們到來前快快逃走。」

「妳要我離開自己的部族？」影望驚呼出聲。他像是被樹枝砸到一樣震驚。「不行……」

「你應該離開。」虎星回道。「其他各族，甚至是你自己的族貓——看到灰毛逃走都非常氣憤。他們現在還不確定這是不是你的錯，但如果他們認定這就是你的錯，那無論你當初是為了什麼放走灰毛的，其他貓都可能會動手攻擊你。你不能承認自己和這件事有任何關聯，也不能把灰毛讓你看見的事情告訴其他族長。」

「反正那多半只是灰毛的小把戲。」鴿翅憂傷地說。

「我很確定我看到的那些是真的。」影望辯道。「我被怎麼樣都無所謂，只要能讓事情恢復正常就好了。還有，我不會對其他貓族說謊。灰毛給我看的那些不是什麼把戲，那真的是棘星跟尖塔望，我一定要把真相告訴其他族長。我把事情告訴他們，他們才不會犯下可怕的錯誤。」

虎星和鴿翅隔著影望的頭頂互看一眼，影望看見他們眼中盈滿了對他的驕傲，但那份驕傲幾乎馬上就淡去了，轉化成了悲傷。虎星輕聲嘆了口氣。「不可能成功的。」他喵嗚道。

「拜託了！」影望央求道。「我一直以為是自己害死了棘星——當初就是我叫雷族貓讓他在高地荒原上的雪洞裡凍死的，現在如果不盡全力保護棘星的身體，那我就永遠沒辦法扭轉那次的錯誤了。對，那次是我錯了：我以為自己在和星族對話，結果卻給了灰毛回到陽間、在各族作惡的機會。現在，我非得改正錯誤不可。」

「我明白。」鴿翅對他說。「但是所有貓兒都為灰毛做的一切憤怒不已，他們不可能冷靜聽你說話，更不可能相信你的。」

「不想被他們放逐，甚至是殺死的話，你唯一的選擇就是說謊。」虎星指出。

「不行。」影望回道。「我剛剛就說了，我不會撒謊的。」

「那就趁他們開始審問你之前，趕快離開！」虎星堅持道。

「我怎麼可以離開？」影望絕望地問。「我還有哪裡可以去？逃走有比被放逐好嗎？」

虎星站了起來，探頭到窩外。「褐皮！」他喊道。

玳瑁色母貓立刻走了進來，她顯然一直在窩外等兒子的召喚。「所以，已經沒有別的辦法了？」她問虎星。

影族族長點點頭，接著轉向影望。「我知道你不願意撒謊，所以和褐皮討論過了對策，做好決定了：她會和你一起去急水部落。」

「還記得嗎？你還是小貓的時候，我帶你去過一次。」褐皮喵聲說，影望則震驚地盯著她。「尖石巫師會歡迎你的。趁其他族長到來之前，我們趕緊溜出營地吧。」

影望努力回想自己在急水部落生活的那段模糊記憶，試著想起名叫尖石巫師的貓是哪一隻——他記得母親說過，尖石巫師是非常善良的一隻貓。但是，他腦中浮現的畫面，就只有閃亮的落水而已……那個畫面好美、好神祕。在那一瞬間，他好想跟著褐皮逃跑，逃到山上和急水部落的貓一起安全地生活，遠離灰毛和他引起的種種爭端。

影望堅決地將誘惑推到一旁。「可是，如果其他貓兒願意聽我說話，」他喵聲說，「如果影族其他的貓願意幫我說話，我就有時間跟他們解釋，也有機會說服其他族長暫時饒灰毛一命了。那之後，我們可以想辦法解除他對棘星和其他貓靈的控制。」

和影望一起待在族長窩裡的三隻戰士互看一眼，用眼神交流了幾個問題。看到他們花一小段時間無聲地溝通，影望心裡萌生了一絲希望，說不定他真的說服他們了。然而，虎星還是搖了搖頭，影望感覺到自己的心一路下墜，沉到了腳底。他們都不相信其他族貓會願意幫影望說話。**難道我自己的族貓就和雷族一樣，恨不得讓我付出代價嗎？**

「有時候，即使是自己的族貓也不可靠。」虎星嚴肅地告訴他。「這種時候，你能信賴的就只有自己的親屬了。」

影望忍不住震驚地倒抽一口氣。**他可是一族族長，怎麼可以對我說出這種話？**

鴿翅伸長尾巴，用尾巴撫摸他身側安慰他。「你跟褐皮走吧，」她喵聲說，「我保證，我和你父親會儘可能讓族貓們相信你的說法的。等事態稍微平靜下來以後，你就可以回家了。」

影望抬頭看母親，在她溫柔的眼眸中看見無盡愛憐。他深深吸一口氣。「好吧，我去就是了。」他應道。**族貓們「可能」會相信他們的族長和鴿翅——至少，和我比起**

來，他們在族裡的聲望好得多。他心想。儘管如此，他還是克制不住襲捲了全身的痛苦。**我這輩子還會有回家的一天嗎？**

「那我們這就上路吧。」褐皮喵嗚道。「影望，別這樣愁眉苦臉的，這可是一場冒險呢！」

影望感覺自己再也開心不起來了。他掙扎著站起身，跟著褐皮走出族長窩。虎星跟著他們走出去，發出威嚴的號叫聲。

「所有年紀夠大，可以自己抓獵物的貓兒，請過來參加部族會議！」

族內其他貓兒立即聚集在族長身邊，沒有貓注意到褐皮和影望偷偷繞到營地邊緣。影望看見光躍和撲步兩個姊妹催促族貓們加入會議，引導他們遠離他和褐皮。

原來她們也知道這個計畫啊。他心想。**她們是不是像其他族貓一樣懷疑我？**

虎星跳到了一根懸在族長窩上方的樹枝上，正在對族貓們宣布其他族長即將來訪的事情，還有告訴眾貓該怎麼應對。影望走近穿過刺藤、離開營地的通道時回頭看了一眼，看見族貓們仰望著他們的族長。

見他躊躇不前，褐皮戳了他肩膀一下。「不能再耽擱了，」她輕快地喵嗚道，「我們還有很長一段路要走呢。」

然而，就在他們兩個準備鑽進通道之時，影望全身一僵——他聽見了堅定又不祥的腳步聲踩過地面，迅速逼近營地。獅焰從通道口鑽了進來，鼻子對鼻子站在褐皮面前，逼她不情願地後退一步，讓他進入營地。

兔星和霧星跟著獅焰走了進來，緊接著是他們各自帶來的一大群戰士，在場只差沒有天族貓了。此刻，影望覺得自己像是被丟進了之前囚禁灰毛的荊棘圍圈，彷彿成了一頭困獸。

「喔，原來是這麼一回事啊……」獅焰低吼道，琥珀色眼眸憤恨地瞪著褐皮與影望。「你們兩個想趁貓族們查明真相之前逃跑……對吧？」

褐皮和影望還來不及回應，虎星就從樹枝上跳下來，跑過來擋在兒子和訪客之間。「你們以為自己是誰？」他質問道，肩頭的毛髮都豎了起來。「你們竟敢來我的營地，指控——」

「我不過是想解決你兒子引起的混亂而已。」獅焰齜牙咧嘴回道。

他這句話剛說完，影望就感覺營地裡每一隻貓爆出一連串的低吼與嘶聲，挑戰與議論的言語如同一群群驚鳥，在營地空氣裡來回飛。就連對影望生氣的族貓們也跑了過來，全族一起對抗外敵。影望注意到雷族的赤楊心和松鴉羽兩隻巫醫貓，他們正努力勸大家冷靜下來，卻沒有貓願意聽他們說話。

「你還是和以前一樣一意孤行。」兔星對虎星咆哮。「你兒子是追捕灰毛的唯一一條線索，你卻偏偏要護著他。」

「是啊。」霧星齜牙咧嘴地對著虎星說。「我還以為你和我們其他貓一樣，恨不得早早解決了那個星族詛咒的冒牌貨，結果呢？你不顧所有貓族的利益，選擇保護自己的親屬！」

「他畢竟是影族的癩皮貓，這麼做也不意外。」獅焰附和道。雙方貓群擠得更近了，貓兒們紛紛伸出爪子，褐皮則悄悄走到了虎星身邊，準備和他一起保護影望。影望看得出，眾貓已經蓄勢待發，隨時會撲上前攻擊對方了。

「住手！」影望本想用威嚴的號叫喝住眾貓的，結果聲音從嘴裡發出來，反倒像是害怕的小貓在哭號。儘管如此，他還是達到了他要的效果：憤怒的貓兒們慢慢遠離了對方，指控的號叫聲逐漸靜了下來，所有貓兒都轉身面對他。

「我不希望任何一隻影族貓為了我而受傷流血。」影望接著說。「我自願跟他們走。」

虎星仍然氣得毛髮直豎，他用尾巴搭著影望的肩膀，影望被父親帶往之前囚禁灰毛的荊棘圈。影望的心沉了下去，他在圍圈入口處遲疑了——冒牌貨的氣味已經不新鮮了，但那股濃濃的味道還是撲鼻襲來，不斷提醒他，他被冒牌貨欺騙又操弄了。虎星把他推了進去。

獅焰和另外兩位族長跟了過來。「梅石、蜂紋，」雷族副族長喵嗚道，用尾巴招來他喊的那兩隻貓，「你們先守在這裡。等天族的葉星來了以後，我們可以一起決定接下來的行動。」

影望從監獄的出入口往外望，看見獅焰轉身對虎星說話。「可是你除外。」他低吼道。「我們明顯不能信任你，所以你不准參與討論。」

唉，星族啊！影望絕望地想。**這都是我的錯，這會發生都是因為父親想幫助我。**這下，虎星除了失去其他族長的信任之外，還會失去什麼呢？

虎星的耳朵緊貼著頭頂，爪子都伸了出來。影望心中閃過恐懼，他怕父親會動手攻擊獅焰——但是片刻後，虎星扭頭就走，大步往族長窩走去了。

「這全都是一場大錯誤。」影族族長回頭喊道。「到了未來，貓族們一定會摸不著頭腦，覺得怎麼可能有如此跳蚤腦的貓——當然，前提是貓族到未來仍然存在，還有活貓能回憶現在發生的一切。」

影望被獨自關在荊棘圈裡，瑟縮成一球。影族和其他貓族暫時沒有要開打，可是他知道雙方都劍拔弩張，任何一點火花都可能引爆紛爭。

情況從「糟糕」變成「更糟糕」了。他難過地想。**這下子，還會有貓兒願意聽我說話嗎？**

第三章

根躍手忙腳亂地滾下遠離月池的岩石坡，全身每一條肌肉都流竄著恐懼，他幾乎沒感覺到黎明的冷空氣刺入溼透了的毛髮。

我必須回營地去！一定要把我看見的事情告訴其他貓兒。

但即使在這絲念頭閃過腦海的同時，根躍也懷疑族貓們不會相信他。若不是親眼看見了，他自己可能也不會相信：灰毛抓著松鼠飛把她拖到了月池水面下，那之後他們兩隻貓都消失了。

朝陽悄悄爬到山丘上方的同時，根躍心裡愈來愈焦急——已經過太多時間了。他知道自己花了太多時間徒勞無功地在月池裡搜索，時間一分一秒過去，他逐漸覺得灰毛逃跑與松鼠飛被綁架這件事變得無可挽回了。

我一定要去找貓幫忙！

他跑到斜坡底部，跑在沼澤地粗韌的草地上。他愈跑愈快，直到幾乎足不點地。他進入雷族地盤，順著風族邊界的小溪奔跑時，遠遠看見一群貓爬上山丘朝他走來。根躍認出了天族副族長鷹翅——他寬心地呼一口氣，同時看見隨鷹翅走來的薄荷皮、馬蓋先與貝拉葉。

「你怎麼會自己一隻貓在這裡？」根躍在他面前猛地停下腳步時，鷹翅開口問道。「你怎麼從大集會結束之後就不見蹤影？灰毛逃走了，現在不管是誰都不該獨自外出。」

根躍的胸口劇烈起伏，他努力呼吸空氣，在那幾拍心跳的時間都說不出話來。鷹翅用尾巴尖端搭著他的肩膀，讓他平靜下來。

「我率領這支巡邏隊出去，是為了找灰毛。」他接著說。「葉星則會帶另一支巡邏隊前去影族，去和其他族長討論對策，還有問出事情真相。」

「我可以把真相告訴你。」根躍好不容易喘過氣。他運氣真好，遇到了可以做決策的貓，等副族長聽完他說的話，就能對他下達指令了。「我跟松鼠飛去了月池，結果灰毛突然出現，把松鼠飛拖進了水池。他們在水下消失以後，就再也沒浮上來了！」

說話的同時，根躍看到其他三隻貓交換疑惑的眼神，看來是完全不相信他的說詞。

「在我聽來，這似乎不太可能。」馬蓋先聽根躍說完他徒勞地在月池裡找貓的結果，喵聲證實了根躍的猜測。「你可能是在作夢，或是被什麼東西給迷惑了。你看到的究竟是什麼？」

根躍張嘴想抗議，可是被鷹翅打斷了。「灰毛逃走時，我就在場。」他對其他三隻貓說。「我相信他絕對有可能綁架松鼠飛，至少這比松鼠飛協助他逃跑還要合理。」他轉向根躍，接著說：「你快回營地去，在葉星出發去影族前把這件事告訴她，我們則會去月池看看能不能找到什麼線索。貝拉葉，妳跟根躍一起去吧。」

「什麼？」貝拉葉氣憤地抽動觸鬚。「鷹翅，如果你真的找到灰毛了，就會需要我們所有貓兒的戰力。」

「沒關係的。」根躍回道。他再次往小溪下游跑去，不想再浪費時間聽族貓們爭吵了。「貝拉葉不用陪我回去沒關係！」他回頭喊道。「我得趕快去找葉星！」

✦✦✦

根躍抵達天族營地的同時，族長剛好從蕨叢通道走了出來。兔跳、櫻桃尾與哈利溪都跟了出來，根躍的父親——樹，也在葉星身邊。

「葉星！」根躍氣喘吁吁地說。「我有事情要告訴妳——是跟灰毛有關的事。」

葉星驚訝地豎起耳朵。「我現在沒時間，」她喵嗚道，「我們正要去影族地盤。你隨我們來，在路上邊走邊說吧。」

根躍走在族長身邊，朝影族邊界走去。「我和鬃霜在大集會結束以後遇到了松鼠飛。」他開口說。「松鼠飛說，其他族長去殺灰毛的時候，她不會插手。我陪她去了月池，想說她如果需要跟別族的貓聊聊，我就可以陪她說說話。」

葉星同情地點點頭。「很合理。」

「可是灰毛不知道從哪裡冒了出來，他攻擊了松鼠飛，而且還把她拖到——」根躍沒有說完，他知道戰士們聽到接下來這句話都會覺得他瘋了，但是他非說不可。「灰毛把她拖進月池了。」

天族巡邏隊的其他貓兒聽了這份消息，不禁連連驚呼。

「他把松鼠飛活活拖下水了？」葉星震驚地問。「他想把松鼠飛溺死嗎？」

「我不知道。」根躍承認道。「我只知道松鼠飛被拖下去了，在那之後，他們兩個都沒有再浮上來，我完全找不到他們的蹤影。」

「說得好像刺蝟都會飛了一樣。」兔跳喵聲說。「根躍，該不會是有蜜蜂鑽到你腦子裡了吧？」

「才沒有。」根躍氣呼呼地回嘴。「這是我親眼看到的，我把我看到的事情都說給你們聽了。」

「但是……」葉星疑惑地搖著頭。「說不定灰毛是從水池對岸把松鼠飛拖上岸，然後逃之夭夭了。」她提出。

「或者，他故意和松鼠飛一起在水裡溺死了。」哈利溪喵嗚道。「他很明顯是有蜜蜂跑到腦子裡了。這個結局雖然很悲哀，但至少能一舉解決所有的問題。」

看到族貓們不相信他，根躍逼自己壓下逐漸上湧的憤怒，逼自己冷靜地說話。「我沒有看錯，而且我也搜過月池了。灰毛是把松鼠飛帶到了我去不了的地方，他是透過月池去到那個地方的。」

「我們必須立刻告知其他族長。」葉星喵聲說。「現在所有貓兒都懷疑是松鼠飛幫助灰毛逃跑的，但從根躍你的說法聽來，松鼠飛顯然不是灰毛的共犯，而是受害者。我們必須拯救她。」

「根躍，你確定你沒有……呃，你確定這不是你想像出來的嗎？」櫻桃尾終於開口問道。「你不是從以前就常常看到一些……怪東西嗎？」

「那又如何？」樹對著玳瑁色與白色相間的母貓說。「別忘了，最先看到棘星靈魂的貓就是根躍，當初是他把事情的真相告訴我們的。現在這件事有那麼難以置信嗎？」

看到樹替他說話，根躍感激地對父親眨眼。有貓站在他這一邊，感覺真是太好了。

我以前還嫌樹太奇怪，覺得他害我丟臉呢！

「樹，你說得有道理。」葉星對黃色公貓說。她深深注視著根躍的眼睛，根躍抬頭挺胸站好，打定主意不要被族長探詢的目光嚇得縮起來。最後，葉星堅定地一點頭。「根躍，我相信你。」她宣布道。「但我們可能沒辦法輕易說服其他貓族。」

✦✦✦

「到了未來，貓族們一定會摸不著頭腦，覺得怎麼可能有如此跳蚤腦的貓——當然，前提是貓族到未來仍然存在，還有活貓能回憶現在發生的一切。」

這句憤怒的嘶吼，就是根躍跟隨葉星穿過荊棘通道進入影族營地時，聽到的第一句話。剛才嘶吼的貓是虎星。根躍隔著自己族長的肩膀望去，看見虎星大步往自己的窩走去，獅焰則站在一旁怒瞪著深棕色虎斑公貓的背影。其他貓族的族長與戰士們都聚集在營地中間，根躍望見和雷族貓站在一起的鬃霜，那一瞬間，一股寬慰流遍了他全身。

好想把上次見面以後發生的一切都告訴她。

「如果由你作主的話，以後就真的不會有任何貓族活下來了。」雷族副族長低吼著回嘴。

虎星停下腳步，猛然轉身。「你說什麼？」他大步穿過營地，和獅焰面對面站著，兩隻貓都弓起背部、爪子刺入地面。

「我說，我們不能讓你作主。」獅焰回道。「我們不能相信影望——害所有貓族遭遇危險的貓就是他，而你對他盲目的忠誠也同樣危險。」

「我的忠誠心可不盲目。」虎星堅持道。「要不是你巴不得讓全世界看到你莫名其妙當上了雷族族長，那你可能還看得出影望已經非常努力了，你可能還有辦法對他展露一丁點同情。」

聽到虎星的批判，獅焰發出憤怒的嘶聲，全身肌肉緊繃，彷彿隨時準備撲上去攻擊對方。「我這就讓你學到教訓。」他嘶吼。

「獅焰，不可以！」霧星踏上前，站在雷族副族長身邊。「我們不能起內鬨，這樣沒辦法解決問題。」

「她說得沒錯。」松鴉羽朝河族族長點頭致意，喵聲說道。「我們難道是無知的小貓嗎？獾都來攻擊我們營地了，我們還要自己玩打架遊戲嗎？我們必須專心處理真正重要的問題，而這個問題就是該怎麼處置灰毛。」

根躍失望地發現，不論是獅焰或虎星都沒把盲巫醫這番話聽進去。獅焰抖了抖耳朵，彷彿想把惱人的蒼蠅趕走，然後伸長了脖子，直到鼻頭離虎星的鼻子只剩一隻老鼠身長的距離。「影望背叛了我們所有的貓。」他沉聲說。「族長們達成了共識，灰毛那個冒牌貨非死不可。可是，影望似乎有某種奇怪的『連結』——」

他的話說到一半就突然被打斷了，虎星憤怒地號叫一聲撲上前，一頭撞在他身上，把他撲倒在地上。獅焰被虎星用四隻腳爪按在地上，無助地掙扎著，卻無法掙脫。

「你敢再說我兒子的壞話，」虎星咆哮，「我就讓你再也講不出話來！」

在根躍看來，雷族副族長似乎十分驚訝，好像沒想到自己會這麼容易被打敗。獅焰氣得毛髮直豎，發出煩躁的咆哮聲，而與此同時，有幾隻影族貓踏上前把族長拖走。鬃霜和另外兩隻雷族戰士扶著獅焰站起身，試著阻攔他，不讓他攻擊虎星。

根躍看得出來，雙方族貓們已經很努力把兩隻貓分開了，但虎星和獅焰似乎都恨不得掙脫自己的族貓，衝上前繼續扭打。根躍擔心他們各自的族貓也會加入爭鬥，不久後整片營地裡的貓都會扭打在一起，無謂的打鬥使空氣充滿叫喊與尖叫聲。

我一定要想想辦法！他心想。根躍衝上前，仰頭發出威嚴的呼號。「大家聽我說！」

在場每隻貓都停下動作，轉向他。這麼多雙眼睛往根躍的方向看來，他感覺到尖爪般的緊張刺入腹部，這時，他瞥見注視著他的鬃霜。鬃霜那雙藍綠色眼眸中的信任與欽佩讓根躍冷靜了下來，他開始相信自己，也相信自己前來分享的消息。

他再次描述灰毛綁架松鼠飛的經過，以及他在月池看見的一切，確保每隻貓都知道現在的事態有多麼危急。「我們不可以自己起內鬨，這樣只會削弱自己的力量而已。」他總結道。「這樣就中了灰毛的詭計了。」

眾貓沉默了片刻。根躍覺得心情稍微好了些——雖然有的貓狐疑地左顧右盼，還有幾隻戰士交頭接耳，至少沒有貓大聲指控他說謊，沒有貓說他是被灰毛欺騙了。鬃霜的目光鎖在他身上，眼中的溫暖再次鼓勵了根躍。

與此同時，根躍感受到了營地裡的緊張，彷彿每隻貓都被荊棘藤緊緊捆住了。影望蹲在之前囚禁灰毛的圍圈入口，虎星退到了一旁，影族族貓們都圍在他身邊守護他。雷族貓兒們聚集在獅焰身邊，其他部族的貓兒則悄悄站到了雙方之間，似乎想防止他們再次開打。

最先開口的貓是霧星。「如果這是真的，那情況就和我們想的很不一樣了。」

「一定是真的。」火花皮從族貓之中踏出來，目光掃過在場眾貓。「至少，松鼠飛那部分一定是真的。這麼說來，一切都合理了——我知道我母親不可能背叛貓族、幫助灰毛逃走的。」

「既然知道實情了，我們就必須去拯救她。」赤楊心走到姊姊身旁。「我們不能就這麼讓那隻邪惡的貓把松鼠飛帶走。問題是，她到底去了哪裡……有貓穿過月池去到另一邊過嗎？」

「我去過。」影望的聲音從灰毛的牢獄傳來，嚇了根躍一跳。根躍轉頭望去，看見年輕巫醫貓焦急地環顧聚在營地裡的戰士們。「在一場幻境中，我……我穿過月池，進到了黑暗森林。」

眾貓連連驚呼。

「黑暗森林？」虎星毛髮直豎地問。「你確定？」

「我確定。」影望回答。「那個地方符合大家對無星之地的描述。我在那裡找到了棘星的靈魂，把他放了出來。我還在那邊看到了某種障礙物，不知道是哪隻貓在那裡建了那東西，阻礙我們和星族之間的連結。」

赤楊心若有所思地端詳著影望。「我記得你之前提過這件事。」他說。說著說著，他的語音緊繃了起來：「你真的認為松鼠飛是被灰毛帶去黑暗森林了嗎？」

「對。」影望同情地看著薑黃色公貓。根躍無法想像赤楊心的心情，要是他自己的母親——紫羅蘭光，被強行帶到了黑暗森林，他會是什麼心情呢？「我瞭解灰毛，他一定是把松鼠飛帶去那裡了。既然沒辦法在活貓的世界獨占松鼠飛，那灰毛就會試著在那個可怕的地方占有她。」

赤楊心和姊姊交換了個焦慮的眼神，根躍看見他眼中的痛苦，其他貓兒看了也紛紛同情地呢喃低語。火花皮靠著弟弟，兩隻貓毛皮相蹭、互相扶持。

「那就表示松鼠飛沒有犯錯。」葉星喵嗚道。「她現在身處險境。」

在那一拍心跳的瞬間，根躍感受到一絲希望，說不定貓族們可以團結起來採取行動。然而，獅焰張口說話時，他的希望破滅了。

「如果根躍說的是實話，」雷族副族長開口說，「那影望的行為就更有問題了。是他放跑了灰毛，灰毛才會綁走我們雷族的松鼠飛，把她帶去黑暗森林。我們還有辦法把她救回來嗎？」他語音微微顫抖地補充道：「她花了一輩子為雷族效力，許多方面而言也是她支撐我們走過了這段黑暗的時期。少了她，她的貓族該怎麼活下去？」

他是真心在乎松鼠飛。根躍心想。**假如雷族現在失去了松鼠飛，獅焰就會成為族長，可是他不在乎這些——他只想把松鼠飛救回來。**

根躍瞄了影望一眼，年輕巫醫往後一縮，彷彿被某隻貓的爪子抓了鼻頭一下。根躍很想保護這個朋友，他相信影望從頭到尾都只是想幫助各個貓族而已。「這不公平！」根躍站出來替年輕巫醫貓說話。「影望一定是有什麼理由才這樣做的。他是巫醫貓，也是忠誠的部族貓。」

「說得好。」虎星同意道。他推開族貓們，踏上前站到根躍身旁。「灰毛告訴影望，如果灰毛被殺，那棘星也會死——影望還說，他看到棘星還活著的證明了。」他提高音量，壓過眾貓驚奇的呼聲。「除此之外，灰毛還監禁了其他的貓靈——他不讓那些靈魂進入星族，而是把他們囚禁了起來。」

根躍看著身邊眾貓交換不安的眼神，顯然在思考這句話的意義。獅焰與虎星之間的敵意似乎消去了，每隻貓聽完虎星說的話，都開始思考影望是不是其實沒背叛貓族。

「這確實非常有趣。」松鴉羽終於開口喵嗚道，失明的藍眼睛掃過貓群。「那我們別像一群驚呆了的田鼠一樣呆站著，趕快出發去月池吧。另外，我們也該把其他巫醫貓找來——斑願、躁片、柳光……」

「我去叫蛾翅。」水塘光宣布道。以前屬於河族的蛾翅，現在成了影族的巫醫。

「影望也要一起去嗎？」

「那還用說嗎？」松鴉羽罵道。他翻了個白眼，一副不耐煩的樣子。「從星族消失開始，就只有他能夠離開活貓的世界了。」

「我同意。」霧星喵聲說。「不論我們是否相信根躍和影望，月池那裡很顯然發生了某種事件，我們去到月池才最有機會找到事情的解答。」

根躍看到其他族長同意霧星的話，終於鬆了口氣。他急著要出發，急到腳爪發癢，可是他們已經浪費太多時間，太陽都升到樹林上方，再過不久就到中午了。根躍心裡愈來愈焦急。

松鼠飛現在怎麼了？他心想著。**希望我們能趕快找到辦法，免得到時候來不及救她……**

第四章

鬃霜興奮地伸縮爪子。吵了這麼久，五大貓族終於決定採取行動了！問題是，族長們好像還不打算出發……鬃霜心中萌生了不耐。

「我們需要腳程快的貓回營地把其他幾隻巫醫叫來。」霧星喵嗚道。「松鴉爪，」她轉向自己的其中一隻戰士說，「你回去叫柳光，直接去月池集合。」

公貓點頭領命，消失在了荊棘通道裡。

「根躍，你去叫斑願和躁片。」葉星命令。

年輕公貓往營地出口跑的同時，獅焰開口說：「兔星，我們派鬃霜去風族如何？你的領地離這裡最遠，我們讓全森林動作最快的貓過去，是不是比較好？」

副族長突如其來的讚美讓鬃霜有點害羞，但她還是注意到兔星臉上的驚訝——畢竟要請別族的貓去風族找他的巫醫貓，他會驚訝也是理所當然。鬃霜也注意到，兔星帶來的族貓年紀都比較大，他在選擇要帶誰時，想必是選了比較有經驗、有智慧的族貓，而不是跑得快的貓。

「好吧。」風族族長喵嗚道。「鬃霜，鴉羽不配合的話，跟他說是我派妳去的，等我見到他之後會再解釋。」

「謝謝你，兔星。」鬃霜回道。

她鑽出營地周圍的荊棘時，聽到後方又傳來爭執聲。

「我認為族長與巫醫以外的貓都不該去。」兔星宣布道。「總不能讓所有貓兒都擠到月池邊吧。」

「那虎星呢？」獅焰低吼。「他還有資格跟我們去嗎？他不是才剛證明了嗎？只要是牽扯到他兒子的事，我們就沒辦法信任他。」

「你說我不可信？」虎星怒問。

鬃霜離開營地、進入樹林，邁開腳步跑了起來，後方的話聲也逐漸淡去。**再這樣下去，他們可能等天黑了才會抵達月池。**

在影族營地那番爭辯與敵意過後，鬃霜終於可以將那一切拋在身後、盡情奔跑，她大大鬆了口氣。她的肌肉隨著穩定的節拍繃緊、放鬆，尾巴順著身體舉到後方。她享受著微風拂過毛髮、讓毛髮貼在身體兩側的感受。

鬃霜衝出樹林，順著湖岸繼續奔跑，踩著水花奔過一度是影族與雷族邊界、現在則是天族地盤一部分的小溪。她進入自己部族的領地，雷族的邊界記號還很新鮮，但她沒嗅到族貓的氣味。她一隻貓都沒看到，就這麼跑到了畫分雷族與風族領地的小溪邊，站在岸上喘息。

我是不是該直接過溪，跑去他們的營地？她一面喘氣一面想。**我可不想浪費時間等巡邏隊經過，再去獲得他們的許可。**

鬃霜差點下定決心繼續前進時，嗅到了風族貓的氣味，遠遠望見一支巡邏隊穿過樹林、順著小溪往下游走來。走在最前頭的是風皮，接著是伏足，以及緊隨在後的見習生歌掌。

什麼貓不來，來的偏偏是風皮！鬃霜暗自抱怨。那隻黑色公貓應該是全風族最不友善的貓了，比他更不友善的貓，可能就只有他父親——風族副族長鴉羽。

「妳來這裡幹什麼？」風皮走到小溪對面，對著鬃霜問道。

鬃霜忍住了失禮的回應，禮貌地一點頭。「我必須去你們營地一趟。」她喵聲說。「我帶了口信給隼翔。」

「什麼？」風皮琥珀色的眼裡浮現了懷疑。「雷族戰士沒事來風族營地做什麼？」

「我剛剛就說了，我有口信要給你們的巫醫。是兔星派我來的。」

這下，風皮的語氣聽起來更加狐疑了。「我們族長怎麼會派雷族貓來傳信？」

「因為這件事十萬火急，而且我跑得快。」鬃霜回答。**還好我沒過溪，不然會忍不住把他那雙笨耳朵抓掉。**「能請你讓我傳信給隼翔嗎？這是非常要緊的事情。」

風皮還是不為所動。「我怎麼能隨隨便便讓妳過來？」他回道。「妳先告訴我，妳想對隼翔說些什麼？」

鬃霜遲疑了一下。現在每過一拍心跳的時間，松鼠飛的處境就變得更加危險，這隻風族公貓竟然還在這邊浪費時間！鬃霜知道實話聽起來很奇怪，但她別無選擇——風皮只是在盡自己的職責而已，她也沒時間編出一段能讓風皮聽進去的故事了。

更何況，現在五貓族都必須齊心協力了。

「我們要把所有巫醫貓聚集起來。」她對風皮說。「我們認為灰毛透過月池把松鼠飛帶到了另一個地方——可能是去了黑暗森林。影望曾經在幻境中透過月池去過。」

聽到她提起黑暗森林，風皮往後一縮。「妳和其他貓打算去那個地方救松鼠飛？」他問道，狐疑的態度逐漸消去。

「我也不確定。」鬃霜承認道。「巫醫們好像要開會討論這件事。我現在只知道我們的族長和副族長失蹤了，他們需要我們的幫助。如果非得進黑暗森林救他們不可，那我這就去——」

「妳這樣想事情，一定是被蜜蜂鑽進了腦袋。」風皮打斷她。「妳根本就不知道那地方是什麼樣子，上次黑暗森林對貓族作祟時，妳根本就還沒出生。我敢用一個月的黎明巡邏任務打賭，妳連想像都想像不了那個地方的恐怖。」

鬃霜心裡其實同意風族戰士的話，她聽長老們說過不少關於黑暗森林的故事，知道那是個無比可怕的地方，被流放到黑暗森林的貓靈也都是些窮凶極惡的壞貓，可是聽故事和實際體驗是兩回事，她可能還是無法想像黑暗森林的恐怖。話雖如此，她不肯在風皮面前表現出任何恐懼或遲疑，答話時，她筆直對上他的目光。

「這件事可能關乎所有貓族的安危——現在，我們就只關心各族的安全而已。」

風皮又猶豫片刻，這才簡慢地對她一點頭。「好，妳可以過來。」

鬃霜跳過小溪，跟著風皮走到樹林邊緣，爬上通往風族營地的斜坡，到了高地荒原上。伏足與歌掌剛才一直驚駭地瞪大眼睛聽鬃霜和風皮對話，現在他們兩個跟在後面，一起朝營地前進。

風族營地位於接近高地荒原最高點的空谷裡，周圍都是金雀花叢。風皮領著她走下斜坡來到營地中央，鬃霜好奇地環顧四周，營地邊緣有一個個漆黑的洞穴，鬃霜猜那些是被遺棄的兔窩。空谷裡散著一顆顆巨石，砂土裡生了好幾叢金雀花。**其中幾叢應該就是風族貓的窩。**鬃霜猜道。

好怪喔……我要是睡在裡面，應該會每晚都扎得滿身是刺。說不定風皮脾氣這麼暴躁，就是金雀花刺害的。她邊想邊忍住嗤笑聲。**我要是住在這片營地裡，應該每天有一半的時間都會用來梳理毛皮吧！**

「妳在這裡等著。」風皮對鬃霜命令道，接著快步消失在了營地另一頭一顆大石頭後方。片刻後，他帶著父親——副族長鴉羽——回來了。

又是一隻難搞的貓。鬃霜心想。**偉大的星族啊，我今天運氣也太差了吧！**

「妳好，鬃霜。」鴉羽對她打招呼，語氣禮貌卻又冷淡。「我聽風皮說了，妳有話想對隼翔說對吧？在讓妳和隼翔見面之前，我必須先聽聽妳來我們營地的理由。」

「是兔星派我來的，」鬃霜回答，「他說他晚點會再跟你解釋。」

鴉羽顯然對她的回答不滿意，他抽了抽觸鬚。「妳恐怕得說得更詳細一些。」

鬃霜不耐煩到全身的毛皮都開始發癢。時間已經不多了，松鼠飛還在灰毛那裡啊！幸好風皮開口把剛才聽鬃霜說的事情告訴父親，這麼一來鬃霜就不必對鴉羽說話，也不會不小心對這位不配合的風族副族長說出失禮的話了。

聽兒子提到松鼠飛，鴉羽似乎突然聚精會神了起來。風皮說完話以後，鴉羽快速一點頭。

「好吧，」他喵聲說，「妳可以傳話給隼翔，但我也要一起去。」

鬃霜好不容易獲准和隼翔說話了，她開心到根本沒有抱怨，跟著鴉羽鑽進一塊巨石的縫隙。距離縫隙入口兩條尾巴長的地方，石縫變得寬闊了些，通往淺淺的洞穴。洞穴地面鋪了蘆葦，上方的岩縫透入一道日光，鬃霜在光線下看見隼翔在整理藥草。

鴉羽和鬃霜走進巫醫窩時，巫醫貓抬起頭來。「鬃霜！」他驚呼一聲，拍掉了前腳上的草葉碎屑。「是什麼風把妳給吹來了？」

鬃霜盡快說明事情的前因後果，以及各族族長傳喚巫醫貓去月池集會。「隼翔，請跟我來。」她總結道。「錯過這次機會，我們可能就再也沒辦法救出松鼠飛了。」

「我當然會跟妳去，」隼翔喵嗚道，「但是我不確定能不能幫上忙。我們巫醫已經好幾個月都無法透過月池聯絡上星族了，更不用說是通過月池去別的地方。」

隼翔站起身準備離開，鴉羽卻靜靜站在原地不動，鬃霜這才注意到他憂心忡忡。

「也許我們完全想錯了。」他提出。「有沒有貓想過，松鼠飛可能是自願跟灰毛走的？他們以前當了很久的族貓，誰知道他們之間是什麼關係？」

聽了風族副族長的話，鬃霜氣得毛皮發燙。「灰毛可是偷了棘星的身體耶！」她高聲說。「而且別忘了，你那些被松鼠飛帶大的小貓，以前可是差點被灰毛給害死了呢！你覺得松鼠飛會想跟那個……那個噁心的鴉食有什麼關係嗎？」

「話雖如此，」鴉羽回道，「我們所有貓都知道，松鼠飛和棘星的關係向來不太平，妳想想看，她不是違抗過棘星的旨意，幫助了姊妹幫嗎？還有更早以前……」鴉羽猶豫片刻，接著語氣苦澀地說：「松鼠飛騙了棘星，沒說她扶養的小貓是我的。在棘星得知真相後，他們可是冷戰了好幾個月。」

鬃霜搖搖頭，不願意為了久遠的事情和鴉羽爭辯。「但是我確信松鼠飛愛棘星。」她堅定地說，心裡再怎麼不自在，她也要守護她的副族長。「她會在乎灰毛的死活，完全是為了讓棘星回到自己的身體。」鬃霜深吸一口氣，補充道：「我敢用自己的性命打賭，松鼠飛是不可能幫助灰毛傷害部族的。」

鴉羽默默盯著她，盯著她看了好久，鬃霜開始擔心自己沒能說服他了。然後，風族副族長簡單地一點頭，大大鬆了口氣的鬃霜忍不住發出呼嚕呼嚕聲。鴉羽走出巫醫窩，邊走邊用尾巴示意隼翔和鬃霜跟上。

到了室外，鴉羽對新鮮獵物堆旁一群正在聊天的貓兒喊道：「呼鬚！」一隻深灰色年輕公貓跳了起來。「鴉羽，怎麼了？」

「我有事要暫時離開，我不在的這段時間，由你負責管理營地。」灰色公貓瞪大眼睛，驕傲地挺起胸膛。「好的，鴉羽，我不會辜負你的。」

「意思是說，你要跟我們一起走？」鬃霜問。她不確定自己是高興還是不開心。

「沒錯。灰毛可能還躲在月池附近，不能只有一隻戰士陪隼翔過去。」鴉羽不耐煩地抖了抖觸鬚。「說到隼翔，他到底去哪了？」

鴉羽說話的同時，巫醫貓從窩裡跑了出來，嘴裡叼著用葉子裹住的一包藥草。「抱歉了，鴉羽。」他口齒不清地說。「我想說這些可能可以派上用場。如果我們成功找到松鼠飛，可能會需要幫她療傷。」

「有道理。好了，我們出發。」

鴉羽帶頭爬上通往空谷外的斜坡，穿過金雀花叢形成的圍牆。走到開闊的高地荒原後，他停下腳步，轉向鬃霜。「妳回雷族去吧，」他喵嗚道，「妳的任務已經完成了，這件事交給巫醫貓和比較有經驗的戰士處理就好。」

見鴉羽想打發她離開，鬃霜氣得耳朵緊貼著頭頂。**你明明就是風族的貓，別想對我發號施令！**「你剛剛也說了，不能只有一隻戰士陪隼翔去月池。」她指出。「所以我也要跟你們一起去月池。」

鴉羽用充滿疑慮的眼神看她，尾巴尖端煩躁地來回抽動。鬃霜默默等他再次命令她離開，結果鴉羽聳了聳肩，轉身朝通往月池的高沼斜坡走去。

鬃霜跟著往前走，心裡想著：還好鴉羽沒試著阻止她跟著走。鬃霜十分肯定，不論接下來發生什麼事，松鼠飛都會需要有站在她那一邊的貓在場支持她。**我可不確定其他貓，尤其是其他族的貓，到底是不是站在她那一邊。**

✦✦✦

鬃霜和風族貓奮力爬上岩石滿布的山丘，朝月池邁進時，正午早就過了。鬃霜的肚子咕嚕咕嚕直叫，黎明和竹耳分食的那隻老鼠早就消化完了。

她努力鑽出山丘頂的荊棘叢，發現自己和兩隻風族貓應該是最後到場的貓了。其他各族的巫醫都已經順著螺旋步道去到了月池畔，族長們則聚集在荊棘叢邊，沒有去到月池邊。

鬃霜注意到，虎星並不在場，代表影族參加聚會的是副族長苜蓿足。**他們想必是費了好一番唇舌才說服虎星接受這個安排的。**她心想。

火花皮也在場，她一臉憂慮，顯然為母親擔心不已。除了火花皮之外，鬃霜還在貓群邊緣看見根躍和他父親——樹。**其他族長選他們同行，應該是因為他們看得見貓靈。**她心想。

鬃霜沿著空谷邊緣走去加入那兩隻天族貓，一邊對他們點頭打招呼，一邊在他們身旁坐下。看到根躍、對上他歡迎的目光，鬃霜感覺彷彿被一束陽光照得毛皮暖洋洋的，心裡樂觀了許多。

之前在影族營地，她看到根躍阻止虎星和獅焰打鬥。**他那時候真的好勇敢！**看到根躍還有和他想法相似的貓想防止各族分崩離析——看到他跳上前阻止兩隻年紀比他大、地位比他高得多的貓打鬥——鬃霜心中萌生了希望。

而且面對這麼多位高權重的貓，有了根躍在身邊，鬃霜感覺沒那麼尷尬了。

「我試著用之前姊妹幫教我的方法和大地連結，想找出松鼠飛所在的位置。」根躍對她說。「可是目前還沒找到她。」

鬃霜同情地點點頭。「我不知道松鼠飛在哪裡，但她恐怕不在陽間了。」她回道。根躍嘆了口氣。「可能就像妳說的那樣吧。」

鴉羽走向他的族長，隼翔則走下螺旋步道，加入月池邊的巫醫們。鬃霜發現，除了隼翔之外還有幾隻巫醫貓帶了一綑綑藥草，藥草整齊地擺在他們身邊的地上。蛾翅招呼隼翔加入集會，所有巫醫都面色困惑地低聲交談起來。鬃霜把耳朵轉向他們，勉強聽到他們的對話。

「活著的貓怎麼可能穿過月池？」斑願出聲問道。「就算月池真的通到了星族的狩獵地，活貓也不可能過去啊。」

赤楊心點頭表示同意。「以前也有貓短暫去過星族和黑暗森林，」他指出，「但那是在夢裡，或是在他們瀕臨死亡的時候。從沒有貓用自己的身體去過。」

「在大戰役時期，黑暗森林的貓用實體回到了陽界。」蛾翅顫抖一下，語音充斥著深深的擔憂。「星族貓也有用實體回來。」

松鴉羽露出和金色虎斑母貓同樣憂慮的神情。「在活貓與死貓的世界之間穿梭，想必是可行的。」他喵嗚道，同時抖了下毛皮，彷彿想抖掉在身上亂爬的螞蟻。「我們只需要找到過去他們那邊的方法。」

鬃霜注意到，從別的貓提起黑暗森林開始，松鴉羽的毛髮就全都豎了起來。**他在營地裡也是這個反應。**她回想道。**每次有族貓提起那個恐怖的地方，他都會這樣……不過，平常很少有貓提起黑暗森林的事。**

就如風皮早先所說，在不久之前，鬃霜根本沒有真正瞭解黑暗森林的恐怖。大戰役是在她出生前好幾個月發生的事，有好多貓的名字都只活在她的幻想之中——尤其是為了守護雷族而慷慨赴義的貓。不過在她心目中，那些貓不過是虛無縹緲的貓靈罷了。而現在，她已經無法想像比貓靈更可怕的東西了。

「我們再試著聯絡星族吧，就試這最後一次。」水塘光提議，目光在巫醫同伴之間游移。「我知道現在還是白天，但如果我們像平時一樣用鼻子碰池水，那說不定……」

「那說不定刺蝟都會飛了！」松鴉羽來回甩動尾巴。「我們試過多少次了，還不是每次都失敗？你憑什麼認為這次能成功？」

松鴉羽話說得很嚴厲，語音卻微微顫抖。若不是鬃霜已經坐立難安了，松鴉羽那顫抖的語音也許會令她惴惴不安。

「只是試一試而已，有益無害嘛。」柳光喵嗚道，其他巫醫貓也低聲表示贊同。

松鴉羽暴躁地嗤了口氣。「你們要試就試吧，到時候失敗了別來怪我。」

巫醫們圍著月池蹲了下來，伸長脖子用鼻尖觸碰水面，然後閉上眼睛。

鬃霜目睹了在不久之前只屬於巫醫們的祕密儀式，忍不住全身一顫。**星族啊，拜託對他們說說話吧！**她祈禱道。她有點期待空谷裡突然出現祖先靈魂星光閃耀的形體。

「巫醫們辦事的同時，我們該把這個區域徹底搜一遍。」兔星打斷了鬃霜的思緒。「說不定能找到什麼證據或線索。」

其他貓兒在空谷坡頂四散開來，鬃霜沿著坡頂走，實在不確定自己要找些什麼。她來到了一條小溪，溪水從岩坡邊緣滾了下去，落入下方的水池中。

「灰毛就是從那邊把松鼠飛拖到水裡的。」鬃霜嚇了一跳，這才發現是根躍無聲無息地走到了她身邊。根躍用尾巴一指。「在那邊，瀑布沖過長滿青苔的岩石那邊。我現在已經看不到什麼痕跡了。」

「你們這些該死的癩皮貓，就不能安靜一點嗎？」松鴉羽不耐煩的嘶聲從水池傳了上來，被他心中的懼怕放大。「要專心聯絡星族已經很不容易了——我們可不需要你們像馬一樣在上頭大聲走動，或是像放出了營地的小貓一樣大聲喧嘩！」

「抱歉了，松鴉羽！」鬃霜喵聲說。

她和根躍一起悄聲沿著坡頂走回去，回到螺旋步道的頂端。其他貓兒也聚集在那裡，沒有貓找到任何線索，大家都不知道灰毛把松鼠飛帶到了哪裡，也不知道該怎麼去追他們才好。

巫醫們站起來時，太陽已經在天空中下滑，長長的斜影落在水面。鬃霜感覺毛皮竄過了希望的顫動——然後，她看見巫醫們絕望的神情。

「你們有看到什麼嗎？」葉星問道，但從她無望的語氣聽來，她已經知道巫醫會怎麼回答了。

「什麼都沒看到。」隼翔回答。「我們還是聯絡不上星族，祂們就和之前一樣沉默。」

沉重又緊張的死寂籠罩著所有的貓。薄暮逐漸加深的同時，鬃霜感覺所有希望都在隨日光逝去，貓族們彷彿墜入了黑暗。**我再也見不到棘星和松鼠飛了。**

最後，火花皮打破了沉默，用顫抖的絕望語音說：「那如果我們進入月池呢？說不定可以找到通往別地方的路。」

「那怎麼可以！」水塘光立刻出聲抗議。

「是啊，這裡是巫醫的聖地，」松鴉羽附和道，「妳根本就不該來的。」

「是你自己說我們該來的。」火花皮馬上回嘴。「而且，這和我們大家一起打破冰層那次一樣是緊急時刻，就算是我們平時不會想到要做的事情，只要有成功的機會，我們就必須去試一試。」

「當初看到灰毛把松鼠飛拖下去的時候，我也有跳到水裡。」根躍喵嗚道。「那時候我什麼都沒找到，不過這可能是因為我不太擅長游泳。」

松鴉羽低哼一聲，煩躁地抖了抖觸鬚，其他巫醫貓卻敬佩地抬頭望向根躍。「我覺得你很勇敢。」鬃霜湊到他耳邊低聲說。根躍訝異地眨眨眼，發出開心的呼嚕呼嚕聲。

「不然讓河族貓試試如何？」霧星提議。「我們很會游泳，說不定能找到些什麼。」

「我也去。」蛾翅宣布道。「我已經不再是河族貓了，但我還是會游泳。」

聽她這麼說，霧星和柳光交換了個哀傷的眼神，不過兩隻貓都沒有提出異議。鬃霜看到他們這麼思念以前的巫醫貓，肚子裡閃過了一絲難受。之前冰翅和兔光加入叛軍陣營對抗冒牌貨——同時與河族相抗，在那之後霧星拒絕讓他們兩個回河族，蛾翅見狀也不願意重新加入河族了。鬃霜知道蛾翅深愛河族，也很欣賞她這種堅強的性子，佩服她這樣站出來支持那些反抗灰毛的貓。蛾翅現在成了影族的巫醫。

「我還是覺得這個主意不好。」松鴉羽堅持道。「假設這條路的終點真的是黑暗森林好了，你們去到那邊之後打算怎麼做？黑暗森林可不是什麼可以隨便進出的地方，怎麼能莽撞地闖進去？」

霧星輕蔑地抖了下尾巴。「我們一定要找到松鼠飛——誰知道我們還剩多少時間呢？少數服從多數。」河族族長跑下螺旋步道，加入巫醫們，三隻貓一同跳進月池。

鬃霜看著水面在他們潛下去之後恢復平靜。她不敢對上其他貓的視線，怕會在他們眼中看見自己胸中那絲微薄的希望。**我在努力保持樂觀，可是如果看到其他貓心裡的希望，我可能就沒辦法繼續樂觀下去了。**

時間開始延伸，鬃霜開始覺得河族貓應該是找到了什麼，貓應該沒辦法在水下憋氣那麼久吧？然後，一顆頭衝開了水面，緊接著是另外兩隻貓。三隻貓游到月池畔，拖著身子爬上岸。

「所以呢？」松鴉羽不耐煩地問。「妳們有找到什麼嗎？快說啊！」

霧星大口喘了兩三口氣，這才回答：「那下面除了水以外，什麼都沒有……我們什麼都沒找到。」

其他貓紛紛失望地哀嘆。鬃霜看著霧星和兩隻巫醫貓甩掉身上的水，感覺拯救族長和副族長的最後一絲希望就這麼消失了。

「說不定我們不該想辦法追灰毛和松鼠飛。」一小段時間後，河族族長又說。「我沒說松鼠飛是灰毛的共犯，根躍的說法我也聽進去了，但你們想想，松鼠飛有沒有可能是故意跟著灰毛去另外一邊的？」她匆匆問道。

赤楊心一臉氣憤地搖頭。「如果她沒有幫助灰毛，那還有什麼理由跟著灰毛去另一邊？她是不可能和那隻貓同流合汙的！」

「我這麼說吧，」霧星搖著頭喵聲說，「我從很久以前就認識松鼠飛了，我知道她願意為了雷族，為了所有貓族——犧牲自己。也許，她認為自己犧牲了性命，就能確保灰毛不再作惡。」

在那一瞬間，鬃霜開始思考這件事的可能性。她相信在不得已的情況下，松鼠飛的確會為了雷族犧牲自我。

但這時，她身旁的根躍開口了。「這不只是要不要救松鼠飛的問題。」

「沒錯。」和其他巫醫一同站在月池邊的影望同意道。「我見到灰毛時，看見他的眼睛消失，先後被棘星和尖塔望的眼睛取而代之。棘星說他還是有機會回到自己的身體，而尖塔望好像想告訴我，有其他貓靈被灰毛囚禁在黑暗森林裡……」

「這麼一來，在天族發生的事情就說得過去了。」根躍聽了，恍然大悟地睜大雙眼。「我們舉行儀式，試著和死貓的靈魂溝通時，看到了很多貓——比各個貓族的死貓都還要多——他們似乎都在受苦。」

在場很多隻貓當時都見證了那場儀式，但是經根躍的提醒，他們還是害怕地面面相覷。「我們失去星族，會不會是因為死貓的靈魂都被灰毛抓走了？」苜蓿足大聲問道。「沒有貓答得上來。最終，兔星煩躁地一甩尾巴。「那我們能怎麼辦？」他問道。「我們當然可以決定不拋棄松鼠飛和棘星，但目前為止我們連一條線索都沒找到，根本就不知該怎麼去找他們啊。」

「我在想……」斑願憂心地眨眼說。「說不定松鼠飛能夠穿過月池，是因為她和一隻死貓的靈魂同行——就算那個靈魂附在了活貓的身體上，他們還是能去到另一邊。」

「的確有可能。」松鴉羽簡短地喵嗚道。「問題是，這對我們幫助不大吧？現在可沒有死貓來幫我們帶路。」

影望踏上前，害羞地垂著頭。「我說過，我之前去過黑暗森林。」他開口說。「我在那邊探索了一下。還有，不論怎麼說，和灰毛相處過最久、最瞭解他的貓都非我莫屬。」

松鴉羽瞇起眼睛。「那又如何？」他問道。

影望蓬起毛髮。「我可以去找他們。」他解釋道。「只要有貓來教我怎麼安全地去到黑暗森林，我就一定能幫上忙。」

第五章

影望看著其他貓兒眼中浮現了恍然：他這是自願要進入黑暗森林。他感覺到其他貓緊繃的情緒盤繞在月池四周，宛若濃濃的霧水。

「黑暗森林可不是你隨隨便便就可以進去逛的地方！」松鴉羽突然大聲呼號，尾巴甩到了影望的耳邊。「那可不是普通的地盤，它有自己的力量，可以讓好貓變成壞貓。」

「所以才應該讓我去啊。」影望堅定地喵嗚道。他的聲音不大，卻吸引了每一隻貓的目光。「這裡只有我知道黑暗森林長什麼模樣，我也做好心理準備了，可以面對那裡的東西。」

水塘光搖搖頭。「你說得有幾分道理，」他承認，「但你別想再試死莓了。」

「死莓？」蛾翅罵道。「該不會是有蜜蜂鑽到你腦子裡了吧？再也不能讓貓試那種方法了，真的太危險了。」

「我知道啊！」影望抗議道。服用死莓是魯莽又愚蠢的行為，他上次能活下來完全是運氣好。「我保證再也不會考慮死莓了。」

蛾翅嚴厲地瞪他一眼。「你連想都不准去想。」

「那還有什麼方法可以去那邊？」斑願問道。

「瞭解黑暗森林的貓可不只有影望。」兔星答道。「那地方引起各種問題的那段時期，有些貓透過夢境去到了那邊。」他頓了頓，羞愧地舔了胸口的毛髮幾下。影望這才想起來，在風族族長還是名為兔躍的戰士時，就曾經被黑暗森林的貓欺騙過。

「如果把注意力集中在自己心中黑暗的部分，就比較容易過去了。」獅焰一臉不自在地低聲說。**他可能也想起自己在黑暗森林度過的時光了吧。**影望心想。他挺胸站著，堅決不在雷族副族長不友善的目光下退縮。

「我們不能輕易進入黑暗森林，」金色虎斑公貓接著說，「如果非得派貓兒過去不可，那派影望過去真的合適嗎？」

「為什麼不能派影望？」斑願回嘴。她走到影望身邊，對他投了個鼓勵的眼神。「他已經去過了啊。他明知那地方危險，現在還是願意再試一次，何不讓他去呢？」

天族巫醫的支持令影望心裡暖洋洋的，但獅焰似乎不為所動。他吸了口氣，顯然快沒耐心了。「影望確實去過，不過那只表示這件事情可行——不代表只有他做得到。只要是還記得大戰役的貓都知道，只要專注想著自己最黑暗的想法，任何貓兒都能透過夢境進入黑暗森林。」

苜蓿足納悶地歪頭盯著這隻金色戰士。「你的意思是，你覺得我們該派熟悉那地方的戰士過去？」

「不是。」獅焰用顫抖的喵嗚聲說，瞪大的眼睛在那一瞬間閃過近似恐懼的東西。「我只是認為，每一隻貓都該知道自己參加了什麼計畫。更何況，你們有沒有想過，影望自願去那個地方，可能只是為了逃避他應受的懲罰？」

「『應受』的懲罰？」苜蓿足瞪著獅焰，齜牙準備咆哮。「如果影望說的是實話，那他根本就不該受罰，這座森林裡每一隻貓都該感謝他才對！」

聽到副族長這麼賣力替他說話，影望詫異地眨眼。他一直都以為其他貓都不認同他，就連自己的族貓也是，現在他發現至少有幾隻族貓是站在他這一邊，心裡突然踏實許多。

「而且，」松鴉羽跟著罵道，「即使只是去黑暗森林一小段時間，也不能『逃避』懲罰。既然影望已經去過了，那他想必也很清楚。」

影望嚴肅地點點頭，感激這隻失明的貓替他指出顯而易見的事實。**說不定他們會發現我說的話很合理，然後就這麼讓我去。**

但他很快就發現，事情可沒那麼簡單。「這個嗎……」霧星喵聲說，充滿疑慮的目光從影望移到松鴉羽身上，再回到影望身上。「姑且不論影望能不能安全地去到那邊，我倒想知道，我們真的能把找松鼠飛的重責大任交給他嗎？若不是他，灰毛也不會逃跑，松鼠飛現在就會安安全全地待在自己族裡了。在放走灰毛的同時，影望就是選擇了背叛貓族、幫助灰毛。」

河族族長這番話一出口，影望身邊又爆發了爭執。

「如果他沒放走灰毛，棘星的身體就會死。」鬃霜似乎終於忍不住了，開口號叫道。「影望做的是正確的選擇。」

「那是他自己的說法。」兔星厲聲說。與此同時，獅焰瞇起眼睛，惡狠狠地瞪了鬃霜一眼。

「影望妨礙了各族族長執行我們決定採取的行動，假如他是雷族貓，我就會用比殺老鼠更快的動作立刻流放他。他還有任何可信度可言嗎？」

赤楊心一臉氣憤地轉向臨時副族長，但他還來不及開口，松鴉羽就把尾巴尖端搭在他肩膀上阻止他。「獅焰，你別鼠腦袋了。」他沙啞地說。「他不過是隻盡己所能去做好事的巫醫而已，你忍心處罰他嗎？」

影望站在貓群之中，聽他們七嘴八舌地議論他，彷彿他根本就不在場。隨著時間一刻刻過去，他感到愈來愈不安了。的確有些貓站在他這一邊，但大部分的貓還是對他抱持懷疑態度，而從他們充滿敵意的語氣聽來，想找理由放逐他的貓並不只有獅焰。

不僅是放逐，他們甚至想給我更可怕的懲罰。他邊想邊暗自打了個哆嗦。**我也不能怪他們。他們說得沒錯，要不是因為我，這些事情也不會發生。**

他注意到苜蓿足在打量他，他對上副族長的視線時，苜蓿足點了點頭，轉回去面對其他的貓。「別忘了，進入黑暗森林可是很危險的——不只是身體上的危險，還有心靈上的危險。」她喵聲說。「你必須集中精神想著自己心中的黑暗，才有辦法過去，而且就如許多貓兒所說，黑暗森林能使好貓變成壞貓。」

獅焰低吼一聲。「這麼說來，我們正該派影望過去，反正他已經離變成壞貓不遠了。」

影望往後一縮，苜蓿足則冷冰冰地瞪了獅焰一眼。「他是自願要去。」她指出。「而且，影望從以前就有一些特別的才能……他對黑暗力量並不陌生，之前和那些力量多次打交道，他還是沒失去自我。如此說來，我們的確該派他去黑暗森林。」

在場眾貓靜了下來，每隻貓都用混雜著欽佩與恐懼的目光偷瞄影望。

「總之，我們可以試試看。」影族副族長喵嗚道。「他可以先去探勘一番，尋找有關松鼠飛的線索。影望，你有辦法完成這份任務嗎？」

「可以的，我——」影望才說到一半又被打斷了，這次插嘴的貓是獅焰。

「我就說了，我不信任影望。」金色虎斑毛戰士沉聲說。

「那讓我去吧。」影望還來不及替自己辯解，蛾翅就說話了。她提高音量，蓋過其他貓兒的驚呼。「我沒有要冒犯他的意思，但影望不過是隻見習生——既然你們認為影望能成功，那我當然也能去。」她若無其事地一舔前腳。「我很堅強，可以面對黑暗森林的挑戰。假如我在那邊遭遇什麼危機，相信巫醫們完全有辦法把我帶回來的。」

一些貓贊同地點點頭，但松鴉羽煩躁地發出嘶聲反駁。「我也不想這麼做，」他惡聲說，「但如果要派一隻貓進黑暗森林救松鼠飛，那就應該派我去才對。蛾翅，和妳相比，我跟松鼠飛的連結較深——而且我和影望一樣去過那個地方。」

「確實呢。」苜蓿足贊同地點頭，喵嗚道。

「和影望比起來，松鴉羽的確是比較合適的貓選。」兔星附和道。

影望默默盯著自己的腳爪。**我該怎麼說服他們，讓他們知道我才是最好的貓選？**他遲疑的同時，又有幾隻貓低聲表示同意，然後柳光也踏了上前。

「我去吧。」

「為什麼？」已經下定決心的松鴉羽似乎覺得很煩燥，不希望被其他貓取而代之。「為什麼是妳去？」

「有些貓實在沒辦法信任影望，而他們說得有道理。」柳光平靜地回答。聽到巫醫同伴對他的批評，影望的毛髮逐漸豎了起來，他逼自己的毛皮恢復滑順的狀態。「是他放跑了灰毛，」柳光接著說，「所以，如果要派一隻巫醫貓去黑暗森林，我們就不該派他。另外，我不是松鼠飛的族貓或親屬，所以更應該選我過去。」

「這是什麼道理？」火花皮抗議道。「應該要派在乎她、關心她的貓過去才對啊。」

「灰毛可能會利用你們和松鼠飛之間的情誼對付你們。」柳光指出。她的語氣有點尖銳，影望猜她是費了一番力氣才沒把「鼠腦袋」三個字罵出口。「更何況，在任務進行得不順利的情況下，進入黑暗森林的貓必須面對艱難的抉擇：趁還有機會離開時快跑，而不是為了松鼠飛犯下愚蠢的錯誤。進黑暗森林的貓必須保持冷靜，不讓自己受感情左右。」

「說得也是。」苜蓿足評論道。

「我非常欣賞蛾翅的勇氣——應該說，我非常欣賞蛾翅這隻貓。」柳光接著說。「但是，妳從沒聯絡上星族過，這也表示妳不太可能成功去到黑暗森林。」她堅決地總結道：「去黑暗森林的任務一定要交給我。」

嬌小的灰色虎斑貓說完之後，眾貓又低聲議論起來，最後是霧星踏上前面對自己的巫醫貓。眾貓見了紛紛閉嘴，影望也緊張地等她的反應。「柳光，我知道妳很勇敢，」河族族長喵聲說，「但是妳恐怕沒把這件事想清楚。妳是我們河族唯一的巫醫，倘若妳遭遇不測、再也回不來了，族貓們又該如何是好？」

柳光尊敬地對族長一點頭。「我不打算送死。」她回道。「不過，假如我真的遭遇不測，那蛾翅說不定會考慮回到自己所屬的部族。」她意有所指地看了從前的導師一眼，但蛾翅就只有默默別過頭。

眾貓沉默了片刻，影望看得出每隻貓都在認真考慮柳光的提案。

他們難道看不出這個提案有多鼠腦袋嗎……影望很想出聲，可是他怕自己開口說話會起反效果，畢竟在場信任他的貓實在太少了。

最終，水塘光開口了。「也許柳光說得對。」

其他的貓，包括所有巫醫與戰士都交換了讚許的眼神，喵聲表示同意。影望的心在胸中撲通撲通鼓動，像是恨不得從胸腔迸出來的一顆石頭，他再也沉默不下去了。

「別開玩笑了！」他高呼。「以前從來沒發生過這種事啊！」他焦急地提醒大家。「只有我知道灰毛的能耐！柳光是很勇敢沒錯，但她沒辦法——」

「柳光，在這方面他說得對，妳確實該做一點準備。」松鴉羽喵聲說。「找一隻透過夢境去過黑暗森林的貓談談吧——妳可以先聽聽兔星的經歷。」

「我也去過啊。」影望出聲抗議。「而且，我還是不久前去的。大戰役已經是好幾季以前的事了耶！而且，除了松鼠飛以外，森林裡沒有任何一隻貓比我更瞭解灰毛。」

松鴉羽微微低頭。「這可不一定了。」他指出。「灰毛還活著時，我們有許多貓都和他一起生活過，我們還當過他的族貓。」

影望抖了抖耳朵。「是沒錯，可是他以前還沒有顯露出本性。」他堅持道。「你們只認識他以前的表象而已，可是我知道現在的他有多麼邪惡。他騙了我，讓我以為我聽到了星族傳來的信息。後來我們發現他有多邪惡了，可是我在治療他的那段時間聽他說了很多。」影望全身一顫。「他說出口的每一個字都是劇毒，就像滴進了水池的蛇毒一樣，可是我聽著聽著還是更瞭解他了。」

這時，柳光走過來，將尾巴搭在他肩膀上。在柳光平穩的凝視下，影望閉上了嘴。「我明白你的意思，也很感謝你替我操心，」她喵嗚道，「不過我們已經做好決定了。如果你有關於黑暗森林或灰毛的建議，我很樂意聽你說，但你不想說的話現在就可以離開了。」

影望看見她綠色眼眸中堅定的意志，這才發現自己辯不贏她。**說不定是我太自大了，說不定瞭解灰毛的貓不只有我一隻。**他一面想，一面壓抑嘆息。**柳光畢竟是隻聰明的貓，蛾翅也非常尊敬她。**

最後，他垂下了頭。「好吧。」他喵嗚道。「妳要知道，灰毛他完全不在乎我們五個貓族的死活……」

✦✦✦

影望睜開眼睛，抬起頭來，睡眼惺忪地眨著眼睛環顧四周。在那一瞬間，他不記得自己身在何處……然後他看見旁邊的岩石與瀑布，以及晨光灑落山丘時閃爍著淺色光澤的月池水面。

昨晚的記憶都湧了回來：池畔的爭執，以及最後派柳光進入黑暗森林的決定。柳光原本躍躍欲試，想要立刻試著過去，卻被兔星駁回了。

「天已經黑了，我們也都累了一整天。」他指出。「我認為我們該派戰士們去狩獵，等飽餐一頓之後就地休息。」

「松鼠飛現在處境很危險，我們怎麼可以休息！」火花皮抗議道。「現在可是分秒必爭啊！」

「不，我覺得兔星說得有道理。」苜蓿足喵聲說。「大家都累壞了，哪還有力氣面對這麼重要的任務？尤其是柳光，她必須先養精蓄銳，明天才有力氣去冒險。」

「問題是，我如果要透過夢境進入黑暗森林，就必須入睡。」柳光指出。「要是已經休息過、養精蓄銳過，就沒辦法睡著了。」

「我幫助妳放鬆心神之後，妳就可以睡著了。」蛾翅告訴她。「但是在身心俱疲的狀態下，妳是沒辦法承受黑暗森林的考驗的。妳必須做好準備，面對妳可能在那邊遇到的事物，以及做好戰鬥的準備。別忘了，如果妳在黑暗森林受傷，妳回來時也會把傷帶回現實世界。」

柳光睜大了雙眼。「喔，說得也是，那我還是先休息一下好了。」

還是有幾隻貓低聲抱怨，雷族貓的怨聲尤其響亮。最後，是獅焰開口說：「好了，我的肚子餓到覺得喉嚨被誰扯破了似地，我們狩獵去。」

他帶頭爬上螺旋步道的同時，蛾翅轉向其他巫醫貓。「我們必須好好談一談。你除外。」她對影望補充了一句。「我覺得你還是別攙和進來比較好。」

聽到蛾翅用輕視的語氣對他說話，看到其他巫醫貓聚集在她身邊，影望感覺到胸中閃過熱燙的羞恥。他憑意志力克制住自己的反應，壓下了抗議的話語，等到那股熱意消失、出去狩獵的戰士們回來之後，他感激地和水塘光分食了一隻田鼠。

他終於趴下來準備睡覺時，往柳光的方向望去，看見她用緩慢又慎重的動作梳理毛髮。**說不定等到明早，她就會意識到自己要冒多大的險了。她還有一個晚上的時間可以反悔。**

✦✦✦

現在，隨著黎明的光芒逐漸增強，每一隻貓都逐漸醒轉，他們站起來抖了抖毛皮，然後弓起背部伸懶腰。影望環顧四周，望見柳光和蛾翅一起站在月池邊緣，於是他走過去加入她們。

「柳光，妳還記得我說的嗎？」他問道。「妳做好面對灰毛的準備了嗎？」

他滿心希望柳光會改變心意，結果聽到她的回答時，影望失望了。

「嗯，我都記得很清楚。」她一面點頭，一面明快地喵聲說。「沒問題的，我不怕他。」

「我和其他貓討論過了，」蛾翅往其他巫醫貓的方向動了動耳朵。「我們認為妳可以集中精神想著近期死去的河族貓，他們可能可以幫助妳穿越過去。」

柳光若有所思地點點頭。「我可以試試看。溫柔皮就是在和灰毛戰鬥時死去的，我知道她有辦法幫忙的話，一定會出力幫助我的。」

「很好。」蛾翅讚許地喵嗚道。

其他幾隻巫醫貓紛紛聚了過來，就連族長與戰士們都走下螺旋步道前來加入他們，準備幫即將踏上危險旅程的柳光送行。

「別忘了，妳只是去蒐集情報的。」霧星對柳光說。「去看看灰毛把松鼠飛關在什麼地方，順便看看他有沒有共犯、有幾隻共犯。如果妳看到什麼有用的線索，我們就可以利用那些情報，想辦法把戰士送過去了。」

松鴉羽不屑地嗤之以鼻。「喔，到時候一定會有很多貓自願參與那項任務吧。」

影望不知道他是不是認為戰士們會排斥這項本該由巫醫貓執行的任務，沒想到在場眾貓紛紛積極地交頭接耳了起來。

「如果能讓我去的話，那會是我的榮幸。」苜蓿足自信滿滿地昂起頭，高聲宣布。

「我也是。」火花皮同樣有自信地附和道。

「榮幸歸榮幸，妳們還是別急著加入比較好。」松鴉羽警告道。「我很佩服柳光的勇氣，但無論是哪隻貓在重新進入黑暗森林前都應該三思——而且我們都要想清楚，在遇到黑暗森林裡的事物時，我們該如何應對。妳們可能會覺得我不過是隻脾氣暴躁的老貓，就只會成天碎碎念——」

「那怎麼會呢！」赤楊心諷刺地嘀咕。

「——但是，我說的都是實話。」松鴉羽不顧赤楊心的話，繼續說了下去。「我們不知道接下來會發生什麼事，不過我十分確信：那絕不會是什麼好應付的狀況。」

松鴉羽這番話說出口之後，眾貓沉默了。影望環顧四周的貓，發現他們現在才明白這份任務的艱巨，以及打敗灰毛、迎回星族這個過程中必須面對的危險。

一段時間後，柳光打破了沉寂。「夠了。」她喵聲說。「我明白任務的風險，也知道該怎麼做，再耽擱下去也沒有意義了。」

蛾翅點了點頭。「那麼，我們開始吧。」她小心翼翼地把一片大樹葉拖了過來，葉子上擺了一小堆罌粟籽。「把它們舔起來。」她對柳光說。「服用罌粟籽之後，妳應該可以一直睡到中午。」柳光低頭準備吃下種子時，蛾翅又說：「想要退出的話，現在就是妳最後的機會了。」

柳光沒有回應，而是張開嘴巴，舌頭一舔就把罌粟籽都吃了下去。

影望看著她，心跳在耳裡鼓譟。他只希望自己對柳光的提醒，足以讓她平安地回到現實世界。

第六章

根躍站在一旁，看著柳光蜷縮成一球、用尾巴蓋住鼻子。一股恐懼從他的耳朵竄到了尾巴尖端，感覺像是身體緩緩浸到了冰水裡。

要是柳光找不到回陽間的路怎麼辦？

他悄悄走到鬃霜身旁，在她耳邊輕聲說：「我們是不是該阻止她？」

鬃霜搖了搖頭。「已經來不及了。」她回道。「我們現在只能靜靜觀察和等待了。更何況，就算我們阻止他們，他們應該也不會聽我們的。」

眾貓緊張地默默蹲在那裡，每隻貓都注視著柳光入睡的身軀，根躍覺得大家似乎在等什麼徵兆出現。他的心臟在胸中狂跳，而與此同時，他仔細觀察著柳光，心裡惦記著老貓們說過的話：在黑暗森林受的傷也會被帶到陽間。**那會是什麼樣呢？**柳光的身側會突然出現抓痕嗎，還是耳朵會突然出現咬痕？根躍全身一抖。他完全無法想像柳光現在在黑暗森林經歷的事，不過一想到灰毛對松鼠飛做的那些，他就覺得灰毛什麼恐怖的事都做得出來。

儘管如此，柳光還是面色安詳地趴著。太陽升到了天上，天空成了綠葉季美麗的晴藍色，月池在明亮的日光下閃爍。

然而，愈來愈溫暖的陽光還是無法驅散根躍心中的不安。**現在的情況肯定不對勁。**柳光的樣子是不是有點……太安詳了？他仔細一看。

她有在呼吸嗎？

恐懼形成的冰刺扎進了他的血管，他張口想警告其他貓兒，但是他還沒開口就聽到一聲尖銳的呼號，呼聲迴盪在月池的水面上。

一縷無形的霧氣逐漸從柳光靜止不動的身體往上飄，慢慢凝聚成巫醫貓半透明的形影。貓靈驚駭地看著自己毫無動靜的身軀，剛才那聲撕心裂肺的呼號就是她發出來的。

她死了！而且她的靈魂無處可去！根躍驚慌地左顧右盼，發現其他貓兒都看不到她，也聽不到她的聲音，就連自己父親樹，也沒感覺到貓靈的存在。

「柳光？」根躍驚呼，但貓靈並沒有回應。靈魂飄到了離自己身體近一點的位置，蛾翅正蹲在旁邊看她的身體。

年紀較大的巫醫貓忽然抬起頭來，琥珀色眼睛閃過警戒。「她沒在呼吸——情況不對勁！我們必須立刻把她帶回來！」她急迫地喵嗚道。

「我就知道不該讓她去！」松鴉羽一面趕到柳光身邊，一面嘀咕。

「已經太遲了。」根躍低聲說道。柳光已經死了，但似乎連她的魂魄都還沒明白這一點。

在混亂的當下，除了樹以外好像沒有任何貓聽到根躍說的話——樹駭然抬起頭來。水塘光加入了蛾翅與松鴉羽，三隻巫醫聚在柳光的身邊，急切地想辦法喚醒她。

「按壓她的胸口，讓她呼吸起來！」

「發生什麼事了？她是在黑暗森林裡被什麼東西弄傷了嗎？」

「看來是這樣沒錯。」蛾翅咬牙切齒回答，顯然正聚精會神地努力弄醒柳光。「要不要用杜松果試試看？」

根躍硬生生從巫醫們身上移開視線，看著柳光的靈魂徒勞地試著回到體內。她往身體撲去，試了一次又一次，可是每次都像輕煙一樣穿過了靜止不動的身體。「不可能成功的……」他低聲說，但沒有貓聽到他的聲音，貓靈更是沒有聽見。他心中有一部分都懷疑自己說的話是真是假——假如柳光跳回自己的身體裡，她有沒有可能復甦？大家不都希望棘星能這麼活起來嗎？

然後，就在柳光準備再次嘗試之時，她忽然停了下來，飄浮在自己的身體與驚慌的巫醫們上方。她豎起耳朵，彷彿聽見了什麼聲音，但根躍什麼都聽不到。

「蛾翅！松鴉羽！」他突然又有辦法說話了，於是出聲喊住巫醫們。「柳光在這裡，我看到她了……她好像看到了些什麼……」

她到底看到什麼了？根躍好想知道答案，但這不重要，因為巫醫們忙著救柳光的命，無暇聽他說話。他猜他們忙得手忙腳亂，根本就聽不見他的呼聲。

愈來愈多貓聚集過來，在眾貓驚慌的聲響中，根躍聽見柳光的靈魂慌張地咆哮一聲：「不要碰我！」她頓了頓，彷彿在聽什麼聲音，然後又呼喊一聲：「才不要！快放開我！」

與此同時，根躍看見柳光的靈魂被拖離身體，可是他看不到抓住她的究竟是什麼貓或什麼東西。柳光狂亂地掙扎，被往後拖向月池，然後被拉了進去。她四條腿不停亂揮亂蹬，直到全身都消失在了水面下。

冰冷的恐懼形成一隻巨爪，緊緊揪住了根躍。**這比我想像的情況還要糟糕太多了！**

「她走了！」

但蛾翅的意思是她死了，而不是被帶走了。根躍心想。蛾翅可沒看見柳光的靈魂消失在月池裡——她可沒看見柳光被硬生生拖進去。

蛾翅一臉驚駭與噁心，不斷按壓柳光的胸口，堅持要把她帶回來……但蛾翅想必也知道，現在無論做什麼都太遲了。最後，松鴉羽用頭把她推到一邊。

「已經結束了。」他喵聲說，平時諷刺的語調染上了較柔和的哀傷。「她在黑暗森林裡被殺了。柳光死了。」

「比死了更慘。」根躍站出來說。「我剛剛看到她的靈魂從身體飄出來，她想回到身體裡，可是沒有成功——然後，她不知被什麼東西給拖進月池了！」

松鴉羽猛然轉頭，失明的藍眼睛緊緊盯著根躍，彷彿還是能看見他。「什麼？這是什麼意思？」他厲聲問。

根躍把剛才看見、聽見的一切告訴他。「柳光好像是在和什麼東西戰鬥。」他總結道。「她好像被什麼東西綁架了，可是我沒看到對方的樣貌。」

松鴉羽一面消化根躍這段話，一面瞪大了失明的雙眼。「事情比我們想的更糟糕。」他低聲說。「灰毛可能獲得了我們從沒見過的力量——甚至連大戰役時期的貓都不曾有過這種力量。」

巫醫貓話音落下之後，眾貓陷入死寂，根躍猜在場沒有一隻貓能理解他們面對的危險。**我們還有辦法把松鼠飛救回來嗎？那棘星和柳光呢？**

「這下你們滿意了嗎？」影望擠上前，擠到聚集在柳光身邊的貓群中間。平時溫和的年輕巫醫一臉憤慨，眼中閃爍著怒火，毛髮都豎了起來，蓬鬆的毛髮讓他的身體顯得比平常大一圈。「這本該是由我執行的任務，柳光卻為此犧牲了性命。我就叫你們不要小看灰毛了，結果現在，河族失去了他們唯一的巫醫。」

已經悲慟不已的蛾翅一臉傷痛地看向影望，她似乎意識到了這件事對河族造成的衝擊。根躍知道她雖然被逐出了河族，終究還是深愛著那個部族。

「她幾乎是一睡著就死了。」蛾翅低聲說。「她幾乎沒有反應的時間。有東西知道她去了那邊。」

在場眾貓不安地面面相覷。「對方是怎麼做到的？」鬃霜問道。「黑暗森林範圍很廣……對吧？」看到幾隻貓點頭，她接著說了下去：「柳光穿越過去的時候，對方怎麼會正好在她那個位置等著攻擊她？」

根躍聽見一聲不耐煩的低吼，轉頭看向松鴉羽。「對方可能是知道她會過去。」他沉著臉提出。

「那怎麼可能？」根躍問道。「難道灰毛在監視我們？」

蛾翅坐起身來，眼中突然多了一絲瞭然。「說不定他不必監視我們，也能知道柳光的動向。」她喵聲說。「你們還記得嗎，柳光用意念聯絡了溫柔皮，請溫柔皮引導她過去。」她環顧身邊的貓，大家紛紛點頭。「說不定灰毛攔截了柳光的訊息，從而得知我們會派部族貓過去那邊。」

貓群沉默片刻，每隻貓都在努力思索。根躍覺得噁心想吐。

「由此看來，去黑暗森林的貓非得是我不可。」影望又說。「我不會再讓別的貓去送死了。」他大步朝月池走去。

然而，影望還沒到月池畔，松鴉羽就跳到他身前面對他，那雙空洞、清澈的眼睛怒瞪著他。「你想都別想！」他罵道。「你還不懂嗎？這一切都是個大錯誤！」

「松鴉羽說得對。」根躍同意道。他踏上前走到影望身邊，用尾巴撫過朋友身側安撫他。「不能再進黑暗森林了，那地方太過危險——就算你有特殊的能力，也不該去冒險。」影望張口想反駁，可是根躍不給他說話的機會。「柳光才剛進到黑暗森林，就馬上被什麼東西給殺了。我們雖然有一些想法，還是沒辦法確定她到底是為什麼遇害——在這種情況下，我們接下來不管是派誰過去，那隻貓都有可能和柳光一樣遭到毒手。」

「那不然該怎麼辦？」影望大聲問，顯然完全沒被根躍的話語安慰到。「難道要在這邊呆坐著，讓朋友在黑暗森林裡自生自滅？」

「沒錯。」根躍逼自己用最平穩的聲音回答。「在找到讓貓兒安全地過去的方法之前，我們就該這麼做。」

聽他這麼說，幾隻貓發出贊同的喵嗚聲與低語，就只有深陷悲傷的蛾翅靜靜旁觀。

第七章

鬃霜與族貓們回到雷族營地時，離正午只有一點點時間了。明亮的白晝似乎在嘲諷她，和她心中的黑暗與哀傷形成強烈對比。河族失去了巫醫貓，雷族也沒救回族長與副族長，而隨著時間一分一秒過去，鬃霜也意識到族內不可能找回以往的祥和了。

她和其他貓兒進入石谷的剎那，族貓馬上聚了過來，七嘴八舌地問他們究竟發生了什麼事。鬃霜本以為獅焰會把事情始末告訴他們，沒想到副族長對她揮了揮尾巴。

「妳告訴他們。」獅焰勉強擠出這句話，彷彿不忍用言語描述那恐怖的畫面。

鬃霜一咬牙，逼自己吐出話語，描述了月池畔那場集會的經過：族長們與巫醫們討論了拯救松鼠飛的辦法，眾貓爭著要進入黑暗森林。說著說著，她感覺自己再度經歷了那一段痛苦。聽到她描述柳光的死狀，族貓們紛紛驚恐地抽氣。

「可是，黑暗森林的貓怎麼會那麼快就找到她？」罌粟霜驚呼。

其他幾隻貓紛紛出聲附和。「說不定是妳誤解了當時的情況。」嫩枝杈提出。「在月池發生的事有時候會有點難懂。」

族貓們的反應不出鬃霜的意料。**要不是親眼目睹了那些事件，我自己也不會相信吧。**她心想。

「柳光在夢中去了黑暗森林，」她重複道，「但是她再也沒醒過來了。她就這麼死了，巫醫們都沒辦法喚醒她。」聽她這麼說完，族貓們不安地竊竊私語，每隻貓都沮喪地盯著她。**我還沒把最難以置信的部分告訴他們呢。**「根躍說，他好像看到柳光的靈魂被什麼東西抓住，拖進了月池。」她接著說。

「怎麼可能！刺蝟都會飛了！」某隻貓不屑地喵嗚道。

鬃霜並沒有被冒犯的感覺。「我知道這個故事聽起來很荒謬，但是我相信根躍。」她堅定地說。「他不會說謊的。話雖這麼說，我也知道這是難以下嚥的事實。我和柳光不熟，但我和其他貓一樣尊敬她——她明明知道這是危險的任務，還是自願挑起了這份重擔。」

她說話的同時，獅焰踏上前，眼裡閃爍著憤怒。鬃霜這才發現，他剛才沉默並不是因為哀傷，而是氣得說不出話來了。

「鬃霜，」他喵嗚道，「妳告訴我們的族貓，是誰提議要派貓兒進黑暗森林的？」

鬃霜猶豫了一下，這才開口回答。「是影望提出的，」她說道，「不過他——」她想告訴大家，影望是想自己進黑暗森林，後來因為說不過柳光才把任務交給她。

但是，獅焰沒有讓她說完。「影望應該受到懲罰。」他低吼。「嚴厲的懲罰。」

「獅焰，那怎麼可以！」白翅抗議道。「他不過是隻人畜無害的巫醫貓啊！」

「人畜無害？」金色虎斑毛戰士輕蔑地嗤了口氣。「你們看看，他對我們所有貓族造成了什麼傷害！當初就是那隻『人畜無害的巫醫貓』提出的方案弄死了棘星，那隻噁心的冒牌貨占用我們族長的身體，還不都是他害的？是影望看到了假預兆，說有貓違反戰士守則，他險些害所有貓族分崩離析！然後呢，是影望治療了灰毛，還幫助他逃跑，他後來才有機會綁架松鼠飛的。我們再也沒辦法救回棘星了，」他罵道，「而造成這些問題的貓就是影望。我早該殺了——」他突然住口，鬃霜猜他是發現自己說溜嘴了。

站在他身旁的藤池用前腳輕輕戳了他一下。「獅焰你說，你『早該殺了』誰？你是想說，你該趁之前有機會的時候殺死冒牌貨嗎？還是說，你『早該殺了』影望？」

獅焰低頭盯著自己的腳爪，搖了搖頭。「我知道這句話不好聽，」他開口說，說話時沒有對上族貓們的視線，「可以的話，我也不想殺死任何一隻貓，但是我老實說，如果影望或他一再保護的冒牌貨死了，我們就不會陷入現在的難關了。」

他說完之後，整片營地都陷入沉寂，最後是點毛擠到前面對他說話。「獅焰，你沒辦法當我們雷族真正的族長，就是因為你會意氣用事說這種話。」

獅焰眨眼看她，顯然完全沒料到她會這麼說。「妳這是什麼意思？」他問道。他聽起來是真心感到納悶，彷彿不敢相信女兒會站出來挑戰他的權威。「是松鼠飛指名要我當她的副手的，現在她不在了，我自然該代替她當族長。」

「這不是重點。」點毛對他說。「從我們和星族失聯、真正的棘星消失開始，就沒有貓被選為族長了。從棘星接替火星當族長之後就一直是如此，就連松鼠飛也沒有真正成為我們的族長。」

「可是她——」獅焰開口說。

點毛沒讓父親打斷她。「這就表示，有很多族貓都和獅焰你地位相當，有資格當副族長——也有資格當現在的臨時族長。」

鬃霜發現，點毛一定是心裡累積了不少怨言，才會這麼激烈地用言語攻擊父親。但是，鬃霜沒時間想這些了，點毛的話語引發了一波洪流，就如新葉季融化的冰水。雷族貓瞬間亂成一團。

「藤池比獅焰更適合當族長！她也是火星的親屬。」

「對啊，或是讓鼠鬚當族長也好！」

「不管讓哪隻貓當族長，都一定要選一隻能一舉解決灰毛這些問題的戰士！」

獅焰終於發出惱怒的號叫聲，蓋過了眾貓的呼聲。

「我雖然不是星族選出來的族長，但現在還有別的選擇嗎？你們怎麼能否定我？」

鬃霜看見他琥珀色眼眸中的傷痛，感覺到他逐漸失去鬥志。**他是很厲害的戰士沒錯**，她回憶起過去幾天發生的事情，心想。**可是他對影望的怨念太重了，都影響到他對事情的判斷能力了。**

沒有貓專心聽獅焰提出的異議，大家持續爭吵著，太陽都從天空正上方開始往下滑了。有些貓想贏得族貓們的支持，有些貓在替自己支持的領袖說話，也有些貓想制定新的計畫、想辦法拯救松鼠飛。

包括白翅、樺落和百合心在內，幾隻戰士走到了石谷一邊，焦慮地談論柳光的死因，開始討論是不是真的沒機會拯救松鼠飛了。

鬃霜在一旁聽他們爭辯，不知道自己或其他貓能不能說些什麼，重新讓族貓們團結起來。

然後，就在貓群爭論不休的時候，一道低沉、威嚴的聲音從荊棘通道的方向傳出。「星族老天啊，你們到底是怎麼了？」

大呼小叫聲頓時靜了下來，鬃霜猛然回頭，看見一隻年邁但強壯的灰色公貓站在營地入口，不悅的黃色眼睛環視營地、怒瞪著眾貓。

「灰紋！」鬃霜驚呼。「你回來了！」

灰紋緩緩走到空地中央，目光強勁到沒有任何一隻貓踏上前迎接他。

「我不在的這段時間，雷族怎麼會變成這副德行？」他問道，語音在胸腔深處隆隆作響。「你們難道是一群只懂得爭權奪利、只懂得吵架的無知小貓？我在外面努力解決雷族的問題，結果一回來就看到你們又讓事情惡化了。」

沒有貓回答得了灰紋。在鬃霜心中，沉默似乎延續了好幾個月，過了好久好久，翻爪才踏上前，恭敬地對灰紋　點頭，然後用鼻子碰了碰灰紋的鼻子。「你好啊，灰紋。」他喵聲說。「你在月石那邊還順利嗎？」

「不順利。」灰紋簡單地回答。

「所以，你沒有聯絡上星族嗎？」

灰紋深深吸了口氣，似乎是想了想之後搖搖頭。「先別管這個了。我還以為我回來會看到自己的族貓和戰士們，沒想到你們會變成這樣。松鼠飛在哪裡？」

一些族貓被灰紋罵得不敢回答，其他貓則把他離開後發生的一切都告訴了他，大家爭先恐後地說故事，每隻貓都愈說愈大聲。

灰紋不耐煩地搖頭，發出一聲呼號。「安靜！」貓群靜下來之後，他轉向鬃霜，用期待的眼神定住她。「妳，妳來說。」他喵嗚道。

灰色戰士的命令讓鬃霜感覺到一陣緊張竄下脊椎。在離開雷族時，灰紋不過是看不下去冒牌貨對部族造成的創傷，也不確定自己在族中是什麼地位，沒想到這位長老在外面的這段時期發生了變化，他現在變得更像是全盛時期的戰士了，全身都散發出不容置疑的威嚴。

他真的好強大喔！我以前怎麼都沒發現？

鬃霜儘量鎮定地重新講述故事，說到灰毛是如何逃離影族營地的監牢，以及松鼠飛被綁架的經過。她也把最近在月池發生的事件告訴了灰紋：他們想要去黑暗森林拯救松鼠飛，結果柳光卻在任務中喪生了。

灰紋嚴肅地耐心聽完，即使聽到最不可思議的部分也只有點點頭，沒有插話。鬃霜不知道他在離開貓族地盤、外出遊蕩的這段時期經歷了什麼，這些經歷似乎讓他變得無比沉穩、波瀾不驚了。

「鬃霜，謝謝妳把這些事情告訴我。」鬃霜說完以後，灰紋喵嗚道。「既然又有貓試圖去黑暗森林了，那情況想必非常糟糕，你們年輕貓兒可能還不瞭解事態的嚴重性。不過這些都暫且擱到一邊吧，我們先解決族裡的問題。」他環顧四周，補充道：「新鮮獵物堆的食物不多了，各位火氣這麼大，可能是因為肚子餓了。肚子餓、恐懼和無所事事這三樣東西組合起來，可沒辦法成就什麼好事。」

「這個，我們最近日子不太好過……」獅焰開口說，顯然為自己管理下的亂象羞愧不已。

「在面對『不太好過的日子』時，戰士就是該想辦法繼續過日子。」灰紋嚴厲地對他說。「我們應該立即派出狩獵巡邏隊。那河族呢？」幾隻戰士開始組織巡邏隊的同時，他接著說道。「既然柳光真的死了，河族就失去了他們唯一的巫醫，需要別族的幫助。我們這邊有兩隻巫醫貓……」

赤楊心點點頭，好像明白了灰色戰士的意思。「我去準備一些藥草，然後馬上就去河族。」他消失在了巫醫窩的荊棘簾之後。

鬃霜敬佩地看著灰紋派出狩獵巡邏隊，還有命令見習生把新鮮獵物堆剩下的獵物分給長老們。其他族貓都漸漸安定了下來，找回了原本的使命感。

「灰紋，我們的族長應該由你來當！」鬃霜脫口說出。「至少在棘星或松鼠飛回來之前，應該由你當臨時族長。」

灰紋詫異地眨眼，彷彿從沒想過這件事。他張口要回應，卻被松鴉羽出聲打斷了。

糟糕！鬃霜暗自哀嘆，已經開始為自己不經大腦的話感到羞愧了。**這下松鴉羽又會開始說諷刺的話，大家又要吵成一片了。**

沒想到，松鴉羽竟然用贊同的語氣說話了。「我認為這是十分適當的選擇，畢竟灰紋你以前當過火星的副手，而火星可以說是我們雷族有史以來最偉大的族長。如果星族對你不滿意，那族裡應該沒有任何一隻貓能讓他們滿意了。」

「那獅焰呢？」蜂紋抗議道。「他之前當過松鼠飛的副手啊。」

蜂紋的問題尷尬地懸在空中，每一隻貓的目光都移到了金色虎斑貓身上。鬃霜感覺到他們的忐忑不安，大家都在等獅焰發飆。

獅焰很慢、很慢地走上前面對灰紋，抬眼對上老公貓的視線。「鬃霜說得對，」他喵聲說，「應該由你當族長才對，我不適合。」

鬃霜終於鬆了一口氣。她已經可以感受到營地裡的氣氛變了，灰紋為雷族帶來新的希望——既然他能讓獅焰冷靜下來，並且讓每一隻族貓再次團結起來，那也許雷族有機會存活下去，把真正的族長迎回來。

「謝謝你們對我的信心。」灰紋應道。「我只想當個臨時族長，等事情都穩定下來之後就會把權位讓出來。還有，我希望獅焰你繼續當臨時副族長，我們會一起保護雷族，等我們找到救出棘星和松鼠飛的辦法之後，就把領袖位置交還給他們。」他好笑地嗤了口氣，又說：「星族老天啊，我真的年紀太大了，不該來做這些，但我保證會為雷族盡力的。」

「那灰紋，我們接下來該怎麼做？」獅焰問道。

「首先，我想去天族找根躍談談。」灰紋回道。「我想多多瞭解黑暗森林那邊發生的事。他是在松鼠飛消失前最後一隻見到她的貓，我想把松鼠飛失蹤時的細節全都問出來，也想聽他說說柳光的靈魂究竟是怎麼消失在月池裡的。」

「你想現在就去嗎？」獅焰問道。「天已經快黑了。」

鬃霜這才注意到，陽光已經逐漸化為夕陽的橘紅色，灰紋的巡邏隊抵達天族營地前應該就會到薄暮時分了。

灰紋搖了搖頭。「你說得對，而且我今天已經走了很長的路，腳爪都快掉下來了，肚子也覺得喉嚨被硬生生扯掉了。我必須先吃東西和休息，才有力氣著手處理族裡的各種問題。」

他環顧四周，接著說：「獅焰、松鴉羽、鬃霜，你們可以跟我去天族。你們似乎最瞭解各族最近的狀況，所以做好準備，我們明天黎明就出發。還有火花皮——我們出去的時候，族裡的事務就交給妳照看著。」

火花皮驚訝得幾乎從毛皮裡跳了出來。「我？」她問道。

「沒錯，就是妳。」灰紋眼中閃爍著和藹的光芒。「妳是松鼠飛的女兒，我知道妳一定能表現得很好，讓她為妳驕傲的。」

「我一定會的，灰紋，我跟你保證！」火花皮激動地答應了。「只要是可以幫助大家拯救我母親的事，我都很樂意去做！」

「非常好。」灰紋對鬃霜一揮尾巴。「我有一些問題想問妳，」他喵嗚道，「我想充分瞭解我不在族裡這段時間發生的一切。」

「好啊，灰紋。」鬃霜應道。

「妳帶一些獵物去棘星的窩吧，」灰紋提議，「也帶一些來自己吃。我們可以好好聊一聊，決定該怎麼對付灰毛那隻癲皮貓。」

第八章

影望在通往影族營地的山坡腳下一汪水池邊，正在採接骨木樹葉。他慢慢移動腳爪，小心地從樹叢找出最新鮮、最嫩的葉子，俐落地把它們從嫩枝上摘下來。採葉子的同時，他大部分心神都集中在心裡的想法，回想著上午發生的一切。

他還是忘不了月池邊那可怕的事件：柳光在去往黑暗森林時喪命，其他巫醫徒勞地試圖喚醒她……影望想到根躍敘說的事情，忍不住全身一抖——柳光的靈魂一直試著回到身體裡，卻一直無法成功，後來她不知被什麼東西抓住，就這麼被拖到了水下。

一定要派一隻貓回黑暗森林去。他心想。冰冷的罪惡感與痛苦捆著他身心，感覺像是毛皮緩緩變成了冰塊。**應該要派我去才對。柳光死掉是我的錯嗎？我是不是該更努力說服其他的貓，讓他們明白非派我去不可？**

各種問題就像砸在地面的冰雹，不斷衝擊他的頭腦，但他就是找不到答案。

就在他開始把剛剛採下來的葉子捆起來之時，他望見父親虎星穿過樹林走來，母親鴿翅也走在他身邊。

「影望！」鴿翅高聲說，跑過來和他鼻頭相碰。「你又出來走動了，我好開心。」

影望垂頭表示同意，也感激今早決定對他放鬆行動限制的族長們。儘管如此，他還是焦慮地看向走過來加入他們的虎星。「發生什麼事了嗎？」他問道。看到父母離開營地，卻不像是平常去邊界巡邏或狩獵的樣子，他不禁擔心了起來。「灰毛該不會——」

「還沒有貓看到灰毛的蹤影。」虎星安慰他。「我和鴿翅在注意邊境的動靜，也有檢查巡邏隊的狀況，目前都沒有異狀。」

「你也在履行巫醫的職責呢。」鴿翅呼嚕呼嚕道。「相信再過不久，其他貓又會開始信任你了。」

「信任我？」影望重複道，內心和酸模葉的味道同樣苦澀。「我現在還是影族的囚犯，其他貓只是相信我不會逃跑而已。他們也明白，柳光一死，我就被困在這裡了，我要是現在離開貓族就再也不可能原諒自己了。這就是為什麼他們讓我出來工作——在其他貓的監視下工作。」

他回頭一瞥，讓母親順著他的視線望去，望向站在附近一棵樹下的水塘光與蛾翅。他們很明顯在觀察影望的一舉一動。

「他們到底是以為我會做什麼？」他忿忿不平地接著說。「難道我會故意亂採藥草，或是把灰毛從黑暗森林帶回來嗎？我可不打算做這種事。現在無論發生什麼事，我都必須留下來，咬牙忍受。」他幾乎被絕望籠罩住，難受地垂頭看著自己的腳爪。「這也是我應受的懲罰。」

「柳光的死不是你的錯。」虎星堅持道。「她自己也明白那份任務的風險。還有，我這麼說雖然不太好，但是——我很慶幸死去的貓不是我兒子。我可能會承受不了失去你的痛苦。」

「唉，我也是……」鴿翅一面呢喃，一面舔影望的耳朵。

父母的支持令影望感動不已，他感覺冰冷的卑微感與罪惡感稍微融化了，卻還是忍不住心想：如果少了他，說不定父母，還有整個影族的生活都會好過一些。

這一天剩下的時間，影望都忙著完成巫醫見習生基本的工作，例如整理藥草、丟棄乾枯的藥草，或是把新採的藥草鋪在地上晒乾。每次工作到一半抬起頭，他都會看見水塘光或蛾翅在一旁盯著他。

到了接近傍晚的時候，水塘光在睡午覺、蛾翅出去採藥草了，影望被忽然走進巫醫窩的冰翅嚇了一跳。

「其實也不是什麼大事，我只是齒縫卡了一塊小骨頭。」她靜靜地說。「一定是剛才吃老鼠吃得太急了。」

影望親切地點點頭。「妳應該比較習慣吃魚吧。」他輕鬆地說。冰翅和兔光之前在戰鬥中和冒牌貨作對，結果霧星不讓他們重回河族，於是他們和蛾翅一起加入了影族。「可是魚應該有更多細骨頭才對吧？妳靠近一點，讓我仔細看看牙齒。」

冰翅走近一些，張開嘴巴。影望往她嘴裡一看，找到了卡在後面齒縫中的一小片碎骨，於是伸出爪子想把碎骨挖出來。

「我知道這樣有點尷尬，我很快就會把它弄出來了。」他對冰翅說。

碎骨很快就被他挖了出來，冰翅舒了一口氣，閉上嘴巴。「謝謝你，我感覺好多了。」她說。

影望點點頭，等冰翅出去，但她沒有離開。「還有什麼事情嗎？」影望問道。

冰翅盯著他片刻，然後一臉尷尬地低下頭。「我聽到傳聞了，」她說，「聽說昨晚在月池邊，你自願要去黑暗森林找松鼠飛。」

影望抖了抖觸鬚，不知為何有點害羞。「是沒錯。」他承認道。

冰翅對上他的視線。「你真的很勇敢，但黑暗森林是個非常危險的地方。你知道嗎，我兒子甲蟲鬚就是在那裡遇害的。」

「我都不曉得。」影望驚呼。他聽過大戰役時期的故事，卻從沒意識到冰翅的兒子也是當時陣亡的貓兒之一。「那真的太——」

「你不用說什麼遺憾之類的話。」冰翅歪頭打斷他。「我只是希望你明白事情的風險。碎星把我兒子丟在黑暗森林裡，就讓他死在了那裡——你要知道，如果在黑暗森林裡死去，你在現實世界也會死，愛你的貓以後就再也見不到你了。我說的這些，你能明白嗎？」

影望不知該說什麼才好。他也知道去黑暗森林的風險，但總得有貓過去阻止灰毛、改正這一連串的錯誤。

「我知道影族有一些貓不信任你，可是影望，我相信你是好貓。」冰翅點頭補充道。「別讓虎星和鴿翅像我這樣受苦。謝謝你幫忙。」

她說完就離開了，留影望滿頭問號地目送她離去。

最後，在太陽落到樹林下方，夕陽的緋紅光線在林子裡淡去之後，影望舒了一口氣，朝自己的窩走去。他在窩裡蜷縮起來，舒服地趴在青苔與蕨葉上，卻不指望自己睡得多安穩。各種想法仍舊像驚慌失措的老鼠一樣，在他腦中亂跑亂竄，吵得他無法入眠，於是他閉上眼睛，聽著巫醫同伴們平穩的呼吸聲，讓自己的思緒飄遠。

我知道這很危險，但我一定要想辦法導正錯誤。

影望現在恨不得進黑暗森林救松鼠飛，這麼一來，他可能就不會覺得柳光是白白喪命了。問題是，他到底該怎麼去黑暗森林？要像柳光一樣，試著用作夢的方式進到那個領域嗎？

透過夢境進入森林顯然非常危險——柳光就證明了這一點——不過話說回來，黑暗森林本來就是個危險的地方。影望還記得蛾翅的建議，她當時叫柳光聯繫溫柔皮的靈魂。**也許她就是錯在那一步，那我不要聯繫任何貓靈好了。**影望吸氣又吐氣，意外地對自己的計畫相當滿意。**我學以前那些在夢中去往黑暗森林的貓，集中精神想些黑暗的事情就好了。**

他樂觀到身上每一根毛髮都開始發癢。**說不定我真的可以這樣去到黑暗森林。**他從沒這樣嘗試過，但沒試過不代表這不可行。**如果可以在這裡進入夢境，再透過夢境過去那邊……那就沒有貓能阻止我了。**

影望下定了決心，現在機不可失，他這就要嘗試看看。營地裡一片漆黑、寂靜無聲，大部分的貓都已經在窩裡休息了，水塘光和蛾翅都睡著了，也沒有生病的貓需要照顧。**沒有比現在更完美的時機了。**

影望讓自己的呼吸慢下來，讓心思靜下來，接著專注想著一個形影——起初，那個形影還很模糊，然後它的輪廓變得愈來愈清晰，形成他再熟悉不過的身影。

灰毛。

那隻邪惡的貓之前占用棘星的身體、偽裝成了他，但影望還是能清楚地回想起他眼中的惡意，還有除了影望之外沒有貓在看他時，那種駝背、鬼祟的姿態。影望還清楚記得灰毛最令他噁心的部分：灰毛嘶聲在他耳邊說話的聲音。**他現在就在折磨松鼠飛……**

不行！我一定要去阻止他！

影望專心想著灰毛，讓那個假棘星把他拉入黑暗森林。他記得兔星說過，當一隻貓想著黑暗的事情時，那些想法會形成一條通往邪惡之地的途徑。

我對灰毛的回憶，就是世界上最黑暗的想法！

影望神經緊繃地等著面對灰毛，用盡全力讓關於灰毛的想法把他帶到那隻壞貓身邊，但是他沒有感覺到灰毛，沒感覺到那股險惡的意念與存在，而是感覺到自己的心神被真正的黑暗淹沒，彷彿被濃濃的黑霧遮住了眼睛。影望只感覺到了孤寂，一種無比強烈的絕望──他從沒有過這種感受，全身全心幾乎都要被這股絕望吞噬了，彷彿所有的樂觀與積極都從某個傷口流到了體外。排山倒海的絕望蓋過了他全身，他的腳爪恨不得趕快逃跑。

問題是，我該往哪裡跑才好？

一段漫長、恐怖的停頓過後，影望眼前的霧氣逐漸散去，他看見一座寂寥的森林，林子裡只有光禿禿的樹木，完全不見獵物的蹤影，萬物都籠罩在慘淡、詭譎的光線下。

他感覺自己無比孤獨，卻又能聽見細微的窸窣聲，好像有什麼東西在森林地表的枯葉上跑動。還是說，那不過是颳過他毛皮、令他瑟瑟發抖的寒風？

成功了。這裡一定就是黑暗森林。影望顫抖著想。和他初次來訪時相比，森林似乎更加恐怖，腐朽得更嚴重了。他完全能想像灰毛那樣的貓住在這個地方，而現在進入這塊噩夢般的領域之後，他心中不知為何萌生了一股信念，相信灰毛就在附近——他看不到灰毛，但那隻壞貓一定就在附近某處。

可是，影望準備往前走的時候，先前的濃霧又出現了，他在霧中什麼都看不見，還有霧氣鑽到他的肺裡。他試圖咳出胸中的溼氣，咳得全身都在震顫。他雖然站著，卻也能感覺到身下臥鋪柔軟的青苔，感覺到自己趴在巫醫窩裡。影望知道自己會被扯出這個幻境，被硬是拉回真實世界。

必須專心……

他所有的感官都在尖聲抗議，身體也彷彿站在強風中，不停地發抖，但是影望咬緊牙關再次用意識往外探索，尋找灰毛的蹤跡。他明白，只要找到那隻惡貓，他的精神就能固定在黑暗森林了。

漫長的瞬間過去了，霧氣再次散去，他又看見那片寂寥的森林了。影望緊抓著他對灰毛的感知，開始在樹林中走動，邊走邊為自己第一次的失敗感到懊惱。

我是在努力完成任務。他心想。那種刺刺癢癢的惱怒愈來愈強烈了，他想起之前差點被意識拉回去的感覺，不禁感到一陣煩躁。**真是的，怎麼氣量如此狹小，腦子如此愚**

笨！我明明就有非常重要的事情要做……其他貓怎麼都看不出來？

影望全身一抖，發現這些感覺不像是**他自己**的念頭。他想起松鴉羽在月池邊給過的警告：即使是心地善良的好貓，去了黑暗森林也可能會變成壞貓。難道這座森林和躲藏在林子裡的貓兒，開始影響到影望的思想了？

黑暗森林有可能讓我變成灰毛那樣的貓嗎？

這個想法太嚇人了，影望一時無法專注，在那一瞬間他感覺到恐懼在肚子裡翻攪，可是胸中並沒有想吐的那種噁心。不知為何，他明白這並不是自己的恐懼，也不是灰毛的恐懼。

那不然這種感覺是哪裡來的？

影望的想法和情緒都糾結在一起，他沒辦法再專心了。黑暗森林在他周圍震顫，他發現自己又回到了巫醫窩——變化發生得太過突然，在那幾拍心跳的時間，他甚至不認得這個熟悉的環境了。

急促鼓動的心終於慢下來，他確定自己安全回到真實世界之後，影望開始回顧自己剛才的經歷。他用意識去尋找灰毛，結果還真的找到他了，可是最後被拖回現實世界之前，那種感覺究竟是什麼？他到底感覺到了誰的恐懼？

一定是松鼠飛，影望心想，**我去黑暗森林就是為了把她帶回來……我會念著她也是理所當然，這也是為什麼我沒辦法在黑暗森林裡停留太久。但是，假如我下定決心，全心全意地感知灰毛的存在……**

他短暫地回憶起自己在黑暗森林時，心中那些古怪又無情的想法。**黑暗森林能讓好貓變成壞貓……**他全身發抖。**可是我必須冒險……這是為了拯救松鼠飛。**

影望走到蛾翅與水塘光身邊，把他們戳醒。

「你在搞什麼啊？」蛾翅睡眼惺忪地眨眼問道。「都晚上了還不睡覺！」

「我有話要跟虎星還有鴿翅說。」影望解釋道。「你們不是說隨時都要跟著我嗎？」**是你們自己說要監視我的喔！**他心想，心底冒出了一股得意。

「什麼？一定要現在嗎？」水塘光呻吟著說。

「沒錯，就是現在。這很重要。」

水塘光拖著身體走出巫醫窩，抖掉了毛皮上的蕨葉碎屑。「那我們這就去吧。如果這只是你夢到的什麼胡言亂語，那就等著被我修理吧。到時候只有星族幫得了你了！」

✦✦✦

虎星的窩裡，影望站在父母面前，水塘光和蛾翅站在他兩邊。虎星站了起來，狐疑地瞇起眼睛注視著兒子，鴿翅則繼續蜷縮著身體趴在臥鋪裡，目光流露出焦慮。

「所以呢，你是有什麼要緊的事，非得現在叫醒我們不可？」虎星不悅地問。

「我發現一件事了。」影望解釋道。面對父親時，他說話的語氣十分平穩。

虎星立刻和鴿翅交換了個懷疑的眼神，沒有說話，卻也沒有掩飾自己的疑惑。

「我知道你們還不信任我，」影望接著說，「這也是因為我之前做了一些可疑的事。可是這次，我敢肯定我就是最適合進入黑暗森林的貓，我可以像大戰役時期那些戰士一樣，透過夢境去到那邊。如果我成功了，就可以把松鼠飛帶回來。」

比起不相信兒子，鴿翅臉上的神情更近似擔憂。「那柳光呢？」她用微微顫抖的語音喵嗚道。「她也想在夢中過去，結果她不是死了嗎？你難道不會面對相同的危險嗎？」

「我瞭解灰毛。」影望挺起胸膛回答。「我不知道這到底是好事還是壞事，但是我瞭解他。」

虎星眼中閃過了煩躁。「總而言之，這件事不值得你把我們吵醒。」他沉聲說。「我可不會讓你去冒險——」

「這不是冒險。」影望鎮定地喵聲說。「我已經試過一次了，現在不是還活著嗎？虎星，我一定做得到。老實說，我也不確定自己為什麼做得到，可能是因為我和灰毛有一些糾葛吧。說不定是我太瞭解他了，他沒辦法針對我發動攻擊。」

虎星沉默了，他用影望看不懂的表情凝視著兒子。那究竟是驚奇呢，還是盛怒？片刻後，影望的父親開口說話了。「那就在這裡做。」他用比較輕柔的聲音沉沉說道。「這樣我和你母親、水塘光還有蛾翅就能顧著你了。」

「不行，我必須去月池。」影望回答。他感覺到肚子裡一陣緊張的顫動，話還沒出口，他就知道虎星和鴿翅聽了絕對會不高興。「那個地方和黑暗森林的連結最強，那也是松鼠飛消失的地點，我在那裡嘗試才比較有可能成功。」

「絕對不行。」虎星低吼，琥珀色眼眸閃過了憤怒。「柳光就是在月池喪命的，你最近都不該靠近那地方——其他各族的貓都記得是你提議要派一隻貓去黑暗森林的，在他們忘記這件事之前，你還是別去了吧。」

「你父親說得對。」鴿翅同意道。「如果你想做的事情非得去月池做才能成功，那說不定真的太危險了，還是別試比較好。」

「可是我一定能——」影望想要出聲抗議。

「影望，我不跟你吵這個。」虎星打斷他。「我拒絕。不管你問幾次，我都會拒絕。現在去月池太危險了。」

「好吧。」影望失望地垂頭，卻也在心裡思考自己究竟打不打算聽從父親的命令。

「對不起，我不該打擾你們的。」

走回巫醫窩的路上，影望感覺到水塘光用尾巴尖端輕碰他的肩膀。

「別難過。」從前的導師安慰道。「這樣也好啊。要是你在那地方遇到了灰毛，那怎麼辦？我們還是找個安全一點的方法吧。」

然而，影望雖然再次在臥鋪裡趴下了，卻還是睡不著。他知道自己全心全意想去月池，也必須立刻過去。影望非常尊敬父親，平常也都會遵從他的旨意……**但是這次，我不能聽他的。我好不容易找到辦法了。**

原本蜷縮在臥鋪裡的影望讓身體舒展開來，儘量安靜地輕聲走向巫醫窩入口，可是就在他走到入口之前，腳底肉球踩到了一根刺，是他早先在整理墊草時弄出來的。影望被突如其來的痛覺嚇到了，忍不住號叫一聲。

蛾翅立刻抬起頭來，睡意迷濛地眨眼看他。影望全身靜止不動，希望她會再睡著，結果蛾翅琥珀色的眼睛恢復了清明。「你這是想去哪裡？」她問道。

冰浪般的絕望淹沒了影望。**為什麼被吵醒的貓偏偏是蛾翅！如果是水塘光的話，我說不定還有機會說服他，可是蛾翅自從離開河族、加入影族之後就一直不信任我。之前她就是看我和灰毛有某種連結，所以說服其他貓把我降級為見習生，她怎麼可能會幫助我？**

影望驚嚇到一時呆掉了，想不出有說服力的說詞。「我要去月池。」他坦承。他壓低音量，以免把水塘光也吵醒了。

本以為蛾翅會露出厭煩的神情，用諷刺的語氣回應，沒想到在昏暗的窩裡，他看見對方的琥珀色眼眸盈滿了哀傷。

「我們已經失去柳光了，還不夠慘嗎？」她問道。影望聽見她語音中微小的顫抖。「你就這麼想去到那個恐怖的地方，讓我們也失去你嗎？」

影望心裡充滿了罪惡感，他不該讓蛾翅回憶起失去見習生的痛苦的。「請相信我。」他喵嗚道。「我承認這件事不容易，但是我敢肯定，這就是我該做的事。」他鐵了心腸，抬起頭來。「不管妳要不要讓我去，我都非去不可。這對所有貓族而言都太重要了，妳不能阻止我。」

「你父親不是禁止你這麼做嗎？你就不在乎他的想法嗎？」

「我在乎，」影望承認道，「可是我再怎麼在乎都無所謂。如果有很好的理由的話，巫醫是不必聽從族長的，蛾翅妳也明白吧。我跟妳保證，這絕對是最好最好的理由。」

蛾翅長嘆一聲。「好吧。」她悄聲說。「既然你這麼想當鼠腦袋，那我跟你去。現在出發的話，我們可以趁太多貓發現我們不見以前抵達月池。」

在那一拍心跳的時間，影望驚奇地盯著蛾翅，完全沒想到她會輕易妥協。「好喔。」最後，他低聲應道。蛾翅的語氣十分堅定，影望知道就算他堅持要自己去，蛾翅也不會再退讓了。

蛾翅對他讚許地一點頭。「我和你待在一起，你可能就不會惹太多麻煩了。」她指出。「還有，如果你去到另一邊之後遇到危險，我或許可以及時喚醒你，把你拉回這一邊。」

有道理。影望心想。「謝謝妳。」他喵聲說。

蛾翅帶頭躡手躡腳地從穢物處通道溜出營地，免得有其他貓發現他們要離開。走進森林時，影望默默等著肉球竄過緊張的麻癢，等著恐懼變成陰影中的掠食者，獵捕他的身心。

然而，那些感覺並沒有出現。不知為何，他就是確信自己能成功。

第九章

影望與蛾翅爬上最後的岩坡，鑽過樹叢，站在坡頂俯視月池時，天上的月亮已經開始下沉了。影望凝望閃爍著月光的月池水面，幾乎不敢相信這麼寧靜的地方竟然在近期發生了這麼多恐怖又悲傷的事。

從影族地盤過來的這一路上，兩隻貓幾乎一句話都沒說，就只有疲憊地跋山涉水。影望率先走下螺旋步道，感覺到腳掌滑入其他貓很久以前留下的足印。他們似乎還是無話可說。

走到水邊時，蛾翅歪頭轉向影望。「如果這次失敗了，」她喵嗚道，「虎星應該會想把我們兩個都宰了。」

影望聳聳肩。「如果失敗的話，我早就死了。」他指出。「而且不試試看的話，我們會一直困在現在這個糟糕的情境裡，所以還是放膽去做吧。假如我回不來了，那只能祝妳好運，麻煩妳把事情告訴虎星了。」

說話的同時，影望強迫自己擺出胸有成竹的態度，肚子裡卻感覺像是有一窩小貓在玩打架遊戲，緊張得不停翻攪。出發時他明明還自信滿滿，現在那份信心卻像是潑在了旱地上的水，迅速消失無蹤了。他知道自己最有機會進入黑暗森林並活著出來，可是現在來到了月池邊，他發現自己沒那麼肯定了，不但不確定自己有沒有能耐拯救松鼠飛，就連自己能不能活著回來也是個大問題。

我是巫醫，不是受過戰鬥訓練的戰士。唉，星族啊，我很想放膽去做，可是我真的

知道該怎麼做嗎？影望現在滿腦子想著自己有多麼不可能成功，以及這份任務的危險性。**我不能被恐懼吞噬。**他邊想邊抖了抖毛皮。**我必須用上所有的信心，才有辦法鬥贏灰毛。**

蛾翅更仔細端詳他，用言語表達出了他試圖壓抑的恐懼。「你的身體不會進黑暗森林，但你的靈魂還是會有危險，而且靈魂離開身體的時間越長，就越難回到身體裡。」

「我明白。」影望逼自己鎮定地回答。「我也接受這些風險。松鼠飛為了所有貓族多次冒生命危險，我為她冒這一次險也是應該的。」

「我欣賞你的勇氣，」蛾翅告訴他，「但你可不知道在無星之地等著你的會是什麼東西，說不定會有不歡迎你的東西幫你辦一場轟轟烈烈的『歡迎會』。」

「我做好準備了，可以面對黑暗森林的挑戰。」影望堅持道。他努力無視肚子裡那種不舒服的翻騰。

「你明明不必去卻堅持要去，真的非常勇敢。」蛾翅伸長了脖子，用鼻頭碰影望的耳朵。「我必須承認，你讓我十分驚訝──還有驚喜。」

影望眨著眼睛看她，看到最用力批評他的貓終於開始尊重他了，他心裡好感動。

「謝謝妳。」他低聲說。

「我如果認為你遇上了困難，」蛾翅喵嗚道，「就會儘量喚醒你，把你拉回來。你別跟我辯。」影望張嘴要抗議時，蛾翅又補充道。「我會作為巫醫貓，自己判斷時機。」

「好吧。」影望不情願地同意了。

「祝你好運。」蛾翅接著說。「你去那邊一定會需要一點運氣的。如果你意志夠堅定，那就該儘可能在不被那邊的貓發現的情況下過去。黑暗森林裡滿滿都是奸詐陰險的貓靈——他們要是好貓，那怎麼還會去黑暗森林呢？」

「這我知道。」影望喵聲說。他抽動觸鬚，等不及快快上路了。

蛾翅無視了他這句話。「在那邊，你沒辦法判斷誰可以信任、誰不能信任。」她接著說。「即使有不站在灰毛那一邊的貓，他們也都是徹頭徹尾的壞貓，可能會因為好玩就攻擊你或欺負你。你想活著離開那地方，就必須像鬼魂一樣無聲無息地走動。你做得到嗎？」

影望好笑地嗤了口氣。「我會以靈魂的形式過去，」他指出，「像鬼魂一樣移動應該不難吧。」

蛾翅踏近一步，一隻腳爪毫不客氣地戳在他胸口。「聽著：你最好給我活著出來，否則要找你麻煩的貓就不會是灰毛，而會是我了。」

她話說得簡慢，琥珀色眼中卻閃爍著溫暖，影望知道她這麼凶是因為在乎他。不知為何，他心中的憂慮少了些，他發現清空腦中的思想、釋放恐懼與不安所帶來的壓力，其實並不難。

影望坐了下來，試著集中精神想著目的地。他讓自己最黑暗的想法流遍腦海：被灰毛欺騙的經歷、那隻壞貓對他的輕蔑，以及對他的操弄。他讓灰毛狡詐的雙眼與鬼祟的姿態浮到心中，喉嚨發出低吼，心裡一遍又一遍想著：**你給我等著，我這就來了。**

沒過多久，影望就感覺到毛皮被什麼東西拉扯，感覺像是有強風吹過，只不過風不是推動他的身體，而是拉著他往某個方向去。拉扯過後，是一種輕飄飄的感覺，他覺得自己好自由，同時卻像是把弱點都暴露在外了。**而且好冷喔……**

如他所料，他眼前再次飄來一片濃霧，隨之而來的是絕對的絕望與孤獨。絕望驅散了他所有的樂觀與積極，與他的信心及勇氣相搏。

影望開始覺得自己再也受不了這種壓抑的感覺了，而就在這時，霧氣散去，黑暗森林出現在他眼前：和他上次短暫前來時同樣寂寥、同樣陰森。這地方太過恐怖，他根本就不想把精神放在這個畫面上，也不願意去感受這地方帶來的恐懼與自我懷疑。

影望的想像中，灰毛就在附近。他逼自己保持這份信念，相信那隻壞貓就在不遠處，否則他就沒辦法繼續留在黑暗森林了。他還不能離開這裡，他必須面對灰毛、了結灰毛，不然松鼠飛就不可能獲救。

我會的。

影望集中精神踏上前，努力想著所有醜惡的事物：灰毛、他周遭的環境、黑暗森林泥土在他腳下那種鬆軟的觸感。他知道自己不能去感受真實世界的自己，不能去感受自己臀部下方的地面、一旁的月池，還有陪他的……

不行！

影望周遭的事物開始閃爍、淡去，他知道這是因為自己想到了現實世界的貓。他必須完全處於這個地方，專注於這片駭人的地盤。松鼠飛、棘星還有五貓族裡所有的貓都需要他，他不能失敗。

可是沒有用，黑暗森林像綠葉季烈陽下的晨間霧氣似地消失了，影望再次回到了月池邊。蛾翅低頭看著他，琥珀色眼眸流露了憂慮。

「沒有成功嗎？」她問道。

影望煩躁地長嘆一聲。「唉，成功是成功了。」他答道。「我去到那邊了——卻沒辦法留下來。我沒有集中精神，結果又回到這邊來了。」

「你有看到灰毛嗎？」蛾翅聚精會神地盯著他。

「沒有。」影望說。「我感覺到他在那裡了，可是……那可能只是我的錯覺吧。」

蛾翅點點頭。「很好。」她似乎沒有剛才那麼緊繃了。「他沒有像之前對付柳光那樣，在另一邊等著伏擊你。」

「對。」影望回答。他想起自己對父母說的話……他太瞭解灰毛了，灰毛沒辦法像對付柳光那樣輕易解決他。他也不知道為什麼，只知道事情就是如此。

灰毛已經有好幾次殺他的機會了，卻遲遲沒有動手。那隻邪惡的貓不知打算怎麼對付影望，總之絕不會讓影望簡簡單單、痛痛快快地死去。

影望全身一抖，試著把想法拉回此時此刻。他的爪子刮過月池邊的石頭，方才的失敗令他滿嘴苦澀，彷彿吃了旅行藥草。「我好像一直沒辦法在黑暗森林久留。大戰役前不是有很多貓都去過那邊嗎？為什麼我每次都做不到？」

「你可以的，」蛾翅回道，「你已經證明了這點。說不定你只是需要多多練習而已。好了，你再放鬆身體趴下來，再來試一次。」

「好吧……」影望讓自己癱軟地趴在岩石上，然後蜷縮起來、閉上眼睛，一副準備入睡的樣子。他感覺到蛾翅的尾巴撫過他身側，讓他的心安定了下來。

影望又一次集中精神，把自己對灰毛所有的仇恨與恐懼都聚集在心中，同時無視了現實世界的拉力。

這會不會對我造成什麼影響？他心想。黑暗滲入他的心，就如雨水滲入毛皮。**我會不會變得愈來愈像灰毛？會不會失去自己的某些部分？**

但是，影望不得不將這些念頭推到一邊。他必須用上所有的勇氣和痛苦與絕望相抗，任由濃霧吞噬他，直到黑暗森林恐怖的光景再度變得清晰。他咬緊牙關，這次說什麼都不要再被拉回去。

他一步一步深入森林，儘量在每次繞過樹木或跳過小溝時記住來路，到時候才有辦法回去。他繞過一塊窄岩架，旁邊就是一片向下傾斜的岩石坡。接著，影望直接穿過一團糾結的藤蔓，走進了溼悶的沼澤，每踩一步，飄著臭氣的水就會從腳底滲上來。沼澤另一邊是一塊乾涸的河床，更後面是一面崖壁，岩壁底部有幾個漆黑的洞穴。

影望緊張得毛髮直豎，他踏上前，往第一個黑暗的岩洞裡探頭。他歪著耳朵在洞口傾聽，深深嗅了嗅空氣，卻沒找到松鼠飛或灰毛的蹤跡。話雖如此，他還是愈來愈能夠感覺到那隻邪惡公貓的存在了。

他走去檢查第二個山洞，這個洞穴透出一種極度壓抑的氛圍，他幾乎無法控制離開這個洞穴的衝動。就在他轉身想走回洞口時，突然聽見外頭傳來響亮又笨拙的腳步聲。

影望本能地後退，雖然不知道外頭的貓是誰，也不知能不能信任對方，他還是想起了蛾翅說過的話——會來到黑暗森林的貓，想必都是壞貓。

不能讓別的貓看到我。我可不想被困在這個糟糕的地方。

但光是想到蛾翅與逃離黑暗森林的必要，影望周遭的事物就開始變得模糊，他彷彿隔著一層水看著這一切。他瞬間瞥見蛾翅的輪廓，看見她在逐漸變亮、即將天明的天空下豎起耳朵。

現在不行！影望急切地想把注意力轉回灰毛身上，黑暗森林又變得清晰許多了，他鬆了口氣，聽著腳步聲遠去。

影望從洞穴探出頭，看見一隻毛皮滑順的灰色母貓往遠處走去，他不知道那隻貓是誰，只知道自己沒被對方看見。然而，就在他鬆一口氣的同時，母貓停下了腳步，稍微轉頭。

不妙！她看到我了。

影望靜止了片刻，不確定是不是該拔腿逃跑、想辦法逃離那隻黑暗森林貓，還是退到洞穴陰森的暗處。就在他猶豫不決地站在原地時，他聽見嘩啦嘩啦地落入月池的水流聲，四周又開始閃爍、淡去。他幾乎完全感覺不到自己和灰毛的連結了，只感覺到現實世界對他的拉力。

影望努力想重新集中精神想著那隻邪惡公貓，卻怎麼也做不到。他盯著前方那隻母貓，慌張的情緒在毛皮下引爆。**她是誰？她要是想傷害我，我可能會直接死在這裡，然後就會永遠消失了……**

然後，影望訝異地發現周遭事物又變清晰了，瀑布的聲響逐漸淡去。**原來如此！**他心想。**既然我想留在這邊，那最好的方法就是保持對這座恐怖森林的恐懼！**

再次將自己固定在黑暗世界的影望鬆了口氣，往那隻灰色母貓的方向望去，等了幾拍心跳的時間過後，母貓又繼續往前走了。確認母貓真的離開之後，影望踏出山洞，準備繼續探索這片駭人的領域──就在這時，一聲痛苦的高呼聲從遠方傳來，回音震得光禿禿的樹枝似乎也震動了起來。

是松鼠飛！

影望把被其他貓看見的恐懼拋到腦後，邁步朝那個聲音衝去。

第十章

根躍緩緩走在一條陰暗的通道裡，警戒地注意四周。他不知道自己在這個地方做什麼，也不知道自己會找到什麼東西，只曉得自己十分不安，情況有點不對勁。

他不確定自己到底花了多少時間在黑暗中行走，然後突然聽見令人毛骨悚然的呼號聲從前方傳來。前方亮起光芒，他在光線下望見影望的輪廓，只見朋友伸長了腳爪、伸出了爪子，雙眼狂亂無比。

根躍驚呼一聲。**他需要我！我一定要幫幫他！**他邁開腳步跑了起來，腳爪一次又一次踩在地上，但無論他多麼努力，就是無法靠近影望。然後，他們之間的地面毫無預兆地出現了一道漆黑溝壑——根躍很想停下腳步，可是他動作太慢了。在那一拍心跳的時間，他搖搖晃晃地站在了深淵邊緣，接著他發出驚恐的一聲尖叫，就這麼墜入了黑暗。

根躍睜開雙眼，發現自己是在青苔與蕨葉鋪成的臥鋪裡掙扎不停。

「星族老天啊！」他的頭旁邊，一道暴躁的聲音說道。「你到底是在鬧什麼？怎麼一副被獾攻擊的樣子？」

根躍抬頭看見馬蓋先瞪著他，馬蓋先站了起來，抖掉身上的青苔碎屑。「抱歉。」根躍咕噥一聲。

他意識到自己身在戰士窩，躺在自己的臥鋪裡。他放寬心地大口喘息，告訴自己：他之所以作這麼奇怪的夢，都是因為昨天在月池畔看到了那麼多可怕的事件。

然而，夢中那種坐立難安的感覺被他帶到了醒著的世界。之前他參加姊妹幫那場儀式，儀式失敗時有好多憤怒的靈魂想和他取得聯繫，現在這種感覺和當時也很像。**星族啊，影望該不會死了吧！**

根躍環顧四周，發現一束束細細的日光從戰士窩的屋頂縫隙透了進來，其他戰士都已經出去了。除了煩躁地一甩尾巴走出戰士窩的馬蓋先以外，窩裡只剩昨晚負責守夜的梅子柳，她用尾巴蓋著鼻子蜷縮在臥鋪裡。

根躍怕自己睡過頭了，他一躍而起，匆匆走出戰士窩，一面快速梳理毛皮一面左顧右盼。

天族營地裡，一切都顯得稀鬆平常。葉星坐在族長窩的入口，忙著和副族長鷹翅談話。鷦掌正在把一球青苔往長老窩的方向推去，她把一小塊青苔撕了下來，揉成小球給小蜜蜂和小甲蟲玩——兩隻小貓在育兒室附近玩鬧，他們母親花蜜歌則驕傲地看著兩個孩子玩耍。

好像沒有貓發現我剛剛睡過頭。根躍鬆了口氣，心想。**該去狩獵了。**

但就在根躍朝離開營地的通道走去時，入口處的蕨葉狂亂地動了起來，幾隻貓走進了營地，走在最前頭的貓是露躍，緊接著是薄荷皮，根躍猜他們是剛結束黎明巡邏回來了。除了這兩隻族貓以外，還有幾隻雷族貓跟了進來：獅焰、鬃霜與松鴉羽。走在最後面的是一隻英俊的灰色公貓，根躍還以為自己再也見不到這隻貓了——認出這隻貓之時，他震驚地瞠目結舌。

灰紋！

看到這位雷族長老遊歷歸來，根躍馬上就覺得心情好了很多，他知道鬃霜之前一直很擔心灰紋。他下意識地往鬃霜的方向瞄去，鬃霜對他微微一點頭，閃亮的雙眼與抖動的觸鬚明顯透露了喜悅。

每次看到鬃霜，根躍就會感受到各種糾結的情緒，自己的心彷彿被常春藤與荊棘給纏住了：鬃霜在附近時他就很開心，但也很難過，因為他們兩個不可能有未來。他們都不能離開自己的部族，這就表示他們永遠不可能成為伴侶。**過一段時間，我就不會再這麼痛苦了。**根躍猜想。**問題是，我現在還是很痛苦。**

薄荷皮跑到空地另一邊對葉星報告，葉星站了起來，走上前會見雷族巡邏隊。「灰紋，歡迎。」她呼嚕呼嚕道。「太好了，你重回這座森林了。」

灰紋禮貌地點頭。「妳好啊，葉星，我也很高興能回家，但現在沒時間聊我的事了。我昨天回到森林時發現雷族亂成一團，松鼠飛竟然還失蹤了。獅焰同意退為臨時副族長，讓我暫時代理族長的工作，等到我們把松鼠飛救回來再把臨時族長的職位還給她。」

葉星眨了眨眼，震驚地抽動觸鬚。「這……也很合理。」她喵嗚道。

根躍剛才悄悄溜過來聽他們談話，他猜族長的意思是說，和最近發生的種種事件相比，這非常合理。但是根躍也知道，雷族一直找不到和棘星一樣受大家尊敬的戰士來領導族貓，而少了星族的幫助，他們一直沒辦法擁立新的族長——他們需要由星族贈與新族長九條命與新的名字，新的領袖才能正式成為族長。在目前的情況下，讓灰紋領導雷族好像也不錯。

可是他年紀好大了⋯⋯

這時，灰紋的目光轉向根躍，根躍被他眼中的精力嚇了一跳。他很少被別族的長老注意到，這種感覺好奇怪喔。他聽說在偉大的火星擔任雷族族長時，灰紋曾經當過他的副族長；想到這裡，根躍突然覺得自己的腳爪都在發抖，他用力把爪子埋入土壤。

這隻貓可不是普通的長老。他⋯⋯他很不平凡！

「我來這裡，是因為族貓們對我說了一段不可思議的故事。」灰紋開口說。「他們說，你們聲稱假棘星逃出了監牢，把松鼠飛活活拖進了月池。」

「沒有錯。」根躍無法克制語音的顫抖，費了好一番功夫才逼自己對上灰紋的視線。

「這個故事真的非常奇怪。」灰紋回道，耳朵狐疑地一抖。「我活了非常多季節，卻從沒聽過哪隻貓在月池裡消失。」

「嗯，我知道這真的很奇怪，」根躍承認道，「可是我親眼看到了。自從灰毛回來，五個貓族就發生了很多以前從沒發生過的事——至少就我所知，這些事情都是頭一次發生。」

灰紋瞇起眼睛，根躍感覺自己被對方銳利的目光仔細檢視了一遍，灰紋彷彿在觀察一隻站在荊棘刺上的小甲蟲。

片刻後，灰紋簡單地一點頭，轉向葉星。「如果妳同意的話，我想請妳這位年輕的戰士帶我去月池，」他喵嗚道，「並且詳細描述他目睹的一切。我想親自檢查月池，尋找任何線索。妳要知道，我們雷族可是窮盡了全力想找回松鼠飛。」

葉星點頭接受了。「我自己也非常尊敬松鼠飛。」她對灰色戰士說道。「天族也會傾盡全力幫忙的。根躍，你做好去月池的準備了嗎？」

根躍的目光下意識地飄向鬃霜，只見她躍躍欲試地在一旁傾聽。「嗯，」根躍應道，「我準備好了。」

✦✦✦

根躍和雷族巡邏隊一同鑽過樹叢。這一路上他走得腳掌痠痛，可是他非常享受這段路程，因為他從頭到尾都走在鬃霜身邊，和她討論灰紋回到雷族的事。每次擦過鬃霜的毛皮，根躍就會感覺到流竄過全身的興奮。剛才他和巡邏隊離開營地的同時，父親樹正巧狩獵歸來，默默加入了他們的行列，現在樹讚許地對著他們點了點頭。

如果不同部族的貓真能像樹想的那樣輕易相愛，那該有多好！之前的姊妹幫也和樹一樣，不懂根躍面對的困難，似乎只有部族貓才能明白他的處境。根躍深深嘆了口氣，外面的貓就是不理解，也無法理解——部族貓對於自己貓族的忠誠。

不久後，他們站在坡頂俯瞰月池，根躍心裡忐忑不安，毛髮都蓬了起來。怎麼已經有兩隻貓在那裡了！只見蛾翅蹲在水邊，腳爪交疊在身下，而看似失去了意識的影望則趴在她身邊。

「這是怎麼回事？」灰紋喃喃自語。

他率先快步走下螺旋步道，朝水邊走去。根躍跟了過去，心裡感到奇怪極了。想當初，這裡是只有巫醫貓才准來的地方，可是那似乎已經是很久很久以前的事了，是一切還都正常的時候才有的規矩。

「他該不會又吃了死莓吧！」根躍來到水邊，脫口而出。一想到影望可能會為了回黑暗森林而不小心服用太多死莓、身中劇毒，冰冷的恐懼就掃過根躍全身。他知道影望急著去黑暗森林，但他不會蜜蜂腦到用這麼危險的方法吧？服用死莓可是大禁忌啊！

蛾翅抬頭看著新來的貓群。「當然不是。」她對他們說。「你們以為我會讓他這麼做嗎？影望是和以前的許多貓兒一樣，在夢中去了黑暗森林，而我只是在這裡顧著他而已。我相信他不會有事的。」

聽到巫醫貓這番話，根躍放下心來。既然影望已經睡了好一陣子，那就表示他不是像柳光那樣被另一邊的貓伏擊——儘管如此，根躍還是明白，影望身在黑暗森林的每一刻都是在冒險。**我知道影望和灰毛打過交道，可是面對這麼邪惡的一隻貓，他真的有辦法保護自己嗎？**

灰紋往前踏一步，想更仔細檢視影望的身體，根躍看見他黃色眼眸中的憂慮。「他當真明白這件事的風險嗎？」灰色戰士低聲自語。

就在此時，根躍聽見了腳步聲，抬頭就看到虎星和鴿翅奔下螺旋步道，氣喘吁吁地在步道底部停下腳步。

「影望在哪？」虎星厲聲問道。「我們今早發現他不在窩裡——蛾翅也不見了。」

根躍不情願地後退一步，讓影族族長看到趴在蛾翅身邊的兒子。他知道虎星得知了影望的行為之後，一定會火冒三丈。

虎星全身毛髮直豎，驚恐地更大雙眼。「不——怎麼又來了！」他啞聲說。

蛾翅站起身來，對族長點頭打招呼。「虎星，你先別激動。」她喵聲說。「影望沒有受傷，他是把靈魂送進黑暗森林了。」

虎星聽了並沒有寬心，鴿翅則哀戚地輕輕喵了一聲。「妳怎麼可以讓他去？」虎星咆哮道。「我就叫他不要去了，妳還讓他去！」

「抱歉了，虎星。」蛾翅平靜地喵嗚道。在根躍聽來，她似乎不怎麼抱歉。「但是有些時候，巫醫貓必須自己做決定，採取對部族最有利的行動。」

影族族長憤憤地嗤了口氣，鴿翅則靠在他身側，根躍看不出她是在尋求安慰還是在安慰伴侶。然後，兩隻影族貓這才注意到其他貓的存在。

「灰紋——是你嗎？」看到灰色戰士歸來，虎星的語氣不怎麼開心，反倒透出了厭煩。「葉星也來了。你們來這裡做什麼？」

「我也正想這麼問你呢。」灰紋微帶諷刺意味地回嘴。「根據鬃霜的說法，影望應該被關在你們的營地才對，怎麼會出來呢？」

虎星瞪著這隻雷族長老。「他現在已經不用被關，可以繼續做巫醫的工作了。你問這個做什麼？」

灰紋耳朵一抖。「我只是想不明白……所有貓都非常在意影望在這些事件之中扮演的角色，結果今早你發現他失蹤了，第一件事就是跑來月池找他。你這是什麼意思？為什麼不先通知其他貓族？」

「時候到了，我自然會通知他們。況且，影望是我的兒子。」虎星瞪著灰色戰士，沉聲說道。「你從沒當過一族領袖，怎麼可能知道族長該做什麼決定？」

「我現在就是雷族的臨時族長。」灰紋告訴他。

「好極了！」虎星嗤之以鼻。「輪到你了是不是？運氣好的話，你說不定能撐四分之一個月呢。你還是趕緊退下，讓真正的族長們——被星族選中的族長們處理這件事吧。」

灰紋回瞪了他一眼，開口說話時，語音多了一絲不善。「在火星外出找天族的那幾個月，我代替他領導了雷族——早在你出生之前，我就有了當領袖的經驗。如此說來，你是不是該放尊重一點？」

虎星別過頭，無法對上灰色戰士的雙眼。

「灰紋，你也知道我和虎星不一樣，我相信你的領導能力。」葉星開口說話了，顯然是想用溫和的聲音讓雙方冷靜下來。「而你說得有道理，我們的確該通知其他族長，讓他們知道影望在做什麼。」

「說得好。」灰紋同意道。「另外，我們該考慮再次尋求姊妹幫的援助。我聽說她們還在附近。之前她們舉行儀式想找回棘星的靈魂，結果儀式失敗了……話雖如此，她們可能還是比我們更瞭解在不同世界之間穿梭的方法。」

「我去把兔星叫來吧。」樹提議道。

「那我去河族叫霧星。」獅焰跟著說。

蛾翅轉向他，琥珀色眼眸流露出哀傷。「河族昨晚應該在為柳光守夜。」她喵嗚道。「霧星可能還在睡。」

「這時候去打擾他們的確不太好，」葉星嘆息道，「但所有族長都必須齊聚一堂，才有辦法一起做決定。你們兩個都快點去吧。」

獅焰與樹爬上螺旋步道的同時，根躍低頭盯著沉睡的影望。片刻後，他發覺自己是在影望身上尋找任何傷痕或呼吸困難的跡象，想看看朋友會不會像柳光那樣突然遇害。**沒關係的，影望還睡得很安穩。至少目前還沒有問題。**根躍不禁好奇，不知道朋友的靈魂現在看到了些什麼？過了半晌，鬃霜走了過來，在他身邊坐下。

「希望影望平安無事。」她低聲說。

根躍點點頭。「要我自己進黑暗森林，我應該會嚇死。影望沒有受過戰士的訓練……而且我們知道，他如果在那邊受傷，在現實世界的身體也會受傷。」**要是他在那邊被殺……**根躍不忍把這句話說出來。

鬃霜眼裡閃爍著同情。「可是影望從以前就一直很勇敢。」她提醒根躍。

根躍點點頭。鬃霜說得沒錯，現在他們也不能做什麼，只能等其他兩位族長到場了。根躍感覺到了虎星、灰紋與葉星之間的緊張，但一段時間過後，他們三位各自在離另外兩隻族長稍遠的地方坐了下來。

根躍忽然感到疲憊不堪，他昨晚睡得不好，剛才又大老遠走到月池，現在力氣都耗盡了。他逐漸進入夢鄉，然而就在他失去意識的同時，根躍發現自己再次走在了那條漆黑的通道裡。前方再次亮起先前的光芒，他又一度看見影望的輪廓。

年輕巫醫貓全身毛髮直豎，雙眼透著狂亂。他朝根躍伸出兩隻前腳、伸出了爪子，尖聲喊道：「小心！」

根躍猛然驚醒。有幾隻同伴都還在身邊打盹，或者在低聲交談。他從眼角看見月池表面愈來愈亮，他轉頭望去，看見一個閃亮的形影從水中走出來，筆直注視著他。

我是不是還在作夢？他問自己。

與此同時，他認出了那個形影的身分，那是柳光——或者說，是柳光的靈魂。閃耀的形影跳過月池水面，在根躍面前停下腳步。「快跟我來。」她喵嗚道。「只有你能拯救松鼠飛。」

根躍震驚地倒抽一口氣。「我？」

「只有你做得到。」

見根躍猶豫不決，柳光一甩尾巴，不耐煩地發出嘶聲。她撲向根躍，罵道：「快點！你快來幫幫我！」話才剛說出口，她就拉住了根躍後頸。

她是怎麼抓住我的？根躍感覺到冷冰冰的恐懼滲入毛皮，涼透了他全身的骨頭。**貓靈怎麼可能碰到我？**

不只如此，柳光還拉著他往月池的方向去。

「等一下！」根躍高呼。他的呼聲吵醒了鬃霜，鬃霜驚訝地瞪大雙眼看向他。「我不——我不會游泳啊！」

但柳光不理他，而是緊緊抓著他跳到水裡，把根躍也拖了下去。根躍無助地掙扎，池水湧進他的嘴巴和耳朵。他盯著上方的水面，看到了最後的畫面：鬃霜低頭盯著他，驚駭的神情因水波而扭曲。

第十一章

鬃霜盯著月池，幾乎不敢相信自己的眼睛，全身上下都震驚不已。根躍剛才突然朝水池撲了過去，但他看起來不像是自己跳下去的，而是被什麼東西逼迫的樣子。他歪著脖子，彷彿被鬃霜看不見的另一隻貓拖到了水裡，而且還焦急地高呼了一聲：「我不會游泳啊！」

最初的驚駭消退後，鬃霜想也不想就踩著月池邊的岩石跳了進去，過程中幾乎沒聽見其他貓兒的驚呼聲。

池水在她身邊嘩啦嘩啦噴濺，鬃霜努力在水池裡來回游動，焦急地尋找根躍，卻連他的影子也沒看到。**他是不是沉下去了？**她心想。她想起第一次和根躍見面時，還是見習生的根躍掉進湖裡，當時就是鬃霜救了他。**他那時候真的很怕……唉，根躍！**一想到根躍可能痛苦不堪、害怕不已，她就覺得自己的心要裂成兩半了。

但是，鬃霜其實也不太會游泳，沒過多久她就感覺到自己也逐漸沉入冷冰冰的月池了。**月池原來是這麼深啊。**她還是找不到根躍，而且過了幾拍心跳的時間，她就發現自己用盡了肺裡的空氣，水面離自己好遠好遠。

恐懼宛如一隻巨爪，緊緊揪著她的胸膛。她用四條腿奮力亂踢，掙扎著想往上游，然而四周的光線愈來愈暗，她感覺到生命逐漸離自己而去。

一切就這樣結束了嗎？我經歷了這麼多，最後居然是這樣結束，感覺太……太沒意義了吧。

忽然間，一道黑色形影衝進了水池，鬃霜感覺後頸被猛地一扯，某隻貓拖著她的身體游到水面。對方把她拋出月池，她重重摔在了池畔的岩石上，那股衝擊力逼得她吐出了肺裡的一些水。

她邊咳嗽邊大口喘氣，轉頭就看見蛾翅從池子裡跳出來，落在她身邊。

「愚蠢的旱貓，」蛾翅嘀咕道，「不會游泳就是不會游泳，還在那邊逞強。」巫醫貓用強壯的腳爪一次次按壓鬃霜胸口，讓鬃霜咳出更多池水。

一段時間後，蛾翅退了開來。「有力氣坐起來嗎？」她問道。

「應該沒問題。」鬃霜感到頭昏腦脹，但她還是撐著身體坐了起來，池水從濃密的灰色毛髮滴落的同時，她環顧四周。「蛾翅，謝謝妳。」她沙啞地說。「妳有看到根躍嗎？」

蛾翅面色凝重地搖了搖頭。「沒有。」她答道。「水裡不見他的蹤影，他似乎是真的消失了。」

「就和松鼠飛一樣。」

那是松鴉羽的聲音，鬃霜這才發現其他貓也都圍在她身邊，每隻貓都一臉憂慮。霧星和獅焰也來了，他們想必是在她睡午覺的時候到場的。

「但松鼠飛是被灰毛拖進水裡的。」葉星喵聲說。「至少，根躍是這麼說的。」

「根躍也被拖進去了。」鬃霜解釋道。「在我看來是這樣。他那個樣子好像是被什麼東西拖了進去，而且他還在和某隻貓，或是某種東西爭吵。」

眾貓似乎都不知所措。他們討論接下來的行動時，鬃霜起身用力甩了甩毛皮，把身體弄乾。隨著每一拍心跳過去，她感覺身體逐漸恢復力氣了，一旦其他貓對她下達指令，她就準備動身去找根躍。

鬃霜站在貓群邊緣聽他們爭論，突然望見了螺旋步道頂端的動靜：兔星從樹叢中鑽了出來，緊接著是樹。葉星也注意到新來的貓了，她走到步道底部等他們下來。

「樹，我有事情要告訴你。」她用沉重又焦慮的語氣開口說。

樹的表情突然變得忐忑不安，他環顧四周。「根躍是不是出事了？」他喵嗚道。「他在哪裡？」

葉星難過地對樹說明事情經過，說他兒子是如何被拖進月池、消失無蹤的。鬃霜看見在黃色公貓臉上蔓延的驚駭與不解，不禁為他心疼。

「我從沒聽過哪隻貓靈有這種能力。」葉星說完以後，樹回應道。「我們都知道松鼠飛是被灰毛拖走的，但從沒有貓靈碰過我，更沒有靈魂強迫我做過什麼事情。」他頓了頓，接著有點猶豫地補充道：「之前舉行儀式找棘星的靈魂時，那些貓靈的怒火倒是令我印象深刻，也讓我十分不安。要是其中一隻貓靈抓到了根躍，那……」

他全身顫抖，鬃霜在他眼中看見貨真價實的恐懼。

葉星用尾巴搭著樹的肩膀，然後抖了抖毛皮。「既然所有族長都到場了，」她明快地喵嗚道，「我們就可以討論是否要向姊妹幫求助了。」

「嗯，我也覺得該請她們幫忙。」樹同意道，說話時因恐懼與絕望而破音了。「現在可能就只有姊妹幫能幫上忙了，而且她們畢竟是根躍的親族。」

葉星點點頭。「姊妹幫也認識松鼠飛，她和葉池之前去她們那裡幫忙。問題是，有貓知道她們現在在哪裡嗎？」

「雷族知道。」灰紋回道，「黛西最近在她們那裡生活。」聽到其他貓兒的驚呼聲，他又說：「這件事說來話長，現在也沒時間解釋。姊妹幫的營地就在雷族邊界之外，那裡有一座空谷，兩塊巨石之間有水泉，營地周圍都是金雀花與接骨木樹叢。」

「我應該知道那是什麼地方了。」葉星回道。「我會去找她們談談。姊妹幫認識我，她們也信任我。」

「很好。」灰紋轉向獅焰。「你陪她去——我們派一隻和松鼠飛同族的貓一起去，可能會有些幫助。」

兩隻貓出發的同時，獅焰回頭喊道：「我們會先路過雷族營地，帶鼠鬚同行。之前他陪黛西去過姊妹幫的營地，他知道營地的確切位置。」

灰紋點頭同意了。獅焰跟著葉星爬上了螺旋步道。

✦✦✦

太陽下山了，薄暮逐漸加深，化為了黑夜。從鬃霜和其他貓兒出發前來月池到現在已經過了一整天，他們還是沒有找到什麼拯救族貓的線索。影望仍然趴在池邊，蛾翅坐在一旁照看著他，全心全意關注著他毫無動靜的身軀。

希望他沒事。鬃霜心想。**他已經進黑暗森林好久了。之前聽長老們說起貓兒去黑暗森林的故事，聽長老的說法，那些貓好像都只有在晚上睡覺的時候待在那邊而已，早上就會自然醒來了。可是影望過去那邊的時間比其他貓都來得長。還有根躍……**她實在不忍想像根躍在那邊發生了什麼事。

其他貓兒都在討論下一步該怎麼做，但看樣子他們什麼都做不了——大家只能等姊妹幫到場幫忙了。

「我們繼續待在這裡，也只是在浪費時間。」最後，灰紋終於開口指出。「現在時間不早了，我們也不能全都睡在月池邊，還是先回家休息吧。也許到了明早，事情就會變得明朗了。」

眾貓低聲表示贊同。在鬃霜看來，大部分的貓聽到灰紋把他們心裡的想法說出來，似乎都鬆了一口氣。

「我必須留下來照顧影望。」蛾翅指出。

「我們也絕不會離開。」虎星跟著說，尾巴攬著鴿翅的肩膀。「在確認兒子平安無事之前，我們哪都不會去。」

樹點點頭。「我也是。」

灰紋站了起來，準備率領剩下的貓離開空谷。鬃霜繃緊了身體，擔心灰色戰士命令她一同離開，沒想到灰紋轉頭對她喵聲說：「妳也留下來吧，留一隻雷族貓在這邊守著也好。」

「灰紋，謝謝你！」寬慰湧遍了鬃霜全身。現在根躍還身處險境，她怎麼能離開？而且要是影望醒了怎麼辦？鬃霜希望自己能第一個看到，親眼見證那一刻。

「虎星，我覺得你能留下來真是再好不過了。」其他貓兒都離開後，樹喵嗚道。「鴿翅，妳也是。有了小孩以後，我就發現守護他們才是我唯一的使命。」

「說得沒錯。」虎星同意道。鬃霜聽得出他的語氣比之前親切一些——他和樹的小孩都進了黑暗森林，這下他對樹的態度似乎愈來愈友善了。「我承認我很擔心，」影族族長接著說，「但我必須接受蛾翅對我說的話：無論如何，影望都會想辦法進入黑暗森林的。只要他下定決心，誰也阻止不了他。」

「他這方面和他父親一模一樣呢。」鴿翅輕聲說。

「又是誰為了和她愛的貓在一起，離開了自己的部族？」虎星回嘴。

兩隻影族貓交換了個親暱的眼神，鬃霜猜他們可能是想互相安慰，讓對方別一直為兒子擔驚受怕。鬃霜心裡閃過了嫉妒——虎星和鴿翅出身不同的貓族，就和她還有根躍一樣，可是他們最後還是在一起了。

我們有沒有可能像他們那樣長相廝守呢？她心想。

「我相信根躍。」樹又說道。「他聰明又勇敢，即使去了那個恐怖的地方，他也一定會盡己所能幫助松鼠飛與影望的。必要的話，他會努力掙扎奮鬥——我只希望他沒有戰鬥的必要。」

「我也是！」鬃霜激動地附和道。樹對她投了個會意的眼神，鬃霜知道樹一定是在她眼中看見了對根躍的愛。

就在這時，她聽見空谷上方傳來窸窣聲，她抬頭一看，就看見貓兒一隻接著一隻從坡頂的樹叢鑽出來。鬃霜認出了她們強壯的身體與健康又油亮的毛皮，一想到這些貓可能有辦法拯救根躍與松鼠飛，她就興奮得腳底發癢。

「姊妹幫來了！」她高呼。

一隻新來的貓踏上前，走到了通往水池的步道前。鬃霜認得那隻擁有藍眼睛、身材魁梧的白色母貓，她名叫白雪。

這位姊妹恭敬地一點頭。「我可以下去嗎？」她問道。

抬頭回應的貓是蛾翅，她仍然坐在影望身旁顧著年輕巫醫。「可以，請下來吧。」

白雪走下螺旋步道，樹站了起來，走到步道底部迎接她。「白雪，請幫幫我們。」他焦急地喵嗚道。「我兒子迷失在了靈魂世界，虎星的兒子也是，我們不知道該怎麼把他們帶回來。」

虎星一臉狐疑地盯著姊妹幫，也沒有要上前迎接白雪的意思。鬃霜真想用力抓他耳朵一下，但她知道自己不能這麼對待一族之長，更不用說是別族的族長了。儘管如此，她走向虎星時，還是沒有掩飾自己臉上的不耐煩。

「根躍和影望都是我的朋友，」她開口說，「現在能阻止灰毛執行邪惡計畫的貓就只有他們兩個了。我們難道不該用上我們想得到的所有方法，竭力確保他們兩個平安無事嗎？就算非得信任姊妹幫不可，我們也該試一試吧？」

虎星眼中的疑慮化成了困惑，他似乎不知該怎麼想才好了。「好啦！」他終於不高興地說。「但是我跟妳保證，我會像老鷹一樣緊緊盯著她們！」

「你需要休息。」鴿翅輕聲喵嗚道，吻鼻磨蹭著虎星的肩膀。「我們該回影族去，把這邊發生的事情告訴族貓們。」

「回影族？」虎星重複道。「妳要我把影望丟在這裡不管？」

「蛾翅會留在這裡，給影望最好的照護。」鴿翅指出。「另外，我相信苜蓿足有能力把影族管理得很好，可是族貓們一定很想知道他們的族長去了哪裡，也想知道影望發生了什麼事。」

鬃霜看得出虎星內心的糾結，他知道伴侶說得沒錯，但他也非常想留下來顧著兒子。「我可以當你們的信使。」鬃霜提議。「假如影望或根躍的情況有什麼變化，我可以立刻去影族告訴你們。」

「好主意。」蛾翅喵聲說道。她從影望身邊站起來，走了過來。「有任何消息的話，我會派鬃霜去通知你們。你們現在留下來也沒有什麼意義。」

虎星猶豫不決地再次抬頭，望向聚集在空谷坡頂的姊妹們。「月池是神聖的地方，」他沉聲說道，「讓一群惡棍貓進來真的好嗎？」

鬃霜看到，白雪聽到虎星說出「惡棍貓」三個字時，肩頭的毛髮豎了起來，但是那隻姊妹沒有說話。

「必要的話，還是得讓她們進來的。」蛾翅語帶諷刺地回道。「虎星，換作是從前，就連你也沒資格靠近月池的。」

「我們會在附近紮營，」白雪告訴影族族長，「我們也不想侵犯貓族們的聖地。況且，我們必須花一些時間聯繫貓靈，才能夠找出解決問題的辦法。」

「走吧。」鴿翅戳了虎星一下。「這裡不會有事的。」

虎星不情願地站了起來，跟著鴿翅爬上步道，白雪也跟著爬了上去。影族貓鑽進樹叢消失後，姊妹幫也鑽了出去，留下鬃霜、蛾翅與樹三隻貓。

鬃霜幾乎想也不想地任由腳爪往前走，來到了月池邊緣，低頭盯著水池深處。**那下面現在是什麼狀況？**

鬃霜真希望自己能感受到些什麼，就算不知道根躍去了哪裡，至少可以感覺到他安全無虞。然而，水池在月亮與星光下平靜地閃爍著，沒有透露任何線索。鬃霜只能祈禱根躍與影望平安無事了。

第十二章

影望在樹林中奔跑，他還是能聽見一隻貓痛苦地號叫，卻不確定聲音是從哪裡傳出來的。不知為何，聲音的方向似乎變了，他感覺自己一直在兜圈子。就在他懷疑自己被黑暗森林誤導時，一道模糊的淺色形影猛地從一棵樹後方衝出來，一頭撞上了他，把他撲倒在地上。

影望慌張無比，但是面對的可能是敵貓，他還是努力不把驚慌表現在臉上。那隻貓——如果那東西真的是貓的話，把他按在地上，臉壓在了森林地表的枯葉之中，影望幾乎無法呼吸，更不可能看見攻擊者的身分了。

「你是誰？」他勉強擠出問句。

「這是我想問的問題。」一道聲音在他耳邊低吼。「你來這裡幹什麼？」

影望這才發現，攻擊者雖然制伏他了，卻沒有馬上把他撕成碎片，而是選擇質問他。影望想逃走的話，可能就只能配合對方了。「我在找一隻活著的戰士，她是不小心來到這裡的。」

「活著的戰士？」那個聲音少了些敵意。「喔，原來是發生了這種事啊。」

壓著影望的身軀退了開來，讓他站起身。影望抖掉了毛皮上臭呼呼的泥土，轉過身來，看見……**等等，這是什麼東西啊？**

他面前是一隻貓的輪廓，可是形體的邊緣模糊不清，有時候整個形體都會短暫地消失。在最有實體的時候，他看起來是隻瘦瘦的白色公貓，一道疤從脖子延伸到腹部。

影望感覺自己的肌肉都繃緊了。上次幻視時來到黑暗森林，他可沒有遇到其他的貓。他忽然意識到這裡是黑暗森林，他從小聽過各種關於這地方的恐怖故事——影望以前都以為是年紀較大的族貓們誇飾了這地方的危險，可能是想嚇他，也可能是為了把故事說得更精采，可是他現在知道族貓們說的都是實話，事實比他想像中恐怖很多。

影望注視著剛才攻擊他的貓，想起柳光準備透過夢境來這個可怕的地方時，松鴉羽那副憂心忡忡地模樣。盲巫醫的話語迴響在影望腦中：**黑暗森林可以讓好貓變成壞貓。**而且，只有一開始就很壞的貓才會被送來黑暗森林。

鼠腦袋，蛾翅之前就警告過你了，誰叫你不專心聽。他自責道。

要是他傷害我怎麼辦？影望打量著瘦巴巴的白色公貓，心裡想著。**那我在現實世界的身體也會受傷……**

「嗨，我是雪叢。」白色公貓喵嗚道。

「我是影望。」影望頓了頓，等著公貓給出某種信號。**我可以信任他嗎？可以對他說出真話嗎？**但這個念頭才剛浮上來，他就發現自己別無選擇。**如果要拯救松鼠飛，我就必須儘量蒐集情報。**於是他問對方：「你可不可以告訴我，黑暗森林最近發生了什麼事？」

雪叢抖了抖觸鬚。「說來好笑，我也正想問你這個問題。」他回道。「森林最近發生了一些變化，我看到了一隻時常來去的怪貓，他的毛髮會閃爍，所以可能是星族的貓——不知道他是怎麼來到這裡的。」他聳聳肩。

「你還有注意到什麼別的狀況嗎？」影望又問。

雪叢擔憂地眨眼。「從那隻貓出現開始，我就注意到森林開始縮小，我以前熟悉的一些地方都化成了濃霧，我走進濃霧就會頭暈目眩。」

「太可怕了。」影望喵聲說，克制住了本能的顫抖。「所以，你覺得這些現象是那隻怪貓造成的嗎？」**他說的一定是灰毛。**影望心想。**一定就是灰毛！**

「對，肯定是他。」雪叢回道。「這裡有些貓開始幫他做事了，他說等他的計畫成功了，以後就會給幫助他的貓很棒的獎勵。」

「你沒有加入他們嗎？」影望是不是完全不該相信這隻貓說出口的話？**這可能是陷阱。**灰毛在活貓的世界就已經很擅長花言巧語了，他就是鼓動三寸不爛之舌，說服了各族放逐違反戰士守則的貓。**他的意志力太強了，這隻貓看起來弱不禁風的，怎麼可能違抗得了灰毛？**

雪叢大力搖頭。「那怎麼可能？他可是一隻邪惡的貓，而且我還沒把最糟的部分告訴你呢。」他補充道。「前些日子，有一些貓……消失了。他們不會突然完全消失，而是會慢慢……消散。」他全身一抖。「我擔心自己也會這麼消失。」

影望覺得他是該擔心沒錯，剛才看到雪叢時，他的輪廓不是就模模糊糊的嗎？他現在顯得比較扎實了，影望也覺得森林變得比較具體了。

影望發現，在此時此刻，他的存在穩穩地固定在了黑暗森林，完全感覺不到自己的身體趴在月池邊，也感覺不到在一旁照看他的蛾翅了。

可能是因為我們在對話，我們可能互相是讓對方變得更真實了。

很好，這樣我就比較能專心在這邊執行任務了。

想到這裡，影望忽然感到一陣閃電般的驚慌竄過全身，他費盡了意志力才沒有掉頭逃跑。他想起老貓們說過的話：**黑暗森林能讓好貓變成壞貓。**

他現在感受不到真實世界了，這是不是變成壞貓的第一個徵兆？

要是我真的把自己固定在這地方，再也回不去了怎麼辦？

「我很同情你的遭遇。」他逼自己用堅定、平穩的聲音對雪叢說。他很想相信這隻瘦巴巴的公貓，畢竟雪叢明顯害怕自己會消失，這表示他很可能在說實話。「我是活貓，」影望接著說，「所以不太瞭解這邊的狀況。」

雪叢饒富興致地瞪大了雙眼。「活貓？喔，我看過不少貓像你這樣過來，你現在應該是在作夢吧。」

「沒錯……」影望的聲音愈來愈輕，他還是不確定這隻黑暗森林貓到底可不可信。「五個貓族最近的狀況非常糟，」他接著說，「始作俑者就是你看到的那隻星族貓。」

雪叢點了點頭，但他很明顯失去了興趣。影望猜想，對黑暗森林的貓而言，活貓各族遇到的問題應該顯得非常非常遙遠——雪叢的下一個提問也證實了這點。

「從我死去到現在過了幾季，你知道嗎？」

「不知道。我從沒聽過你的名字。」影望答道。「你以前是哪一族的？」

「我以前是影族貓。」

「喔，我也是影族的。」影望呼嚕呼嚕道，對白色公貓的態度瞬間變得友善許多。「我們現在只有一位長老，他的名字叫橡毛。你認識他嗎？」

雪叢不解地眨眼看他。「現在的族長是誰？」他問道。

「虎星。」影望告訴他，然後又得意地補充一句：「他是我父親。」

「喔，我認識虎星！」雪叢高呼，眼中閃過了一道光。「他真的很了不起，要不是因為火星那隻愚蠢的寵物貓，虎星說不定還能當全森林的領袖。」他忽然露出困惑的神情。「不對，他不是死了嗎？我在這裡看過他啊……」

影望這才發現雪叢是在誇讚**第一代**虎星，他忍住了一陣顫抖。**怎麼會有貓敬佩那隻貓？**「呃……我說的是別的虎星。」他喵嗚道。「你說的那隻貓在好幾季以前就死了，那時候我還沒出生。」

雪叢重重嘆息一聲。「黑暗森林裡的時間流動很奇怪，我可能在這裡待了一百個月，也可能才剛來一個月而已。」他低頭盯著自己的腳爪片刻，然後才再次抬頭，對上影望的視線。「我平常都不怎麼和其他貓兒說話。」他接著說。「那場戰鬥過後，我都只有偶爾聽見他們，或是瞥見他們在森林裡悄悄走動，所以我沒有從他們那裡聽到活貓世界的消息。但是，我知道以前住在黑暗森林某些區域的貓都不見了，有時候就連森林本身也不見了，森林邊界在逐漸逼近。我不知道這是怎麼回事，只怕自己再過不久也會消失。」他的聲音很疲憊，他似乎已經無奈地接受了命運。

影望愈來愈同情這隻孤單又擔憂的貓了，他不太能壓抑這份同情，也愈來愈難集中精神想著自己來黑暗森林的原因了。腳下的地面感覺比剛才更加踏實，他和雪叢之間的連結好像加固了他在黑暗森林的存在。「你還記得為什麼來到這裡嗎？」影望問道。

雪叢似乎絞盡腦汁回想了片刻，陰翳的雙眼像是看著自己的內在，然後他搖了搖頭。「我不太記得自己活著時的事情了，」他坦白道，「只隱約記得自己不太善良——我要是很善良，死後就不會來到這地方了嘛。我知道自己活著的時候非常在乎權力，但是現在，權力又有什麼意義？」他聳了聳肩。「沒有意義嘛。當你必須永遠走在一座死氣沉沉的漆黑森林，沒有任何一隻貓陪在身邊……這時候你就會發現，你根本就沒有過什麼權力。」

「你說你認識第一代虎星。」影望接著說。「你說到的戰鬥……那是黑暗森林和活著的貓族之間的大戰役嗎？」

「是啊，這我還記得。」雪叢回答。「我那時候是和虎星並肩作戰。可是我不想再談這件事了，」他突然齜牙咧嘴說，「別再提這個了。」

影望嚇了一跳。從剛開始攻擊影望過後，這隻黑暗森林貓就一直心平氣和地說話……可是現在他突然凶暴了起來。影望瞥向從雪叢喉嚨一路延伸到腹部的可怕傷疤，不知對方不願意談論那場大戰役，是不是因為那道疤。

「好喔。」影望回道。「那可以麻煩你帶我到黑暗森林各處走走嗎？我必須調查那隻星族貓的行動。」

「喔，我可以帶路。」雪叢喵嗚道，剛才的凶暴又消失了。「跟我來吧。」

他帶著影望繞過一大叢荊棘，經過一棵枯枝上掛著常春藤的大樹，然後順著一條窄溪谷往前走。谷底沒有溪水，就只有乾燥、尖銳的岩石。影望跟著雪叢前行，不知道過了多少時間，也不知道自己離開活貓世界後過了多久。他好像已經在黑暗森林待了好一段時間，但那究竟是四分之一個月呢，還是一彈尾巴的時間？他想起雪叢說的話：黑暗森林的時間會以奇怪的方式流動。那時間會流得很慢嗎，還是很快？影望覺得無論是何者都非常恐怖。假如時間流得太慢，他可能得在這裡度過無盡的時間，可是假如時間流得太快，等他醒來以後，外面可能就會是和之前迥然不同的世界了。恐懼在他肚子裡沸騰，就像吃了腐爛鴉食之後湧上喉頭的膽汁，他只能咬緊牙關專心執行任務，才能防止自己像迷路的小貓一樣放聲大哭。

雪叢終於停下了腳步。「你看看那個。你覺得呢？」他問道。

影望從他身旁走過，看見與溪谷相連的一座淺峽谷，峽谷兩旁都是岩坡。這裡的樹木比較細小，他放眼望去本該看到遠方景象的，可是峽谷另一頭卻被一層不停翻湧的灰霧擋住了，遠遠看去彷彿有烏雲降到了森林裡。

「太……太不可思議了。」影望震驚地沉默片刻，這才開口喵嗚道。

雪叢全身一抖。「它現在比之前更近了。」他喵聲說，語音緊張不已。「而且不只有這裡，濃霧似乎逐漸從各個方位逼近……它讓黑暗森林變小了。」雪叢轉向影望，絕望地說道：「我需要幫助。我知道自己活著的時候不是什麼好貓，所有黑暗森林貓都做過不該做的事，所以才會來到這裡。話雖如此，我還是有存在的權利吧？有東西在摧毀我的家，可是我不懂，那東西為什麼要這樣做？」

「我不知——」影望開口說。

「你看起來像隻聰明的貓，」雪叢一副沒聽到的樣子，接著說下去，「你願意幫我嗎？」

影望遲疑了。他知道自己應該拒絕，但以前受過的巫醫訓練告訴他，他不該拋棄這隻擔驚受怕的貓。

「我是來找一隻活貓的，」最後，他開口回答，「這是我的第一要務。不過，如果能順便幫助你，我就會儘量幫忙。」

雪叢低哼一聲。「謝了。在現在的情況下，我大概也沒立場再挑三揀四了。」

雪叢說話的同時，某隻貓痛苦的呼聲再次傳來。雪叢為了讓影望看到霧牆，帶他走了好一段路，沒想到痛呼聲似乎比剛才近了些。

「那個聲音！」影望高呼。「那一定是我要找的貓。我之前想跟著聲音走，可是卻愈走愈遠了。」

雪叢毫不訝異。「在黑暗森林裡，聲音的傳送方式也很奇怪，」他喵聲說，「但是我已經習慣了。跟我來，我帶你去找那個聲音。」

白色公貓領著影望沿溪谷往回走，爬上了滿是乾枯蕨類的山坡。又乾又脆的蕨葉被兩隻貓擦過時折斷了，碎屑黏在他們的毛皮上。

經過蕨叢之後，樹木之間的距離變近了。雪叢胸有成竹地走在樹林裡，最後來到一簇糾結的荊棘叢前，荊棘長得很高，延伸到兩隻貓頭上好幾條尾巴長度的高度。樹葉軟趴趴地掛在灌木枝條上，飄著腐臭味。

又一聲呼號劃破了寂靜，聲音是從灌木叢另一頭傳來的。

「往這邊走。」雪叢悄聲說。「記得趴著前進。」

影望跟隨他繞過灌木叢，身體貼著地面、躡手躡腳地前行，腹部的毛髮擦過了地面。樹叢另一邊是一片空地，空地邊緣生了一簇簇繁茂的草。

影望望見空地另一頭的兩隻貓。「灰毛跟松鼠飛！」他驚呼。

雪叢快速用尾巴摀住影望的吻鼻。「鼠腦袋，閉嘴！」他在影望耳邊低聲說。

灰毛與松鼠飛面對著彼此，兩隻貓都弓起背部、毛髮直豎。他們太專心看著對方，都沒注意到影望與雪叢。

影望盯著那隻邪惡的公貓，他的存在在影望心中激起了憤怒與暴力的情緒，影望十分歡迎這些情緒。黑暗森林似乎比剛才更加清晰了，周遭事物變得清楚無比。**黑暗森林能讓好貓變成壞貓**。影望想起這句話，這才發現，這份恨意把自己深深固定在了無星之地。他把這絲念頭推到一旁。

他必須完成任務。

我來了。影望在心中對敵人說。對方可是差點毀了他深愛的貓族們。**事情是從我開始的，現在也會由我畫上句點。**

為了拯救松鼠飛與所有貓族，我什麼事都做得出來。

第十三章

根躍沉到月池深處，掙扎著想讓柳光放開他後頸。池水湧入他的嘴巴與耳朵，他被一口水嗆到了。

我要溺死了！

他驚慌無比，就像是被蜘蛛網困住的蒼蠅，幾乎沒注意到柳光拖著他穿過月池底部一條漆黑的地道。他現在又能夠呼吸了，可是空氣感覺不太一樣，好像比上面的空氣黑暗，以致周遭一切都顯得有些模糊。根躍感覺自己至少離開了水池，他終於癱倒在一棵多節的大樹下。

一段時間過後，他發現柳光就坐在他身旁，等著他恢復體力。根躍撐著身體坐起來，環顧四周，終於明白自己被帶到了什麼地方。

「這裡是黑暗森林嗎？」他問道。

柳光點點頭。「抱歉了。」她的眼睛瞇成了兩條細縫。

「妳的眼睛不舒服嗎？」根躍問她。

「還好。」柳光對他說。「這裡的光線太暗了，我看不太清楚。霧氣刺得我眼睛好痛。」

根躍眨了眨眼，習慣了這邊古怪的光線之後，他覺得眼睛沒什麼問題啊。他暗自聳了聳肩，他的眼睛之所以沒事，應該是因為他還活著吧。一想到這裡，他就感到一絲寬慰，但這份情緒很快就被恐懼與不安吞噬了。

「總之，」巫醫貓簡慢地說道，「我不是故意嚇你的，可是不這麼做的話，我就沒辦法把你帶過來了，畢竟我能聯絡上的活貓就只有你了。我雖然死了，終究是河族貓，我是站在貓族那一邊的，而我現在知道該怎麼拯救他們了，你必須幫幫我。你懂我的意思嗎？」

「當然了。只要能幫到各族，我什麼都願意做。」根躍告訴她。他感受到油然而生的希望竄過腳底。「請把妳發現的一切都告訴我。」

「我會的。」柳光站起來說道。「但在那之前，我們必須先找到灰毛。走吧。」

根躍起身跟著巫醫貓前行，忐忑不安地走在乾枯的樹木與凋萎的樹叢之間。空氣中瀰漫著一股噁心的氣味，那股味道黏在他舌頭上，讓他好想吐。

他忍不住好奇，他能來到這裡，到底是什麼意思？**我應該還活著吧？**他不安地問自己。**我還是可以回到貓族……還是可以再見到鬃霜的吧？**他費了好一番力氣才將這些憂慮推到一旁，集中精神想著眼下的任務。

「妳有遇到影望嗎？」他問柳光。

巫醫貓搖了搖頭。「我應該遇到他嗎？他沒事吧？」

「希望他沒事。」根躍回道。「這件事說來話長，他是昨天晚上作夢進來的，所以現在應該還在黑暗森林裡。」

不知道他後來怎麼了？他心想。**他有查到柳光蒐集到的這些情報嗎？**

死了的河族貓小心翼翼地走在他身邊，瞇著眼睛掃視一簇簇腐爛的蕨叢與乾枯的荊棘叢，尋找灰毛的蹤跡。她似乎太過專心了，沒空把之前說要告訴根躍的情報說出來。

「柳光，妳——」根躍開口說。

他話還沒說完，柳光突然撲了上來，把他推到一根歪倒的樹幹旁，害根躍嚇得尖叫一聲。「閉嘴，鼠腦袋！」根躍吸氣準備抗議時，柳光嘶聲罵道。

柳光在他身邊蹲下來，抬頭隔著樹幹往外望。根躍順著她的目光看去，望見兩隻貓緩緩走在矮樹叢之間，前面是隻臉部寬闊的壯碩母貓，白色與玳瑁色相間的毛髮髒亂不已，彷彿好幾個月都懶得梳理毛髮了。根躍駭然發現自己能透過她的身體看見後面的森林，她的靈魂似乎快消散了。看到這個畫面，根躍驚恐得渾身顫抖。

「那是誰啊？」他悄聲問。

「玳瑁色的貓是楓影。」柳光在根躍耳邊輕聲回答。「我告訴你，你最好別去招惹她。她旁邊那隻公貓是銀鷹，我之前在大戰役中和他們兩個打過照面。」

根躍的目光移到了楓影身邊那隻灰色公貓身上，兩隻貓愈走愈近，根躍聽見了銀鷹說的話。

「我不喜歡現在的狀況。」銀鷹嘀咕道。「那個灰毛是誰啊，以為自己很了不起嗎？憑什麼來這邊對我們頤指氣使？我們和他又不同族。」

灰毛！他們正在談論這一切的始作俑者。這難道表示……？灰毛該不會想拉攏黑暗森林的貓，把他們招去替他做事吧？

楓影張嘴回應，露出一口亂牙。「我也不喜歡。我才不聽其他貓的命令，更不用說是那隻雷族的跳蚤皮了——如果不合我的意，那我誰的話都不聽。」

根躍與柳光蹲在樹幹後面，身體緊貼著森林地表黏滑的汙物，聽著兩隻黑暗森林貓行經這棵倒落的樹木。

「我們跟著他們。」楓影與銀鷹經過以後，柳光輕聲說。「他們談到了灰毛——說不定我們跟著走，就能找到灰毛了。」

根躍可不想靠近那兩隻貓靈，尤其是令人害怕的楓影。但柳光已經從樹幹後面溜出來，躡手躡腳地跟了上去。

她說得對。根躍心想。**我們必須找到灰毛。這兩隻貓是很可怕沒錯——可是如果能跟著他們去找灰毛，我們就別無選擇！**

根躍前方幾隻狐狸身長的位置，銀鷹還在不停抱怨。「灰毛甚至連他這些行動的目的是什麼都沒告訴我們。」他喵嗚道。「他明明是星族貓，來我們的黑暗森林幹什麼？」

「絕不會是為了什麼好事。」楓影回道。「我可不在乎他要什麼、不要什麼，也不認為他能成功，但如果他能實現對我們的諾言，那他要幹什麼我都沒意見。」

「問題是，他真的會實現諾言嗎？」銀鷹嘀咕道。「他做得到嗎？」

「你想想看，目前為止死後還能附在活貓身上回到貓族的，就只有他一隻貓。」楓影指出。「你能想像嗎！你想想看，我們有機會得到這樣的力量……有機會回去復仇。如果他能讓我們獲得這份力量，要我們暫時忍受他的氣焰也不是不行。」她停下腳步，弓起背部舒舒服服地伸了個懶腰。「我可以附在一隻漂漂亮亮的年輕母貓身上——那該有多好。你想想看，我們也許可以再次品嚐新鮮獵物的滋味！你想像一下，你的爪子抓過別隻貓的貓皮，讓對方流下真正的鮮血，那種感覺多棒啊！」

根躍驚恐地吸了口氣。**我所有的族貓，還有其他族所有英勇的貓，以後該不會都會被趕出自己的身體吧？黑暗森林這些貓打算利用他們的身體復活嗎？楓影想要找一具活貓的身體再活一次，那她會選哪一隻貓的身體呢？星族啊，拜託不要選鬃霜！**

「說得也是。」銀鷹承認。「總之，我接下來要往這邊走。我們回小島再見囉，楓影。」

根躍困擾地看著兩隻黑暗森林貓分頭行動，銀鷹繼續前行，楓影則轉了個彎，開始用爪子爬上一片岩坡。

「狐狸屎！」柳光嘶聲說。

「他說『回小島再見』是什麼意思啊？」根躍問道。

「沒時間解釋了。」柳光喵嗚道。「你負責跟蹤楓影，我來跟蹤銀鷹。」

「可是——」根躍開口要抗議，但是他說得太慢，柳光已經小心翼翼地鑽到樹叢之間，追蹤那隻灰色公貓去了。根躍也別無他法，只能跟在楓影身後爬上山坡，儘量放輕腳步往上爬，一路上不時謹慎地躲到一顆顆岩石後方。

前方的貓靈毫不猶豫地走了很長一段時間，根躍則心臟狂跳地跟在後頭，邊走邊擔心貓靈回頭看見他。**拜託不要看到我，拜託不要聽到我。**從他剛才看到和聽到的一切看來，自己不太可能打贏楓影……而且更麻煩的是，根躍要是在黑暗森林被楓影弄傷了，他真實世界的身體也會永遠帶著那些傷痕。當然，前提是他能活著回到真實世界。

別想這個了，專心跟蹤她。你想結束這一切，唯一的辦法就是找到灰毛。

他完全不曉得楓影要去哪裡，只覺得她一直在兜圈子。

應該是我的錯覺吧。在這座森林裡找路真的太難了。

最終，根躍跟著楓影走下一條窄步道，拐彎抹角地穿過了一片腐爛的植物。臭呼呼的葉子擦過根躍的毛皮，他忍不住皺起了臉。這附近的空氣似乎比森林其他區域更有壓迫感，溼悶的空氣令他難以呼吸。

根躍穿過了植物叢生的地域，看見前方的一片崖壁，崖壁底部有一個漆黑的洞穴。楓影突然加快腳步跑向洞口，然後消失在了洞內。

根躍停下腳步，在一顆長滿青苔的石頭後面蹲了下來。他可不想跟著楓影進到那個漆黑的洞裡，光是想到要進去，他全身的毛皮就顫抖不停。

可是我非去不可。他心想。**這個山洞很適合當巢穴，灰毛可能就在裡面，影望也可能被他困在那裡頭。**

根躍逼自己的腳爪停止顫抖，邁開腳步走向山洞口，然後悄悄溜了進去。在那幾拍心跳的時間，他躡手躡腳走在黑暗中，感覺到毛皮擦過兩旁的洞壁。要是楓影剛好從洞裡走出來，他該如何是好？根躍的心臟撲通撲通狂跳，他幾乎聽不到腦子裡的想法了。

走著走著，他發現前方出現淡淡的灰光，光芒愈來愈亮。通道變得寬闊了，形成一座大山洞，洞頂縫隙透進了黑暗森林慘淡的光線。根躍看到幾條通往不同方向的通道。

楓影是往哪一邊走的？

根躍抬頭深深呼吸，張口嚐了嚐空氣，卻絲毫嗅不到楓影的氣味。**黑暗森林裡的貓靈該不會沒有氣味吧？**

正想隨便選一條離自己最近的通道時，根躍突然聽見什麼東西刮動的聲響，看見大片的塵埃從上方灑落。片刻後，洞頂開了個更大的孔洞，更多光線從上方灑落，還有一塊大石頭「砰」一聲落在地上，近到根躍被岩石落地時激起的碎石噴了一身。

「偉大的星族啊，這是怎麼回事？」他尖叫著往後跳，努力眨掉眼睛裡的灰塵。

在那一刻，根躍震驚到動彈不得。山洞頂有更多石塊崩落，空氣中傳來雷鳴般的聲響，石塊如雨點般落下，令人窒息的一朵朵塵雲飄盪在根躍周圍。而且，這還不是最可怕的部分——他看見一股灰霧從山洞另一頭一條通道湧了出來，逐漸膨脹、擴散，最後充滿了洞穴裡所有的空間，以不可思議的速度逼近根躍。

他轉身就跑。

他衝到外面開闊的空間，暫停了一下，一邊咳嗽一邊大口喘氣，然後回頭看見整片崖壁在被灰霧吞噬的同時崩解。一絲絲灰霧像活物似地朝他探過來，彷彿能夠感應到他在哪裡。

根躍繼續逃跑，橫衝直撞地穿過那片腐爛的植物、跳過岩石、閃過樹木，滿心想著要逃離那片濃霧。他似乎還聽見其他貓兒的聲音，聽見他們追趕而來的腳步聲。

我沒辦法一直這樣跑下去啊！他絕望地想。

然而，後方追趕他的腳步聲逐漸淡去了，根躍回過頭，沒再看到剛才那片恐怖的濃霧。他大著膽子放慢腳步，感覺到心臟狂亂鼓動，呼吸急促無比。

那現在怎麼辦？

根躍環顧四周，到處都是黑暗森林乾枯的樹木，樹幹上長了散發詭異幽光的真菌，地上還生了一簇又一簇凋萎的蕨類或大片的荊棘叢。根躍看不出自己該往哪個方向走。

「柳光！」他喊道。他的聲音聽起來好微弱，都被令人窒息的空氣給吞沒了。「柳光！」

沒有貓回應。根躍只能繼續往前走，希望自己能幸運地找到線索，這樣才能決定下一步怎麼走。

他完全失去了時間概念。無星之地完全沒有時間流逝的跡象，根躍看不出自己在樹林裡走了多久，只覺得愈來愈疲憊。一段時間過後，他似乎聽見前面遠方有一些聲響，於是他停下腳步、豎起耳朵，隱隱聽見了貓兒的呼號聲。

根躍知道，他在這地方遇到的貓多半都是危險的貓，可是他好像沒有別的選擇了。**我再繼續亂走只會累到不支倒地，還不如過去找那些貓，看看他們在做些什麼。**

根躍謹慎小心地往前走，每前進一步就覺得貓兒的呼聲愈來愈響。最終，他走出樹林，來到了一片矮坡的坡頂，下方是一汪深色湖泊。根躍好奇地往下望去，原本以為那裡是一片黑水，現在仔細一看，他才發現那是一片純粹的黑暗，彷彿夜晚的漆黑聚成一片、沉澱在了低窪處。看到那個景象，恐懼一路竄到了根躍的腳爪，但那片黑暗也有某種詭異的魅力，他沒辦法無視它的吸引力。

根躍像要跟蹤獵物似地蹲伏下來，爬下山坡，腹部的毛髮擦過了地面。快要走到湖畔時，他望見不遠處的另一隻貓，那隻貓縮在一叢蕨類的陰影中。根躍認出她是柳光，大大鬆了口氣。

「嗨。」他走上前喵嗚道。

柳光像是被狐狸咬到尾巴，嚇得跳了起來。「根躍！」她驚呼。

「別怕，是我。」根躍對她說。「妳不用這麼驚訝地看我吧。」

「我差點被你嚇死了！」柳光罵道。「你也不看看自己是什麼樣子！」

根躍低頭一看，發現自己的毛髮還沾了山洞崩塌時落下的塵埃。「我剛剛遇到了很奇怪的事。」他喵聲說。他後退一步，用力抖了抖毛皮。

「現在沒時間了。」柳光對他說。「我們有要緊的事情要做。這片湖泊——」

「它好奇怪喔……」根躍喃喃自語。

他往湖泊走了兩步，猶豫地伸出一隻腳爪，但還沒碰到湖面就突然感受到竄過全身的恐懼，他往後一縮。「掉進去的話會怎麼樣？」他問道。不知為何，他總覺得那會是比溺水更恐怖的命運。

柳光沒有在聽他說話。「你看那邊。」她喵嗚道。

根躍順著她的視線看去，望見一座小島：一片微微凸出黑色水浪的泥地，上頭生了幾棵腐朽的樹木，好幾隻貓在樹下和樹上活動。

貓靈！根躍心想。他可以透過那些貓的身體，看見樹木的輪廓。

他認出其中幾隻貓，心跳不禁加快了。他激動到不經大腦就對他們大喊：「沙鼻！莖葉！」可是貓群似乎沒聽見他的呼喊。「玫瑰——」

「你是被蜜蜂鑽到腦子裡了嗎？」柳光低吼。她抓著根躍把他推回蕨叢中，兩隻貓壓低身體趴在茂密的蕨葉後面。「你難道想被灰毛那裡的貓發現嗎？」她用尾巴一指，又說：「看那邊！」

根躍往她指的方向望去，看見一隻深灰色虎斑公貓鬼鬼祟祟地繞著湖走動，每隔幾步就會停下來，好奇地往樹林裡望去。

「那是暗紋。」柳光解釋道。「他是黑暗森林的貓，打從一開始他們都在雷族時，他就跟在第一代虎星身邊了。那當然是我們出生前很久的事了，但他到現在還是很暴力，脾氣也難以捉摸。他的破壞力很強——你別去招惹他。」

「可是他為什麼會出現在這裡？」根躍問道。他看見一條滿是泥濘的窄道，從湖岸通往小島。「那是唯一的出入口嗎？」

「看來是這樣沒錯。」柳光喵嗚道。

根躍緊張地看著暗紋繼續掃視樹林，等到條紋公貓走到泥步道入口、在入口邊坐下來，根躍才放鬆了身體。

他暫時覺得安全一些了，於是把注意力放回小島與島上的貓靈身上。有幾隻貓靈躁動不安地來回踱步，也有幾隻癱在泥地上不動，每一隻似乎都痛苦又無助，完全放棄了希望。

「他們好像被他關在那裡。」根躍喵嗚道。柳光震驚地看向他，根躍又解釋道：「我是說暗紋。可是，為什麼……」他又往小島的方向望去，默默數著他看見的每一隻貓。「是不是所有的貓……」根躍沒有說完。

「我們和星族失聯之後死去的每一隻貓都在，好像還有一些其他的貓靈。」柳光答道。「你說得沒錯，他們貌似被困住了。」

「他們好像沒辦法去另一個世界的樣子。」根躍觀察一隻隻貓靈苦不堪言的臉，若有所思地說。**他們不該在這邊的**。他難過地想。**島上每一隻貓都該去星族才對**。然後，他想起一件事：姊妹幫舉行儀式尋找棘星的靈魂時，沒有成功找到棘星，倒是召喚了另外好幾隻貓靈，每一隻都哭號著哀求根躍去救他們。**像是被困在什麼地方的樣子**。

根躍恍然大悟，轉向柳光。「我明白了，把他們困住的貓不是暗紋——暗紋是在幫灰毛做事，他和銀鷹、楓影他們一樣，想利用灰毛回到活貓的世界。是灰毛把貓靈抓到這裡，關在那座島上。」

柳光的表情沒有波動，輕聲說話時，音調卻瞬間拔高：「太可怕了！」

根躍看著小島，點頭表示同感。他記得影望說過的話：尖塔望在和灰毛的控制力相抗時，似乎有什麼事情想警告影望。

「他恐怕有辦法……控制他們。」根躍又說。「我是說灰毛。我猜他可以用意念控制那些貓靈。」

柳光轉向他。「既然如此，我們就沒什麼勝算了。」她輕聲喵嗚道。

根躍點點頭，腦子裡已經亂成一團了。「希望是我猜錯了。棘星也在島上嗎？」他突然想到這件事，開口問道。「真正的雷族族長，會不會也被困在島上了？說不定我這麼久沒看到他，而他這麼久沒聯繫其他的貓，就是因為他被關在這邊了。」

柳光想了想。「我沒看到他，」她終於開口回答，「不過他的確有可能在島上。根躍，我找你過來就是為了這個，我知道你一定願意幫忙的。」

她瞇著雙眼，目光從根躍臉上移到小島上，然後又回到根躍臉上，顯然在等根躍做些什麼。

根躍跟著凝望那座小島。**太過分了⋯⋯**他心想。一想到有貓被困在只有朽木和泥濘的島上，他就激動到爪子不停伸縮。假如他的推論沒有錯，那灰毛可能打算用無比邪惡的方式對付活著的貓族。**既然他有能力控制貓靈⋯⋯他打算利用這些貓靈做什麼？**

根躍一面想像，一面用力吞了口口水。無論怎麼想，這個問題的答案都不會是什麼好事。灰毛會不會是想用這些貓靈折磨活貓，逼各族眼睜睜看著死去的愛貓被利用與虐待？還是說，灰毛制定了更糟糕的計畫——想到此處，根躍忍不住倒抽一口氣——灰毛該不會想利用貓靈，和活貓們戰鬥吧？

這非常合理。灰毛手下的黑暗森林貓不夠多，他沒辦法光憑這些壞貓打敗活貓的勢力，他當然會想利用被囚禁的貓靈了。

根躍搖了搖頭，回想起關於大戰役的故事——那是天族遷移到湖邊之前的事了，當時活貓與黑暗森林眾貓大戰了一場。在灰毛的率領下，貓靈可能會化為可怕的敵人，而且活貓們面對死後無處可歸的朋友與親族，真的有辦法狠心攻擊他們嗎？根躍相信自己絕對能竭盡全力和灰毛戰鬥，甚至是和黑暗森林的貓戰鬥，但是他無法想像自己和針爪戰鬥。那紫羅蘭光呢？那——想到這裡，他突然無法呼吸了——那鬃霜呢？

我不必和他們戰鬥。他提醒自己，逼自己正常呼吸。**我愛的貓都沒有在近期死去，可是最近死了好多其他的貓……**

「所以呢？」柳光打斷他灰暗的想法，伸出腳爪戳了他肩膀一下。「接下來怎麼辦？」

接下來怎麼辦？根躍在心中重複柳光的問題。他不忍心把自己的猜測告訴柳光，畢竟她現在也是貓靈——如果她落入灰毛的掌控，灰毛會強迫她攻擊誰呢？

不行，他不能想這些，必須把專注力放在眼前的問題上。**我該怎麼阻止灰毛？**

根躍左思右想，還是找不到答案。

「所以呢？」柳光又問。

根躍突然覺得自己又小又蠢。死去的巫醫貓很明顯需要他，在等著他想辦法，他卻完全不知所措。

第十四章

夜晚十分寧靜，鬚霜坐在月池邊，低頭凝視著熟睡的蛾翅。是鬚霜和樹堅持要巫醫貓休息一下的，他們答應要替蛾翅照顧影望。年輕的影望看上去也還在睡，他的胸口仍在起伏，表示他還活著，靈魂還是能回歸自己的身體。看到影望目前都還平安，鬚霜感受到一股溫暖的寬慰。

如果她也能感覺到根躍安全與否就好了。她無法想像根躍此時的處境，畢竟在不久之前，她完全沒想過會再次有活貓進入黑暗森林——更不用說是身體連著靈魂一起被拖進去了。**我必須保持樂觀。**她一面告訴自己，一面用池邊的岩石磨爪子。**不能往最壞的方面去想。我必須想像根躍平平安安、毫髮無傷地回到這邊……**

「我一次也沒想過自己會以這種方式失去根躍。」

聽到樹的語音，鬚霜嚇了一跳，這才發現那隻天族貓無聲無息地走到了她身後。

「我差點被你嚇壞了！」她驚呼著轉頭看樹。

樹歪頭表示歉意。「我身為外來貓來到部族，」他接著說，「早就做好了在戰鬥中失去兒子的心理準備，但我沒想過他會被黑暗森林帶走，或是被星族帶走。星族真的存在嗎……妳也知道，我很少談論這件事，但其實我到現在還不確定祂們是否存在。」

「那應該違反了戰士守則吧。」鬚霜下意識地回道。「大家都應該相信星族。」

「是嗎？」樹無精打采地盯著月池。「那還好我克服了心理上的牴觸，否則就會變成違反戰士守則的貓了。」

鬃霜忍不住嗤笑一聲。說來奇怪，她居然會和樹一起待在這裡——樹的兒子就是她愛的公貓，要不是他們出身不同部族，她很樂意和根躍結為伴侶——再考慮到樹本身的奇怪，現在的情況就更怪了。是啊，樹自己就是隻非常奇怪的貓呢。

樹盯著兩隻前腳之間的空間，短暫地閉眼，又恢復了嚴肅的神情。「我最近也想過，我可能會在另一種形式上失去兒子——他可能會決定加入另一個貓族。」

他對鬃霜投了個意有所指的眼神，鬃霜短暫地別過頭，清了清喉嚨。

「其實，」她開口說，「我和根躍已經做了決定，我們沒辦法作為伴侶貓往下走。我不能離開雷族，他也不能離開天族，所以我們不可能在一起。」說到最後幾個字，她的語音忍不住開始顫抖，比荊棘更尖銳的痛楚刺入她的心。

樹詫異地眨眼。「你們真的做好決定了？」他問道。鬃霜點點頭。「可是你們都還很年輕啊！」樹反對道。「妳和根躍這個年紀的貓就該全心相信愛情才對啊。妳不是愛我的兒子嗎？」

「是啊。」鬃霜說到破音，實在沒辦法說下去了。光是想到根躍她就很想縮起來，她現在不想太努力去思考自己對他的感情。**這太難了……我不想違反戰士守則——可是我心裡又想違反那些規定！**

「我看得出來。」樹溫和地喵嗚道。「我也看得出根躍愛妳。真愛是很難隱藏起來的。」

鬃霜找不到回應他的言語。

「既然妳為了部族放棄妳愛的貓，那妳想必是非常在乎自己的部族吧。」片刻的沉默過後，樹接著說。「在妳心目中，雷族代表了些什麼？」

鬃霜閉上雙眼，長長嘆了口氣。「那是我出生的地方。」她回道。「它代表棘星和松鼠飛，而且也是火星創建的貓族——是崇高又忠誠的一族。」

「是啊。」樹舔了自己肩膀兩下。「每個貓族似乎都認為自己是最崇高、最忠誠的一族，妳不覺得這很好笑嗎？」

鬃霜感受到他這番話中的挑戰，對他怒目而視。「我不能替其他族的貓說話，」她反駁道，「但我知道雷族就是這麼崇高又忠誠的部族。我從小到大都一直想當個優秀的雷族戰士。」說著說著，話語從她嘴裡傾瀉而出。「雷族是我父母和所有親族的家，它代表和蕨歌還有我的兄弟姊妹在育兒室玩鬧；它代表在翻爪被灰毛逼著做巫醫工作時幫助他；它代表在新鮮獵物堆前和竹耳分食獵物。」

「所以，它不只是妳的貓族，」樹喵聲說，「還是妳的家族。」

「沒錯。」鬃霜同意道。

「那如果妳有了自己的一個家呢？」樹提問道。「大部分的貓長大以後都會選伴侶，然後生下小貓。等妳有了自己的家庭，他們就會成為全世界最重要的貓，妳在做決定時就會考慮到他們。如果妳在別地方組建了自己的家庭呢？」

鬃霜思索片刻。「樹，你說的是你自己吧。」最後，她開口回答。「根躍對我說過，你考慮過離開大湖、離開貓族。他說過，要不是因為紫羅蘭光，你可能也不會留在天族。你現在又開始這麼想了嗎？」

樹沉默了一下，若有所思地望向月池對面，然後才緩緩地一點頭。

「我從一開始就不是真正的部族貓。」他承認道。「我真的很愛紫羅蘭光，也想和她、和我們的小貓待在一起，但我相信和部族的規定相比，個別的貓兒與他們的幸福更加重要。」

鬃霜瞇起眼睛。「姊妹幫就在附近，你是不是因此覺得很怪？」她問樹。「就算你想繼續待在姊妹幫，她們也不會讓你留下來，對不對？」

樹皺起了臉，鬃霜為自己輕描淡寫的語氣後悔了一下。**樹年輕時被趕出姊妹幫，他當時應該很難受吧。可是就我所知，姊妹幫是不允許成年公貓和她們同住的。**

「就算可以，我也不會想留在那裡。」他回道。對上鬃霜的視線時，鬃霜從他的表情看出，樹在警告她別繼續追問了。「但妳說得對，有她們在附近，我確實感覺很怪。她們之前在天族現在的地盤紮營，被其他貓兒趕走時，我還以為自己再也不會見到她們了，結果後來妳和根躍又去把她們找來了。我必須承認……雖然你們想找的是自己的祖靈，但是和五貓族相比，姊妹幫似乎更有能力處理這類事務。」

鬃霜張嘴想替貓族說話，最後卻阻止了自己。**他說得沒錯。**「那你覺得她們能怎麼幫助我們？」她問道。

樹嘆息一聲。「這部分我還沒想出來。不提這些了，年輕戰士，我們回來談談妳的事吧。妳為什麼能為了一條由別隻貓定下的規則，輕易放棄真愛呢？妳應該知道，天族一開始也不願意接受我這樣的惡棍貓，是我憑著魅力消磨了他們對我的牴觸。」

「可是——」鬃霜開口。

樹沒有讓鬃霜打斷他的話。「也許妳和根躍能離開湖泊，在別處找一個屬於自己的家。」他接著說。「離開貓族吧，外面的世界其實也不錯啊。」

「不可能！」鬃霜實在不敢相信會有貓對她說這種話。「我是徹頭徹尾的部族貓，這是永遠不會改變的。」

樹驚訝地眨眼看她。「換作是我，如果知道自己去了別地方會過得比較幸福，我就不會太留戀這個地方了。」他對鬃霜說。

「那樣變化太大了。」鬃霜反駁道。

「我自己還不是接受了這樣的變化，在很多個月前成了——算是成了部族貓。」

「別傻了。」一道新的聲音加入對話。「每一隻部族貓體內都流淌著自己貓族的血液，那可是非常難割捨的東西。」

鬃霜嚇了一跳，轉身發現蛾翅醒了。

「我雖然不是在河族出生的，」巫醫貓接著說，「移居別的貓族對我來說還是很困難。我還是會想念原本的部族，若不是被逼，我也不可能自己選擇離開。影族熱情地歡迎了我，但我還是渴望回到河族的營地，懷念它的氣味，懷念我們的河流……」她說到破音，無法再說下去了，於是別過頭開始用力舔前腳。

「那妳為什麼不回去？」鬃霜問她。

「我已經沒辦法用從前的眼光看河族了。」蛾翅沒有對上鬃霜的視線，偏著頭喵嗚道。「自從霧星趕我離開，也拒絕讓反抗假棘星的貓回歸河族，我對河族的看法就變了。現在的狀況已經和當時不一樣了……可是，沒有任何事物能抹消那段記憶。」

她太高傲了。鬃霜暗自下了結論，但沒有把想法說出口。**像我就無法想像自己對雷族這麼生氣，氣到不想再回去。**可是她又想到根躍，想到她對根躍的愛，想到樹對她說的話。**我自己還不是接受了這樣的變化……**樹現在應該過得很快樂吧？大部分時候？

那我有沒有可能離開雷族呢？

然後，鬃霜腦中浮現了她不願去想的念頭：

現在的雷族還有什麼好留戀的嗎？

蛾翅和樹都盯著她，鬃霜無法想像他們在她臉上看見了什麼。她全身一顫，知道自己必須離開這個地方。

「我們該吃點東西。」她脫口說出。「我去狩獵，你們不用跟來。」

鬃霜大步衝出月池的石谷，來到高地荒原，大口呼吸清涼、新鮮的空氣，享受空氣的滋味。她隱隱望見一排山丘的輪廓，山丘的黑影映著即將破曉的天空。

她腳下富有彈性的沼澤草地踩起來也很舒服，她邁開腳步遠離月池，用五感去感測獵物的蹤跡。鬃霜的心思彷彿受到了導引的鳥兒，飛回她和根躍外出尋找姊妹幫的那段時期，以及他們一同狩獵的回憶。**我們兩個真的合作無間。**他們雙方似乎都瞭解對方的想法……一想到他們可能再也沒有合作狩獵的機會了，恐懼就湧上鬃霜心頭。**星族啊，**

拜託保佑他平安。

尋找獵物的同時，鬚霜試圖甩脫內心的不安，但她感覺自己像是浸到了冰水裡，冷冰冰的忐忑流竄過全身。**要是沒辦法把松鼠飛救回來，雷族會變成什麼樣子？**她很尊敬灰紋——灰紋真的是隻高尚的貓，不過他終究是長老，在沒有九條命的情況下，灰紋能當多久的領袖？他們以後會不會……會不會就這麼過上沒有星族的生活？

如果沒了星族，我在族裡的地位又會是什麼？

鬚霜從小就想當雷族的戰士，但如果雷族不再是雷族了，她又該如何是好？

她將這些黑暗的想法推到一旁，試著集中精神狩獵。不久過後，她來到一座石谷，谷底有一灘水，岩石堆之中有幾個漆黑的洞穴。她看見兔子在谷裡吃草，也有幾隻在水灘邊飲水。

鬚霜看準了一隻離巢穴稍微遠一些的兔子，靈巧地衝過去抓住牠的脖子。兔子害怕地尖叫一聲，其他兔子則用粗壯的後腿蹬地互相警告，然後閃身鑽進了地洞。

「星族，謝謝祢們讓我抓到這隻獵物。」鬚霜低聲說，但她不確定那些星光閃耀的貓靈到底有沒有在聽。

鬚霜的心思再次被拉回根躍身上，想到了困在無星之地的他。她記得根躍之前突然奔向柳光的身體，對大家解釋說，她的靈魂試圖重回身軀卻失敗了。

在黑暗森林死去的話，你在現實世界也會死去。

她突然覺得噁心，放下了嘴裡的兔子。根躍是健壯的戰士，可是他要是在黑暗森林被壞貓圍攻怎麼辦？這麼一來，鬃霜就再也見不到他了。

我還有好多話想對他說。鬃霜心裡很清楚，他們已經決定好不要在一起了，畢竟雙方都沒有做好離開自己貓族的準備，可是忽然間，她覺得之前的決定變得曖昧又模糊。**我必須和他說說話。我需要聽到他的聲音。**

她意識到，自己回去以後必須和蛾翅好好談一談。

鬃霜回到月池時，晨光已經逐漸增強，旭日即將在天邊那個散發金光的位置東昇。她把獵物放在樹與蛾翅身邊的地上，聽了他們的道謝也只有聳聳肩，然後三隻貓幾乎是沉默不語地開始進食。

「妳該睡一下。」兔子被吃到只剩毛髮和骨頭後，蛾翅喵嗚道。「有事的話，我們會再叫醒妳。」

「好喔。」鬃霜在離池邊一段距離的草地上蜷縮起來，但是她沒有睡意。她的目光飄向月池。

「希望他沒事。」她喃喃自語，幾乎沒發現自己把內心的想法說出來了。「好想過去找他。」

「那可不是什麼好玩的地方。」蛾翅回道。她用同情的眼神看著鬃霜，話語和語氣卻相當輕蔑。「黑暗森林會被稱為『無星之地』是有原因的，即使只是那邊的貓出現在妳夢裡就已經很可怕了，更不用說是自己在夢中過去……影望是成功了沒錯，但這件事還是非常困難、非常危險。妳別忘了柳光的下場。」

鬃霜突然有了精神，再次坐起來。「我知道柳光的下場很悲慘。」她喵聲說。「不過除了影望以外，還有很多貓在夢中去過黑暗森林，他們後來還不是都平安回來了？我母親就去過了好幾次，這表示我可能也有辦法過去。我至少可以去看看根躍是否平安。」**如果我過去，就可以再和他說到話了。**她在心裡補充一句。

蛾翅聽了她的話明顯十分不安，全身毛髮都蓬了起來，然後才讓毛髮又順了回去。「妳還是別那樣想比較好。」蛾翅堅定地對鬃霜說。「現在已經和以往不同了，我可是親眼看著柳光死去，也親眼看見影望掙扎，我們兩個也都看見根躍被某隻黑暗的靈魂拖著穿過了月池——之前根本就沒有貓知道月池是通往黑暗森林的出入口呢。」

「可是我——」鬃霜試著打斷她。

蛾翅決絕地搖頭。「住口。妳的年紀沒比小貓大多少，不懂也是理所當然，但是貓兒初次在黑暗森林作戰時我就活著了，我現在也依然活著。**情況已經和以往不同了。**灰毛改變了規則，現在只有他瞭解新的規則。」

鬃霜沉默片刻，努力消化蛾翅的這番忠告，但鳥翅般的希望還是在她胸中鼓動著。**我知道現在的規則和以前不一樣，可是有機會聯絡上根躍的話，我去冒險一下應該也值得吧？**

「蛾翅，拜託妳教我怎麼過去，妳說的話我都聽進去了，我會非常小心的。求妳了，這對我來說真的很重要。」

「妳會這麼說，就表示妳實際上並沒有把我的話聽進去。」蛾翅冷冰冰地回道。

「而且不用我教妳，我們之前對柳光說的話妳也聽見了，妳已經知道怎麼過去了。重點是，我不會再派任何一隻貓進那個糟糕的地方了。」

「又不是妳『派』我去的。」鬃霜指出。「我是戰士，可以自己決定要不要去。」

「妳乾脆讓她去吧。」樹對巫醫貓提出建議。「鬃霜既然下定決心要去，那不管別隻貓認不認同，她都會想盡辦法嘗試的。」

蛾翅發出無奈的嘶聲，抖了抖毛皮。「你們兩個怎麼聯合起來對付我了？」她抱怨道。「好啦鬃霜，妳去就是了，但要是出了大錯，妳可別怪我。」

「我保證不會的。」鬃霜喵嗚道。**假如出了大錯，我也不會有機會責怪任何一隻貓了。**一絲不安在她肚子裡萌芽，被她堅決地無視了。「我該怎麼做？請提醒我一下。」

蛾翅還是猶豫了一拍心跳的時間，這才開口說話。「妳對自己負面的情緒敞開心扉，就能夠和黑暗森林形成連結了。在試著入睡的同時，讓所有的痛苦與恐懼、所有的憤怒、令妳哀傷的一切流過心海，這麼一來，黑暗森林就會在妳的夢中找上妳。」她頓了頓，接著說：「可是，我必須警告妳：在柳光入睡前，我建議她集中精神想著她死去的族貓，請他們幫忙把她拉過去。」

「喔，這我也做得到！」鬃霜高呼。

「不是，我沒叫妳這麼做。」蛾翅煩躁地一抖觸鬚。「我是在警告妳不要這麼做。柳光在過去的時候出事了，可能就是……」在那一瞬間，她的琥珀色眼眸充滿了罪惡感。「可能就是被我的建議害死的。」

鬃霜點了點頭，雖然聽得不是很懂，她還是很同情蛾翅的痛苦，她好像能理解這種不小心把親愛的見習生派去送死的悲痛。「好，那我不去想死去的族貓。」她喵聲說。

蛾翅嘆息一聲。「妳確定妳知道自己要去的是什麼地方嗎？黑暗森林的恐怖與孤寂可不是妳想像得了的。」

鬃霜凝視著巫醫貓，堅定地昂起頭、高舉著尾巴。**我可以面對危險**，她心想，**只要能把根躍帶回來，無論是什麼樣的風險我都接受。**

十五章

影望和雪叢一起蹲在一棵矮紫杉樹的陰影下，從暗色枝椏的縫隙往外望，注視著灰毛與松鼠飛，只見他們兩隻貓都弓著背部站在那裡互相瞪視。影望好不容易找到雷族的松鼠飛了，他小小鬆了口氣，卻也感覺自己像是被恐懼的藤蔓給纏住了。

這下該怎麼辦？

影望看著看著，發覺松鼠飛看上去比灰毛真實許多，想必是因為她用自己的身體穿越過來，而灰毛是把棘星的身體脫了下來，現在以靈魂的形式站在那裡。影望仔細一看，望見了棘星的身體——他倒在附近的枯草之中，像是一團毫無動靜的虎斑色毛髮。

我是以靈魂的形式來到這裡，身體還在月池邊。影望心想。**可是我不懂，棘星這又是怎麼了？他的靈魂去了哪裡？**

影望現在只知道一件事：他不可能憑自己的力量打敗灰毛。「雪叢，你願意助我一臂之力嗎？」他問道。「我想讓灰毛分心，給松鼠飛逃走的機會。」

雪叢轉向他，驚恐地瞪大了雙眼。「才不要！」他沉聲說。「我看過灰毛用來囚禁貓靈的小島，他都用意念控制他們。我不曉得他是怎麼做到的，但是不好意思，我可不想變成那些貓靈一樣。」

「小島？什麼小島？」影望問道。棘星會不會是被灰毛關在那個地方了？

雪叢搖了搖頭。「你還是不要知道比較好。」

影望煩躁不已，但只能靜靜躲在樹下等待，還有偷聽松鼠飛與灰毛的對話，希望能從中獲得一些靈感。他躡手躡腳地往前走，來到紫杉樹陰影的邊緣，想仔細聽聽兩隻貓的對話。

剛才看到他們時，松鼠飛是以保護的姿態站在棘星的身體旁，像是在挑戰灰毛，等他來攻擊自己或棘星。然而現在，她似乎放棄了帶伴侶一同離開的念頭，想要自己離開灰毛，可是邪惡的灰毛一再閃身擋到她面前。松鼠飛一再伸縮爪子，彷彿恨不得一把抓在他身上，卻遲遲沒有動手。

最後，她面對灰毛站著，氣到肩頭的毛髮都豎了起來。「無論你想做什麼，我都不會配合的。」她嘶聲說。

「別鼠腦袋了。」灰毛低吼道，一副高高在上的樣子低頭看松鼠飛。「等我控制住森林與星族，這一切就值了，我們也就能在一起了。到時，我會原諒妳為了貓族而背叛我的行為。」

「想得美！」松鼠飛破口大罵。

「妳想必看得出，我才是妳最好的選擇。」灰毛喵嗚道，邊說邊不屑地瞟了棘星癱軟的身體一眼。「我現在可是掌控了黑暗森林與星族，可以說是有史以來最強大的貓兒！」

他還好意思說松鼠飛是鼠腦袋！影望心想。**他自己腦子裡應該有一大群蜜蜂在鑽來鑽去吧。**

「強大？」松鼠飛瞪著貓靈說。「你覺得你之前在雷族興風作浪，那叫作『強大』嗎？你惹得好多隻貓背棄了你，引發了一場戰鬥，有多少隻貓在戰鬥中死了，那也叫『強大』？我可不要你這種力量。真正的強大，應該是要讓其他貓自願追隨你——棘星才是真正強大的貓。」

「棘星被我擊敗，現在不知所蹤。」灰毛低吼。「他甚至連回到自己的身體、開始新的生命都做不到。」

「你給我閉嘴！」松鼠飛高呼，顯然是用盡了耐心。「我不要再聽你鬼扯了，我要自己找到回月池的路——必要的話，我會自己離開。」

灰毛的藍色眼眸中閃過了怒火，他對著松鼠飛齜牙咧嘴。「我做了這麼多，」他惡聲說，「為什麼妳還是不選我，偏偏要選棘星？」

松鼠飛發出了發自內心的「喵呼」笑聲。「毛腦袋，你還不明白嗎？」她問道。「這件事的重點並不是棘星——不過我的確是選了我的伴侶。我告訴你，你幹了那麼多壞事，就算世界上只剩下你和我兩隻貓，我也不會選你。」

她試圖硬從灰毛身邊闖過去，但是灰毛再次擋住她的去路，用胸膛去撞她。

「你準備和我一決勝負了嗎？」松鼠飛問他。「既然想阻止我，你就只有這條路可選了。」

「我不想傷害妳。」灰毛喵聲說。「我還是愛妳啊。」

松鼠飛別過頭，發出嫌惡的嘶聲。

灰毛不解地眨眼，短暫地低頭避開松鼠飛的視線。影望詫異地發現，灰毛心裡像是真的受傷了，他似乎無法相信這隻深薑黃色母貓會拒絕他。

灰毛怎麼會認為松鼠飛會選擇和他在一起？無論是過去或現在，松鼠飛都對他沒那個意思啊。影望好奇地想。然後，他才意識到灰毛根本沒有在用腦袋思考，他對松鼠飛太過執著了，沒能接受明擺在眼前的事實。

「為什麼要逼我做這些？」他哀怨地問。「妳只要承認妳愛我，我就會停手了。」

「蠢癩皮貓，我可沒逼你做任何事情。」松鼠飛反駁道。「你幹了那麼多壞事，別想把罪過賴在我頭上。」

看到松鼠飛對他充滿敵意的態度，灰毛心中似乎混雜了憤怒與發自內心的困惑。兩隻貓開始繞著彼此踱步，頸部的毛髮豎了起來，尾巴也來回甩動。影望屏住一口氣，等著他們開打。他蹲在地上、繃緊了全身肌肉，準備撲上去和松鼠飛並肩作戰，但其實他也不知道自己能不能幫上忙。結果灰毛沒有進攻，反而後退了一步、放鬆了身體。他的藍眼睛裡閃爍著惡毒的光芒，影望看得出情勢還是十分危險。

「我有一樣東西要先給妳看看。」灰毛對松鼠飛宣布道。「在妳衝動地攻擊我之前，一定要先看看這樣東西。」

影望不曉得自己該懷抱什麼樣的期望。他有點希望松鼠飛和灰毛大打一場，早早結束一切，但他不確定松鼠飛能不能打敗灰毛，畢竟這裡是黑暗森林，是灰毛的主場。在這可怕的地盤，灰毛的力量可以達到巔峰，而活著的松鼠飛必須冒更大的風險戰鬥。

更何況，影望心想，**她跟著灰毛去看那什麼東西的話，我們可能可以找到他藏起來不讓我們看的東西——說不定可以利用那個東西打敗他。**

松鼠飛遲疑了，她似乎也在猶豫接下來該怎麼做。最終，她也後退了一步。「好吧，你愛讓我看什麼就讓我看吧。」她喵嗚道。「雖然那很可能是你愚蠢的小把戲而已。」

影望最後看了棘星靜止不動的身體一眼，然後轉身準備離開，順便瞄了雪叢一眼。這隻黑暗森林貓會跟著走嗎？沒想到白色公貓點了點頭，和影望一起邁開腳步跟蹤灰毛與松鼠飛，彷彿打定了主意要幫助影望，影望相當敬佩這隻黑暗森林貓的忠誠心。他們和灰毛與松鼠飛保持一段安全的距離，跟著那兩隻貓出發穿過黑暗森林。對影望而言，往前走的每一步都費盡了千辛萬苦，每一步都使森林顯得更加恐怖。他好像從眼角瞥見樹木偷偷移動，可是直視樹木時，它們卻都靜止不動。森林地表似乎在他的腳爪下移動，下坡路變成了往上爬的山脊，大片大片的泥沼地可能會突然出現裂縫，他一想到自己可能被大地吞噬就害怕得全身顫抖。最可怕的是，影望往遠方看去，就會看到雪叢剛才帶他去看的那種灰色濃霧，一片又一片的灰霧不停湧動，貌似在逐漸逼近，彷彿是正在狩獵影望的掠食動物。

影望不禁有點納悶，現在環境與地貌不停改變，灰毛怎麼知道自己要去的地方還在之前那個位置？

最終，灰毛領先穿過一簇榛樹幼樹，樹幹像是被雷劈過似地黑漆漆的。影望跟著他們從幼樹間鑽出去，低頭一看就發現下方是一片深色湖泊，湖心有一座小島——說是小島，其實也就是一小片泥地，上頭長了幾棵歪七扭八、腐朽腐爛的樹木。

「那就是你之前說過的小島嗎？」影望問雪叢。

黑暗森林貓全身緊繃地一點頭。「就是它。」

影望在昏暗的光線下定睛一看，注意到島上的貓靈們，看見他們緩慢地來回踱步。影望悄悄往前走，遠遠望去就發現貓靈們全都眼神空洞，好像連自己四肢的動作都掌控不了。

說不定灰毛能找到這個地方，就是因為他能循著這些貓靈的吸引力來到這裡。

影望驚恐地盯著小島，發現自己認識其中幾隻貓靈——他認出了尖塔望，還有松果足、玫瑰瓣、莓鼻、莖葉等其他幾隻貓。

他們怎麼了？他心想。**灰毛對他們做了什麼？**

灰毛與松鼠飛站在黑湖邊緣，影望躲在斜坡上幾簇枯死的蕨叢陰影中，悄聲無息地摸到了聽力範圍內。雪叢也跟過來，不過影望看得出這隻黑暗森林貓愈走愈不樂意了。

「妳仔細看清楚了。」灰毛對松鼠飛說。「這就是我的力量。這些貓都曾經是強大的戰士，現在他們都聽我的命令，成了我的爪牙。松鼠飛，我會為了妳，利用他們消滅各個部族。」他轉向松鼠飛，眼中閃爍著得意洋洋的精光。「妳看，不覺得這張臉很眼熟嗎……」

小島上，一隻貓踏上前，走到貓靈群的邊緣。影望看了倒抽一口氣。**是棘星！**

松鼠飛看向伴侶，全身都僵住了。影望在她臉上看見了寬慰與痛苦。「我還以為他可能不在這裡了。」她對灰毛呢喃道。「聽你的說法，我還以為他真的死了。」

影望完全可以理解這隻薑黃色母貓的心情，看見真正的雷族族長只剩下雙眼空洞的靈體、一副被灰毛操縱的樣子，影望自己也很心疼。但是，既然棘星的靈魂還在，就表示他一定有機會回到自己的身體。他還是可以使用下一條命——還是有機會回歸雷族。

希望在影望心中爆開，全身上下的毛皮都竄過了麻癢。**我一定要想辦法幫助棘星回到真實世界。**

灰毛半閉上雙眼，露出非常專注的表情——棘星瞬間抬起頭，像是聽到了影望聽不見的叫聲似地豎起耳朵。棘星走到小島邊緣，那裡有一條狹窄的泥步道，從黑水中間延伸到陸地上，步道盡頭守著一隻深灰色虎斑公貓。灰毛對擔任守衛的公貓喊了一聲，公貓站了起來。

「暗紋，讓他過來吧。」

深灰色虎斑公貓點頭領命，後退一步讓棘星走過步道、來到灰毛與松鼠飛面前。

影望起初還希望這是個好兆頭，然而棘星在松鼠飛面前停下腳步時，絲毫不像是認出了自己的伴侶，眼神仍舊空洞木然。

「妳瞧瞧，妳以前的伴侶現在變得這麼虛弱了。」灰毛得意洋洋地朝雷族族長一揮尾巴。

松鼠飛發出了不屑的嗤聲。「你讓我知道我的伴侶還有救，讓我知道自己必須為他而戰——難道你以為我看了之後，就會願意加入你嗎？」她低吼道。「你要是真信了，那就比我想的還要愚蠢百倍。」

聽到她的聲音，棘星眨了眨眼、眼神恢復清明，變回大家熟悉的溫暖琥珀色。他似乎現在才真正看見自己的伴侶，張口喊道：「松鼠——」

他還沒喊完伴侶的名字，灰毛就嘶吼一聲，棘星雙眼又蒙上那層可怕的木然。

癩皮貓，還不快放了他！不然我跟你沒完！影望伸出爪子想攻擊灰毛，同時感受到黑暗森林醜惡的邪惡意念流遍自己全身，彷彿成了他體內沸騰的血液，感覺就好像有幾隻沉重的腳爪按著他的背。影望停頓一下，逼自己深吸一口氣。**它影響到我的心情了，我必須控制住自己。**他壓低身體蹲伏在地上，開始懷疑自己再也沒辦法動彈了。

灰毛邁步走遠，留松鼠飛和棘星的靈魂面對面站在原地。對力量執迷不悟的灰毛開口說話，令影望全身湧遍駭人的冰冷。

「我要讓妳知道……」他用輕柔卻又惡毒的聲音說。「我要讓妳知道，反抗我是多麼愚昧的選擇。」

棘星毫無預警地伸出腳爪抓向松鼠飛，松鼠飛根本沒料到伴侶會對她出手，貓靈的爪子抓過她的臉，在她的吻部留下一道道血痕。

松鼠飛震驚地往後仰，發出一聲驚呼。在灰毛的操控下，棘星開始繞著她踱步，爪子都伸了出來，還咧嘴露出滿口牙齒。

影望驚慌地瞄了雪叢一眼。「那隻噁心的貓，他竟然逼松鼠飛的伴侶攻擊她！我們一定要想想辦法。」

雪叢搖了搖頭。「我們現在愛莫能助。」

與此同時，松鼠飛雖然雙耳緊貼著頭頂、害怕到觸鬚開始顫抖了，還是勇敢地轉身面對灰毛。「你這是在搞什麼鬼？」她厲聲問道。

灰毛回應的語音太模糊，影望沒有聽清楚，不過他似乎是在對棘星說話。灰毛怒瞪了雷族族長一眼，影望見了心中湧起一股希望——說不定他沒辦法完全控制住棘星，說不定棘星在反抗他，所以惹他生氣了。

在片刻的掙扎過後，棘星再次轉身撲向松鼠飛，但這回松鼠飛做好了準備，及時閃到一旁。影望屏住一口氣，看著棘星一再重複相同的攻擊動作，松鼠飛每次都設法避開他，或是在不傷害他的情況下推開伴侶。

「棘星！」伴侶咬向她喉頭的同時，松鼠飛呼喊道。「別忘了自己是誰！**求你了……奮力抵抗灰毛吧！**」

在那一拍心跳的時間，她的呼籲似乎見效了，棘星踉蹌兩步之後從她身邊退開，雙眼再次聚焦。「對不起，」他勉強擠出話語，「松鼠——」

「你別想！」灰毛尖叫道。

棘星再次被灰毛控制住，再次撲上前進攻。這回，棘星把松鼠飛甩到地上，爪子停在她喉嚨上方。松鼠飛急著想逃跑，扭身咬住棘星的腿，可是棘星似乎完全沒發現自己被咬了。

他沒有痛覺！影望驚恐地心想。**這下松鼠飛怎麼可能打贏？**

松鼠飛不知怎地掙脫了棘星，趁伴侶站穩腳步之前把他壓在地上。她就這麼壓著伴侶，一時間似乎不知該如何是好。

灰毛氣得亂抓地面。「那隻貓都和妳拚死相搏了，妳怎麼還有辦法愛他？」他大聲呼號。「我可是願意為妳毀了一切耶！」

不能再讓他們這樣下去了。影望下定決心。**灰毛已經執著到了極點，隨時可能會轉而攻擊松鼠飛，甚至可能會一氣之下殺了松鼠飛。我只是隻巫醫貓，沒受過戰士的訓練……我真的能幫到松鼠飛嗎？**他遲疑片刻，感覺全身被絕望壓得喘不過氣來，但還是甩了甩毛皮，努力甩開那種感覺。**那是黑暗森林對我的影響……至少，我選擇相信那是黑暗森林造成的，而不是我自己的想法。只要和雪叢合作，我們至少可以讓灰毛暫時分心，這樣就有機會救松鼠飛了！**

他轉向雪叢，低聲說：「我們不如去攻擊灰毛，讓他無法專心——這麼一來，棘星可能可以擺脫他的控制。我知道這聽起來很可怕，但我也只想得到這個計畫了……」

雪叢驚恐地盯著他，開始一步步倒退。「你是被蜜蜂鑽進腦袋了嗎？這場戰鬥和我無關，我可不想為了他們去死。」他退入蕨叢，稍微停下腳步，然後回過頭。「祝你好運。」他生硬地喵嗚道，接著消失在了黑暗之中。

那我只能自己行動了。現在只剩自己一隻貓了，影望心裡更加害怕，可是他知道自己別無選擇。**我一定要想想辦法。**

這一來一往間，棘星又把松鼠飛推開，戰鬥再次開始了。兩隻貓繞著對方踱步，每次伴侶撲向她，松鼠飛就會閃到一旁。

她還能這樣閃躲多久？再過一段時間，她就會筋疲力盡了吧？

影望用不停顫抖的腳爪悄悄走在樹叢之間，溜到灰毛後方。他一步一步無聲無息地往前走……**我隨時可以撲上去……**

灰毛突然轉過身，一隻腳爪從空中抓下來。影望根本沒預料到灰毛會這麼做，結果就被對方輕易拍倒在地上。

「愚蠢的小貓，」灰毛低吼，「你以為你有能耐偷襲我嗎？這裡可是我的地盤，在這裡，沒有任何一隻貓贏得過我。」他俯視影望，藍眼睛閃爍著自滿與憤怒。「只要是在黑暗森林裡發生的事，就逃不過我的知覺。」他吹噓道。

影望知道灰毛就要出手殺他了，他正準備受死，卻看到灰毛突然轉身盯著森林裡某個位置。影望順著他的視線望去，可是那個地方什麼都沒有。

「是啊，我也看到妳了，」灰毛對著空氣喵聲說，「我忠心耿耿的年輕戰士啊！」

在那一瞬間，影望在黑湖周圍的樹林邊緣看見一個深色形影，形成了一隻貓的輪廓。**好眼熟的輪廓**……他心想。**那是誰——**

可是那個形影閃爍一次，就這麼消失了。

與此同時，棘星趁灰毛分心時恢復了自我，影望看見他雙眼散發琥珀色光芒，原本伸出爪子準備抓松鼠飛的他突然往後跳。「松鼠飛！快跑！」他呼號道。「我馬上就會跟過去的！」

雷族母貓閃了開來，朝黑暗的樹林奔去。棘星邁開腳步想跟著跑進森林，但這時灰毛憤怒地號叫一聲，從影望身上移開了目光。

棘星踉蹌地停下腳步。「繼續跑！」他對松鼠飛高喊。那最後一拍心跳的時間過後，灰毛再次完全控制住他了。

深薑黃色母貓在樹林邊緣回眸望去，即使到了這個地步，她似乎還是想回來。

「松鼠飛！」灰毛尖叫。聽見他的聲音，松鼠飛似乎下定決心逃跑了，她逃進樹林的陰影，很快就跑不見了。

影望看著她逃走，感覺自己全身籠罩著溫暖的光芒。**我現在說不定可以拯救棘星了。**他滿心希望地想。

灰毛大步走到棘星面前，吻鼻湊到雷族族長面前一隻老鼠身長的位置。「你把松鼠飛從我身邊給搶走了！」他嘶吼道。「你又把她搶走了！等我率領手下回到活貓的世界，一定要毀了你那個可悲的雷族和其他所有貓族。」

星族啊，請給我力量！影望默默祈禱，不過他也知道，在這個黑暗的所在，祖先的靈魂應該聽不見他的禱告。

接著，影望撲向了灰毛，穩穩地落在他背上。灰毛剛才專心對棘星說話，影望趁機一口咬在壞貓的肩膀上。

灰毛尖叫一聲用後腿立起來，想把影望甩掉，影望用爪子緊緊抓著灰毛的毛皮，用全身的力氣趴在對方背上。他低頭看向棘星，發現雷族族長的眼睛又恢復琥珀色了。「趁現在！快跑！」影望號叫道。

棘星猶豫了。灰毛再次立起來，這回影望沒有抓穩，「砰」一聲摔到在地上，那一下撞擊把他肺裡的空氣都擠了出來。

「癩皮貓，回島上去！」灰毛再次控制住棘星，出聲下令。

影望可不打算放棄，他努力喘氣、胸口劇烈起伏，然後又一次撲向灰毛。「棘星，我這邊沒有問題！」灰毛的爪子劃過他肩膀的同時，影望氣喘吁吁地呼喊。「我讓他分心，他就沒辦法控制你了。你快點逃走！跟著松鼠飛跑！回到你自己的身體裡！回到真實世界去！」

灰毛憤怒地號叫一聲，把所有的力氣都用來攻擊影望，巫醫貓被打得全身發疼。**我知道自己打不過他，但這不重要，我只要努力活著、努力讓他分心，儘量拖時間……**

影望被壓在地上，被灰毛的重量壓得快要窒息了，但他還是努力轉頭，看見棘星再次恢復自我，那雙琥珀色眼眸驚恐地看著這一幕。在那一瞬間，影望擔心雷族族長會跳過來加入戰局，試圖解救他。

「不可以！」他擠出這句話。「快跑啊！」

他看到棘星照做了，暗暗鬆了一口氣。棘星感激地一點頭，轉身跑離黑湖，跑去追剛才消失的伴侶了。

灰毛似乎沒注意到自己的俘虜逃走了，他倉促地站起來，咬著影望後頸的毛皮，像叼起小貓似地輕輕鬆鬆把他拎起來。灰毛往前走兩步，把影望拋進黑色的湖水——在那一拍心跳的時間，影望像是溪流中的一顆松果，在水面載浮載沉。

「你去死吧！」灰毛惡狠狠地說。

被湖泊吞噬的同時，影望發覺黑色的湖水其實不是水，感覺比較像是柔軟的毛皮，他被那些黑色的東西吞沒、捆緊，黑色物質輕輕柔柔的阻礙他呼吸。冰一般的寒冷令他動彈不得，他感覺自己的力氣逐漸消散，絕望滲進了他的腦海，整個世界都在腐爛，不久後一切都會變得和這座森林同樣黑暗、同樣無望。**逃不掉了……**

影望推開這些黑暗的想法，趁自己失去更多力氣之前掙扎著回到湖面。他剛才和灰毛打了一架，除了受傷以外還累得要命，但是他知道自己必須繼續掙扎下去——他費了好大一番功夫揮動腳爪，把自己往前推，直到能拖著身子爬回陸地上。

灰毛背對著他站在陸地上，像在尋找棘星的蹤影似地東張西望。影望再次撲上前，試圖用爪子刺入灰毛厚厚的毛皮，結果灰毛轉身用力咬在影望腿上，爪子往他頭頂一抓，抓破了他的耳朵。

影望痛得癱倒在地上，黑暗盤旋在他身周。他掙扎著想站起來，受傷的腿卻撐不住身體的重量。

「棘星！」灰毛尖叫道，顯然是發現雷族族長不見了。「回來！現在給我回來！聽從我的命令！」

影望勉強能看到樹林的邊緣，剛剛雷族族長跑進去之後，就沒有再回來了。

影望的視界開始縮小，周圍的黑暗森林似乎逐漸淡去了，他看到的最後一個畫面，就是仍在徒勞地對著黑暗大呼小叫的灰毛。

我成功了。我救了松鼠飛和棘星！

然後黑暗吞沒了影望，他所知的一切都消失了。

第十六章

鬃霜舒展身體，趴在雷族營地邊緣一塊被陽光晒得暖洋洋的岩石上，在耀眼的陽光下瞇起雙眼。她感覺到族貓們在四周忙碌：小貓歡樂的玩鬧尖叫聲、戰士們堅定的腳步聲，以及新鮮獵物堆堆滿了獵物的豐美氣味。

這裡好和平喔。可是……我總覺得不太對勁。

一隻貓粗糙的舌頭舔過她肩膀的毛髮，令她分心了。她翻身仰躺著，睜開眼睛看見伴侶根躍躺在她身邊，注視著她的藍色眼眸充滿了愛意。

看到他平安無事、看到一切都安定熱鬧，感覺真是太棒了。然而，鬃霜在滿足的情緒之中，隱隱感受到了拂過毛髮的寒風。**既然如此，我怎麼會感到這麼……不安？**

「這裡是你該來的地方嗎？」她問根躍。「你不是該在另一個地方嗎？」

「這裡是我選擇的地方。」根躍一面安慰她，一面發出呼嚕呼嚕聲。「妳忘了嗎？我選了雷族。我知道自己非得和妳在一起不可，所以我離開了天族。」

鬃霜心中的不安逐漸加劇，但她好想推開那份忐忑，盡情地沐浴在陽光下，享受她和根躍在雷族的幸福生活。

我們的生活非常美滿，他很幸福，我也很幸福。那麼，問題究竟出在哪裡？

根躍的父親樹，從營地另一邊走來，黃色毛皮在陽光下閃耀。「妳好啊，鬃霜。」他喵聲說道，在他們兩個躺的岩石邊緣坐下。

「你好。」鬃霜低聲回應，心裡好奇天族這隻公貓為什麼會出現在雷族的坑地裡。

「我不是告訴過妳了嗎，妳和根躍是天生的一對。」樹對她說道，琥珀色眼中盈滿了關愛。「妳在擔心什麼？我兒子選了妳，這不就是妳要的嗎？」

「我還是不太確定耶。」鬃霜終於坦白說出了自己的不安。「我不記得之前發生了什麼事，可是我從沒想過根躍會選擇離開天族。我還以為……我還以為我們雙方都太愛自己的部族了，不肯接受這些變化……」她搖了搖頭，感覺腦子裡塞滿了薊種子棉絮。「我怎麼都不記得之前的事了？」

她知道根躍就在身邊，近到毛皮和她相碰，同時卻確信根躍在非常遙遠的地方。她能看見根躍，但同時她也焦慮得胸口發疼，彷彿在努力尋找根躍，卻怎麼也找不到他。

這到底是什麼狀況？她愈來愈慌張地想。**我為什麼會這麼擔心，還有種害怕到快要吐出來的感覺？為什麼這幸福快樂的一刻，感覺像是我永遠無法得到的東西？**

鬃霜最愛的公貓明明近在咫尺，她卻感覺這份幸福在譏諷她——幸福感彷彿是她的敵人，讓她在短暫的一瞬間逃跑，然後再探出爪子把她抓回來玩弄。

隨著焦慮與恐懼在內心膨脹，上方的陽光消失了，鬃霜不再能感受到身邊的貓兒。她赫然發現自己根本就不在營地裡，而是身在一座陰暗寒冷的森林裡，樹木極富威脅性地聚集在她四周。她轉頭尋找根躍與樹的身影，但是他們也消失了。

鬃霜全身一顫，就連爪子尖端也抖了起來——她發現這是一場夢，她和根躍成為伴侶的幸福生活根本就不可能成真。她為根躍感受到的恐懼，以及她對這不可能的未來而生的痛苦，形成了帶領她進入黑暗森林的恐怖道路。

蛾翅說得沒錯，鬃霜害怕地顫抖著，心想，**我把黑暗森林吸引過來了**。

「根躍！根躍！」她喊道，卻沒有貓回應。鬃霜之前還不確定黑暗森林長什麼模樣，只想像自己熟知的森林變得黑暗陰森，結果真的來到黑暗森林以後，她什麼都不認得了。

她停止呼喊，不確定接下來該如何是好，而就在這時，她聽見附近傳來一聲害怕又憤怒的呼號。她聽了怕到血液都快結冰了，但還是快步朝聲音跑去，低頭從樹叢下方鑽過去，繞過了一棵巨大的橡樹，橡樹糾結的根部似乎很想纏住她的腳爪。

鬃霜跑出橡樹的陰影，來到一片空地的邊緣，空地一路延伸到了一汪深色湖泊的水岸。水邊有兩隻貓繞著對方踱步，兩隻貓都毛髮直豎、來回甩著尾巴，鬃霜像是被雷打到似地震驚不已，認出了雷族真正的族長棘星，以及他的伴侶與副手松鼠飛，兩隻貓看似準備互相攻擊。

「不行！」她輕聲驚呼。「怎麼會這樣！」

棘星與松鼠飛後方的湖泊中心有一座滿是泥濘的小島，小島岸邊站著一排貓靈，每一隻貓都神情木然地盯著戰鬥中的兩隻貓，那個畫面看上去無比陰森。鬃霜驚恐地認出了其中幾隻貓靈。

她驚駭的目光定在了一隻橘白相間的公貓身上。**那該不會是……莖葉吧**？她認出了自己曾經愛過的貓，心臟痛苦地一揪──莖葉曾是她的好友，也是忠誠的族貓，沒想到他現在會困在這個恐怖的地方。玫瑰瓣也在島上，鬃霜看到從前的導師無法加入星族，為導師心痛不已。除了他們之外，鬃霜還望見冒牌貨之前的副手莓鼻，還有許多在世時對各自貓族忠心耿耿的英勇戰士。這些貓兒在反抗冒牌貨的戰鬥中落敗了，灰毛不僅重重打擊了各族，還把亡者的靈魂囚禁在黑暗森林裡。**我根本無法想像比這個更殘忍的懲罰了……**

鬃霜逼自己移開目光，轉回去看族長與副族長。還有第三隻貓站在他們附近，那是她從沒見過的一隻灰色公貓，只見他泰然自若地旁觀，看著棘星撲向松鼠飛、齜牙咧嘴地咬向松鼠飛的喉嚨。

第三隻貓是誰？鬃霜心想。**他怎麼像是在強迫棘星和松鼠飛對戰！**

鬃霜看著那三隻貓，他們似乎都沒注意到她，對她的存在完全沒有反應。**他們難道看不到我？**她心想。鬃霜以前和母親聊過進入黑暗森林的事情，聽藤池的說法，她好像就是簡簡單單地去到了黑暗森林——在現實世界可以做的一切她都做得到，狩獵、打鬥或說話都沒有問題。現在，鬃霜突然覺得毛骨悚然：其他的貓是不是都看不到她？**說不定這是好事**，她提醒自己，**說不定不讓他們知道我來了，對我比較有利。**

松鼠飛閃到一旁，免得被棘星撕破了喉嚨。就在這時，第三隻貓發出驚嚇的叫聲，猛然轉身，只見一隻比較嬌小的貓正躡手躡腳地朝他走去，腹部的毛髮擦過了地面，一副在狩獵的樣子。

影望！他在做什麼啊？

年輕巫醫繃緊肌肉準備撲上前，但他還來不及進攻，灰色公貓就一爪從空中拍下去，重重打在他頭部側面。

奇怪灰貓分心的同時，棘星踉蹌兩步，跳到一半的他突然停下打鬥的動作。棘星原本要攻擊松鼠飛，現在卻驚恐地退開，似乎恢復了對自己的控制力。

這麼看來，第三隻貓想必是灰毛了……鬃霜終於看到冒牌貨的真面目了，她驚訝地眨眨眼睛。在陽間，她只見過灰毛附身在棘星身上，也只看得到棘星的深色虎斑毛皮與壯碩的身軀。

所以影望是為了救松鼠飛和棘星，自己去攻擊灰毛……我來得正好！一定要想辦法幫幫影望！

她吸一口氣想喊影望，沒想到灰毛忽然轉身，惡毒的藍眼睛緊盯著她。鬃霜嚇了一跳。**不會吧，他該不會其實看得到我？**

灰毛開口說話了，像是在回答她心中的疑問。「是啊，我也看到妳了，我忠心耿耿的年輕戰士啊！」

鬃霜全身一抖，回想起自己以為他是棘星時在他手下做事的日子，以及後來對他謀反的種種。這時，影望也轉過來看她，在對上影望視線的瞬間，一切都化成黑暗。

鬃霜睜開眼睛，發現自己又回到了活貓的世界，還趴在月池附近。她不久前就是在這裡睡著的。太陽已經出來了，今天是個陽光明媚的日子，大風吹得雲朵在天上奔逐。

「根躍！影望！」她沙啞地呼喊，同時匆匆站起來。在那一瞬間，她實在不敢相信自己失去了和那片孤寂森林的連結。

這時，她看見樹與蛾翅站在月池邊，兩隻貓一面輕聲交談一面交換擔憂的眼神。鬃霜剛剛幫到了影望，她為此感到開心，可是一想到自己沒能幫到根躍，她又感受到了沉重的失望。**我是去那邊找他說話的，結果連他的面都沒見到！**

鬃霜站起身來，朝另外幾隻貓走去。**影望他——他還好嗎？**她走到湖邊，看見年輕巫醫趴在樹與蛾翅身邊，即使在睡夢中四條腿也不停抽搐。

「我去到黑暗森林了！」鬃霜高呼。「我看到他和灰毛戰鬥。」她轉向蛾翅說：「影望沒受過戰士的訓練，他是冒了大險去攻擊那隻癩皮貓。他能平安地回來嗎？」

忽然間，影望全身都開始痙攣，彷彿被隱形的貓毆打。鬃霜站在蛾翅身邊，驚恐地看著長長的撕裂傷出現在影望的耳朵上，一條腿多了一道傷口，鮮血噴灑在岩石上。

蛾翅的琥珀色眼中浮現了憂慮，但她還是保持鎮定，伸出一隻腳爪按住影望肩頭，防止他滾到水池裡。與此同時，影望猛地睜開琥珀色雙眼，嘴巴張大、發出一聲痛苦的尖叫，尖叫聲迴蕩在月池周圍的岩石之間。

第十七章

根躍和柳光一起坐在一叢冬青的陰影下。他們剛才走到了離小島稍遠的地方，選了個不用擔心被其他貓發現的地方坐下來，開始思考下一步要怎麼做。現在，他們蹲在樹叢下，兩顆頭湊得很近，正在低聲交談。

「我們一定要把那些貓靈從灰毛的監獄裡救出來。」根躍喵聲說。

柳光點點頭，表情卻不怎麼有信心。「根躍，你千萬要小心。」她警告道。「別太衝動，不然就會和我一樣被殺。」

想到河族巫醫貓毫不必要的死亡，複雜的悲痛與憤怒湧遍根躍全身。「我會保護妳，不讓灰毛傷害妳的。」他保證道，不過他也不確定自己該怎麼保護柳光。

「我來到黑暗森林時，」柳光對他說，「被一隻我沒見過的貓攻擊了——他是一隻灰色公貓，眼睛是鮮豔的藍色。那就是灰毛嗎？」

「沒錯，就是他。」根躍喵嗚道。

「他殺了我，」柳光接著說，「我根本就沒有反擊的機會。後來我的靈魂離開了身體，他就出現在旁邊，把我拖進了月池。」她又說：「我們來到這邊——來到黑暗森林以後，我才設法從他身邊逃走了。」

根躍還想著黑湖中間那群貓靈的悲慘命運。「不知道那座小島周圍的水是不是有什麼問題？」他邊想邊說。「我都沒在黑暗森林裡看過其他的水源。假如那是正常的水，河族的貓靈應該有辦法游泳逃走才對，可是他們都一副很怕那個水的樣子。還是說，我們可以幫他們建一座橋？但要是他們都還在灰毛的控制下，那怎麼辦……還是……說不定他並沒有控制住那些貓靈？不然他何必叫暗紋守著他們呢？」

根躍愈說聲音愈輕。他可沒忘記暗紋的存在，那隻貓守在進出小島唯一的路中間，無論他們制定什麼計畫，都必須先想辦法解決暗紋這個威脅。他試著回想自己還是見習生時聽過的故事——之前貓族有和黑暗森林的貓對戰過，不過那是天族搬到湖邊非常多個月前發生的事情了。其他部族有些貓經歷過那段黑暗時期，可是他們都不太願意談論這件事。

如果他們多說說以前的經歷，我就能學到更多了。根躍懊悔地想。**如果我以前有多問幾個問題就好了。**

他努力思索該怎麼解決問題的同時，昏暗的樹叢中突然傳出窸窣聲，讓他分心了。根躍一躍而起，伸出了爪子準備戰鬥——但假如來者是灰毛或受他控制的貓，根躍就會選擇逃跑。

沒想到，從樹叢間衝出來的貓竟然是松鼠飛。她猛然停下腳步，氣喘吁吁地盯著根躍與河族巫醫。

「根躍？柳光？」她喵聲說，綠色眼眸盈滿了哀傷。「真的是你們嗎？你們都死了嗎？」

柳光點頭對雷族副族長打招呼。「我死了。」她回答道，瞇起的雙眼流露出悲傷。

「根躍看見灰毛把妳拖進月池，那之後我試著透過夢境前來黑暗森林——結果卻沒辦法回到自己的身體裡。灰毛把我也抓過來了，現在我和其他去不成星族的貓一樣，困在了這邊。」

「真的太抱歉了。」松鼠飛用顫抖的聲音說，然後伸出鼻子碰了碰年輕巫醫貓的耳朵。「我只是想救棘星而已，沒想到會因此發生這麼多壞事。」她接著轉向根躍，問道：「你怎麼也死了？」

「我沒死！」根躍安慰她。「我……這個，我和妳的遭遇差不多。我跟著影望來到月池，然後就被柳光拉進水池了。既然找到妳了，我們這就來想辦法讓妳離開這座森林。」

松鼠飛踏上前，和他額頭相碰。「竟然有三隻來自不同部族的貓，而且還不是我自己的雷族——自願賭命來救我，」她喵聲說，「我真的好榮幸喔。」

「三隻貓？」根躍機警地豎起耳朵。「這麼說來，妳遇到影望了嗎？」

松鼠飛點點頭。「剛剛看到他了。」她回道。「他剛才攻擊了灰毛，製造機會讓我和棘星逃走。」

柳光驚訝地歪過頭。「棘星逃走了？」她問道。

「太棒了！」根躍喵嗚道，心裡突然像是有一朵花展開了花瓣，充滿了希望。他東張西望地問：「那他在哪裡？影望後來怎麼了？」他心中冒出了恐懼，生怕朋友遭遇不測了——他怕到覺得想吐。「他受傷了嗎？」

「我不知道。」松鼠飛回答。「我們逃走時，他看起來沒事。至於棘星，」她接著說，「當時的狀況太混亂，我不曉得他跑去哪裡了，只希望他還平安。我必須找到他，才能帶他回到他自己的身體裡。」

「我們會幫妳的。」根躍保證道。「但我們也該幫幫被困在這邊的其他貓靈。」

「還好葉池是在我們和星族的聯繫被切斷之前死的。」松鼠飛喃喃自語，綠色雙眼凝望著某段回憶。「至少這麼一來，我就不必為她的靈魂擔憂了。」

「灰毛把他們都困在一座島上，在——」根躍開口說。

「嗯，我看過那座島了。」松鼠飛打斷他，恢復明快又機警的語調。「但是，我們唯有解除灰毛對他們的控制，才能夠幫助那些貓靈。」

「我們該怎麼解除控制？」柳光問道。「還有，在解除控制之後，我們又該怎麼辦？他們還是沒辦法去到星族啊。」

「還是先一步一步來吧。」松鼠飛回答。「我們不知道貓兒現在死了之後會去哪裡，也不知道星族以後還能不能回來。」

我現在真的很不想煩惱這些。根躍心想。**我們要處理的問題還不夠多嗎！**

「棘星離開小島之後，就能夠多少抵抗灰毛的操控了——前提是灰毛沒辦法專心控制他。」松鼠飛又說。「不過，那也可能是因為棘星是族長，還有更多條命等著他去用。說不定和失去了唯一一條命的貓靈相比，棘星的靈魂強大一些。」

「棘星現在自由了⋯⋯」根躍自言自語。「他知道被灰毛控制是什麼感覺，如果我們找到他，他可能可以想到幫助其他貓靈的方法。」

松鼠飛點頭表示贊同。「說得好。我也相信，我們找到他之後，他就可以回到自己的身體了。之前灰毛是附在棘星的身體把我帶進黑暗森林的，我們一進來，身體就被他脫離了。我們讓棘星重回他的身體，他也許可以去救其他貓靈，然後再回到陽間，恢復這一切發生前的樣子。」

根躍忍不住嘆息一聲。他當然很希望棘星能快快恢復自我，但是他們面對的任務顯得無比艱巨，就和把一顆巨石推上月池的螺旋步道同樣困難。他們就算成功了，也無法肯定黑暗森林的問題能就此解決，星族也不見得能和他們恢復聯繫。「真希望星族能幫幫我們。」他低聲說。

「現在這麼說也沒有意義。」松鼠飛堅定地喵嗚道。「從各個貓族創建開始，星族就幫了我們不少忙，現在輪到活著的貓族來幫助星族了。這一切的始作俑者是灰毛，我們必須先集中精神帶著棘星回到陽間，接下來凝聚所有貓族的力量一舉解決灰毛。我還找不到棘星，所以我們得先去找他的身體，把身體藏在灰毛找不到的地方。」

「妳看到他的身體了嗎？妳知道在哪裡嗎？」根躍問道，心裡愈來愈樂觀了。

松鼠飛點點頭。「這地方非常容易迷路，但我應該能找到那個位置。跟我來吧。」

根躍走在薑黃色母貓身旁，跟隨她走在樹林裡，柳光則走在他們後面。

每往前走一步，根躍就覺得愈來愈不自在，感覺自己被什麼貓監視著，可是左顧右盼又沒看到別的貓。他不時會感覺到附近的動靜——土地在腳下旋轉、樹木的枝枒與嫩枝伸下來抓他。根躍很想問兩位同伴是否也感覺到了這些，可是松鼠飛一直自信地往前走，柳光也靜靜地走在後面注意四周環境。根躍只能把自己的憂慮吞回肚子裡，默默往前走。

松鼠飛在路上一兩度停下腳步，嚐了嚐空氣並環顧四周確認方向，不過不久之後，她就在一片林中空地的邊緣停下腳步宣布道：「就是這裡了。」

根躍看見前方一片光禿禿的土地，幾簇軟趴趴的草長在慘淡的光線下，四周則圍著快枯死的樹木，以及零零星星的幾叢乾枯蕨類。他完全沒看見棘星壯碩的虎斑色身軀。

「妳確定是在這裡嗎？」他問道。

「百分之百確定。」松鼠飛說到破音了。「他之前就在這裡啊，一定還在這附近的！」

她開始在樹根與蕨叢之中搜索，繞著空地走。根躍往反方向繞行空地、幫忙搜索，柳光則在一旁放哨。根躍與松鼠飛在空地另一邊碰頭時，依然一無所獲。

「他不在這裡。」松鼠飛絕望地嘆息道。「我們來得太遲了。」

「身體一定是被灰毛帶走了。」根躍喵聲說。

「他打算對棘星的身體做什麼？」松鼠飛問道。根躍看得出她即將崩潰，綠色雙眼無比狂亂，聲音也在顫抖。「說不定他會毀了那具身體——他說不定會把身體丟進那片可怕的黑水裡！我們再也沒機會帶棘星回去了。」

「我不認為他會那麼做。」柳光一面走來一面提出意見。「我認為他會好好保存那具身體，必要時就能再用來附身。」

松鼠飛全身一抖。「那不是更糟了嗎！」她深深吸一口氣，明顯在努力控制自己的情緒。「我發現棘星的靈魂還活著時，心中產生了希望，但如果他沒辦法回到自己的身體裡，我們是不是就永遠逃不出這個恐怖的地方了？」

「別放棄啊。」根躍用尾巴搭著松鼠飛的肩膀。這個動作感覺有點怪，他還是第一次安慰一隻地位比他高、經驗比他豐富的貓，而且對方還是雷族的副族長。「我跟妳保證，在找到棘星還有他的身體以前，我們都不會離開的。」

松鼠飛感激地看了他一眼，然後倒抽一口氣——他們聽見附近蕨叢傳來的窸窣聲。

松鼠飛猛然轉身，臉上閃爍著希望。「棘星，是你嗎？」

沒有貓回應。松鼠飛朝蕨叢前進兩步，然後突然停下腳步，全身靜止不動。根躍跟著走上前，往乾枯的蕨葉之間望去，看見矮樹叢之間的一條通道。他看見一個形影從通道盡頭朝他們走來：那是隻眼神茫然、毛髮滑順的公貓。

「莖葉！」他沙啞地驚呼。

與此同時，松鼠飛號叫道：「快跑！莖葉應該是受到控制了，灰毛可能是派貓靈來抓我。」她又說：「我們得想辦法把他甩掉。」

她的話還沒說完，他們三隻貓就轉身往樹林跑去，閃過樹叢與荊棘叢不停往前跑，急著想甩掉跟在後頭的莖葉。

根躍回頭一瞥，沒看見那隻貓靈。「他好像——」他還沒說完，突然驚叫一聲。本以為他們逃出了莖葉的追捕範圍，沒想到他們繞過一簇焦枯的蕨類，就看到橘白相間的公貓站在那裡等他們。根躍及時煞停，差一點就要一頭撞上去了。他趕緊掉頭，和松鼠飛與柳光並肩跑走。

他是怎麼做到的？根躍邊跑邊想。**他明明在我們後面，怎麼會突然出現在前面？**

他們奔跑的同時，黑暗森林陰森的地貌似乎在他們周遭變動。根躍手忙腳亂地爬上岩坡，結果腳下的岩石的突然下陷，他碰碰撞撞地往下滾，最後滿身瘀青地摔到一條窄溪谷裡，氣喘吁吁地癱在地上。他掙扎著爬起來，然後就瞥見一閃而過的橘白毛髮，看見莖葉從巨石之間走來，不知為何還是緊跟著他們。

「往這邊！」松鼠飛高呼。

根躍跟著她在溪谷裡往前跑，柳光循著他的腳步跟來。幾拍心跳過後，溪谷兩旁的斜坡變成了沼澤，一陣陣忽大忽小的風吹得枯死的蘆葦窸窣作響。

根躍還來不及搞清楚狀況，一股白霧就像巨大的貓爪似地裹住他，他完全看不見四周景象與兩個同伴了。「柳光！松鼠飛！」他喊道，可是喊出口的聲音模糊不清，好像只傳到了他的觸鬚尖端。霧水滲進全身毛髮，他頭昏腦脹、跌跌撞撞地走來走去，完全迷失了方向。

他腳步蹣跚地停了下來，正想放棄找路，直接在泥地上坐下來，就突然感覺到某隻貓的爪子抓住他肩膀。「鼠腦袋，往這邊！」

那是松鼠飛的聲音——根躍還是第一次因為聽到別隻貓的聲音而感到如此放心。雷族副族長拖著他往後走，周遭的空氣突然變得乾淨透徹，他看見松鼠飛與柳光站在沼澤裡一座小土丘上。白霧迅速消散，就在最後的霧氣消失時，根躍發現莖葉就在沼澤另一頭，筆直盯著他。

貓靈踩著從容不迫的腳步朝他們走來。「跑啊！」松鼠飛再次催促道。

根躍轉身跟著跑，感覺自己的腳爪都快變成石頭了。他四條腿都又痠又痛，呼吸時只感覺苦不堪言。**我們一定是迷路了，**他心想，**但至少這麼一來，我們就可以把灰毛和他控制的貓靈甩掉了。**

然而，無論他們跑得多遠，多麼快速地在閃身在陰影中行動，莖葉的靈魂似乎都陰魂不散地跟著他們。每次瞥見他的身影，根躍都看見莖葉踩著堅定的步伐走來，而不是慌亂地跟著他們奔跑——他看樣子甚至不用憑嗅覺或視覺找他們。

他好像一直都知道我們在什麼位置。根躍心想。

有一次，他們兜了個圈子朝之前經過的一棵枯樹跑去，卻駭然發現莖葉已經站在樹旁，平靜地等著他們了。

根躍閃躲跑開，驚恐的情緒在肚子裡翻攪。他不懂，那隻貓靈怎麼可能預測他們的行動？而且莖葉還是他們之前認識的貓，在他還活著時，根躍還挺喜歡他的。根躍記得莖葉參與了反叛行動，在對抗冒牌棘星時英勇地戰死了。**他現在知道自己在替冒牌貨做事，心裡一定非常難受吧？**

根躍開始覺得自己再也跑不下去時，忽然聽見前方傳來一隻貓的呼聲：「松鼠飛！

松鼠飛！」

「那是棘星的聲音！」松鼠飛驚呼一聲，眼中燃起了希望。她停下腳步，轉頭東張西望。

周圍的樹叢窸窣作響，但踏到空地上的貓並不是雷族族長，而是四隻眼神空洞的貓靈。貓靈們從樹叢中跳出來包圍根躍他們，四隻貓同時開口說話，用棘星的嗓音譏諷受到圍困的三隻貓。

「找到你們了！」

第十八章

影望號叫一聲醒過來，痛苦地在日光下眨眼睛。他的腿和耳朵還灼痛不已，彷彿灰毛的爪子還刺在肉裡，不過他馬上就看出自己已經離開了黑暗森林。一發現自己活著回到陽間的貓族了，他就大大鬆了口氣。

影望的眼睛逐漸適應光線，他發覺自己的身體一直沒動，到現在還趴在月池邊。他感覺到腿部被別隻貓涼涼的鼻子碰了碰，轉頭看見蛾翅仔細地替他檢查傷口。

「趴著別動。」巫醫貓命令他。「你的傷沒有大礙，不過你必須休息。」

影望實在不想遵從蛾翅的指示。他轉過頭，清楚地看見自己的腿，發現自己真的在流血。看見自己在靈魂世界受的傷出現在身體上，他感覺毛骨悚然，好不容易才壓抑了顫抖。**原來是真的啊，在黑暗森林死去的話，你在真實世界也會死。**他心想。即使是聽過蛾翅的警告，他也沒做好心理準備，看見自己身上的傷痕時嚇了一跳。一想到自己和死亡擦肩而過，影望就覺得全身冷冰冰的。

「我去幫你弄一些罌粟籽，緩解傷口的疼痛。」蛾翅喵聲說，然後走到她和其他巫醫貓之前放藥草的地方。

影望試圖坐起身，受傷的腿卻沒辦法承受重量，他還感覺到一隻耳朵流的血逐漸凝固。他環顧四周，看見樹與鬚霜一起坐在離他幾條尾巴長的位置——影望的目光聚焦在鬚霜身上，心臟跳得更劇烈了。

「剛剛是妳嗎？」他問道。「我剛剛在黑暗森林裡看到的貓是妳嗎？」

「對，是我。」鬃霜回答。

「妳有看到棘星逃走嗎？」

雷族戰士驚訝地豎起耳朵。「沒有——他真的逃走了嗎？」

「應該是。」影望告訴她。「我聽到灰毛喊棘星，他聽上去非常火大。」

「這是好消息耶！」鬃霜和樹交換了個大喜過望的眼神。「那說不定我們真的有機會把他救回來了。我剛剛是想找根躍，」她又說，「不過卻找到了你。我好像沒辦法在那邊待太久，灰毛看到我之後，我什麼都做不了。」她懊惱地一抖觸鬚。

這時候，她注意到影望驚駭地盯著她。

「根躍也在那邊嗎？」他問道。「為什麼？怎麼會這樣？」

鬃霜嘆了口氣。「也是……你還不知道呢。他……這個，他被拉進去了，像松鼠飛那樣穿過了月池。我們沒看到是誰拉他，但根躍似乎看見了——對方應該是貓靈。」

影望搖了搖頭。「偉大的星族啊！他還好嗎？」

「我不曉得。」說話時，鬃霜破音了。「我本來想進去找他的……可是我沒辦法在那邊久留。我還以為你可能有遇到他。」

影望對上她的視線，難過地搖搖頭。「唉，如果有就好了。」他喵聲說。「黑暗森林範圍很廣，裡面的地形又很複雜，我沒遇到他並不代表他出了什麼事。」

鬃霜顫抖著深深吸一口氣，彷彿想努力保持勇敢。

「妳是怎麼進去的？」影望問她。

「我是在夢中過去的。」鬃霜回答。

影望佩服地點點頭。「這很不容易，我自己是嘗試了幾次才能專心念著心裡的黑暗，在那邊待得久一點……不是每隻貓都有辦法做到的。」

鬃霜張嘴，似乎想問他是什麼意思，但這時蛾翅叼著一片葉子走了回來，把葉子放在影望面前。影望看到葉子上有兩三顆罌粟籽。

「在黑暗森林行動是非常危險的事。」蛾翅說道。影望不知道她是不是聽到他和鬃霜的對話了。「希望你這次受了傷，就能明白事態的嚴重性了。在夢中前往黑暗森林可不像你平常去大集會或去別族地盤那麼簡單。」蛾翅輕輕戳了他一下，補充道：「你不會有事的。把這些罌粟籽舔起來吃掉，趴著休息吧。」

影望乖乖照做，同時感覺到蛾翅技巧純熟地用粗糙的舌頭舔他，幫他清理傷口。過了不久，腿部與耳朵的疼痛開始稍微淡去，其他貓的聲音卻聽起來有點怪，尤其是他們在他後方說話的時候。影望猛地發現，自己受傷的耳朵動不了了。

「我和灰毛打了一架。」他開口說道。他知道自己必須把黑暗森林裡發生的事情告訴其他貓，這非常重要。「我讓他分心的時候，松鼠飛和棘星好像都逃走了，可是我沒辦法把他們一起帶回來。後來灰毛咬了我的腿，我就醒過來了。」他頓了頓，接著說：

「**我必須回去。**」

「鬼才要讓你回去！」蛾翅高呼。「我是你的巫醫，我堅決反對你回那個地方。況且，你受了這身傷，去那邊還能做什麼？」

「她說得沒錯。」樹喵聲打斷影望下意識的抗議。「你已經做得夠多了，沒有貓能要求你再回去冒險。」

「可是根躍和松鼠飛還在黑暗森林裡。」鬃霜指出。「如果棘星真的從灰毛身邊逃走了，那他也還在那邊。我們總不能把他們丟著不管，讓他們自生自滅吧！」

「除了他們以外，還有很多貓靈被困在那邊，我們應該派貓兒過去救他們。」影望附和道。「有好多貓都被困在那邊，受灰毛掌控。」

鬃霜哀傷地點點頭。「我看到了莖葉和另外好幾隻貓。」

蛾翅瞪大雙眼。「柳光呢？」她焦急地問。

「我沒看到柳光。」鬃霜回答。

「我也沒看到她。」影望跟著說。他看著蛾翅，發現她還在為曾經的見習生哀悼。「說不定她也從灰毛身邊逃走了。說不定她和根躍在那邊見到面了。」

蛾翅長嘆了一口氣。「希望你說得沒錯。」

「灰毛打算攻占星族和活著的貓族。」影望接著說。「除了受他操控的貓靈以外，他似乎還招攬了很多黑暗森林的貓。」

「他手下有幾隻貓啊？」鬃霜問道。

影望沒什麼信心地搖搖頭。「我不確定。」

「灰毛比鬧脾氣的狐狸還要難纏。」樹低哼一聲。

「他會做這些，全都是因為他對松鼠飛的執著。」影望喵嗚道。「他滿心想讓松鼠飛喜歡他，可是松鼠飛當然完全不想和他扯上關係——問題是，不管松鼠飛拒絕他幾次，灰毛顯然都要來攻擊五貓族，而且應該是最近就會來犯。我必須回去。」

「現在你的腿不能走路，耳朵也受傷了，去那邊有什麼用？」蛾翅喵聲說。「你想都別想。」

影望只知道，無論他的巫醫同不同意，他都**非去不可**。「我會想辦法的。」他堅持道。「我一定會想到辦法的。」

太陽在天上愈升愈高，月池水面的陽光閃耀燦爛。影望深深吸了一口氣，剛剛體驗過黑暗森林陰森的寒冷過後，有暖洋洋的陽光灑在毛髮上他就知足了。

片刻後，他聽見螺旋步道頂的樹叢窸窣作響，全身的肌肉瞬間繃緊了。樹與鬃霜一躍而起，鬃霜伸出爪子。然後，新來的貓走到了光線下，她才放鬆身體。來者是虎星。

「影望！」他順著步道跑下來，大聲喊道。「你還活著，感謝星族啊！」

他在貓兒們身邊停下腳步，眼中充滿了寬慰。看見自己的父親，影望感覺毛皮都暖了起來，但同時他也意識到，虎星是不可能讓他再回黑暗森林的。他試著站起來對父親打招呼，三條腿搖搖晃晃地撐著身體。看見兒子受的傷，虎星欣喜的表情變成了深深的震驚，他軟倒在影望身邊，彷彿自己的四肢也承受不了身體重量了。

「這些是你在黑暗森林受的傷嗎？」虎星喵嗚道，說完就全身一顫。影望實在無法對上父親瞪大的雙眼。「我不是說過那裡非常危險了嗎？你難道都沒聽進去嗎？」

影望在父親身旁坐下來，和鬃霜一起把黑暗森林裡發生的一切告訴他。虎星默默地傾聽，沒有插嘴，只有雙眼透露出心中的驚恐。

「我現在就帶你回影族。」聽完故事後，虎星簡扼地宣布道。「你已經盡力彌補之前被灰毛欺騙時犯下的過錯，現在沒有任何一隻貓能責怪你，或要求你做到更多了。」

聽到父親這麼說，帶著不容他置喙的語氣，影望感覺自己的胃在下沉。他深深呼吸，咬牙準備違抗父親。

「不行，」他喵嗚道，「我必須回去。」

虎星怒瞪著他。「你是被蜜蜂鑽進腦子了嗎？」他厲聲問道。「我不會再讓你接近那個鬼地方了。」

「可是我非去不可。」影望反駁道。「那邊有貓需要我。」

他父親發出煩躁的嗤氣聲。「你今天差點就回不來了。」虎星指出。「還不看看自己現在是什麼樣子！要是下次運氣沒這麼好，你不就再也回不來了嗎？」

「我覺得影望說得對。」鬃霜面對憤怒的影族族長說道。「根躍還在黑暗森林，棘星和松鼠飛也還在那邊，我們不能丟下他們。我試著在夢中去了那邊，」她又說，「卻沒辦法在那邊久留，不過影望好像可以集中精神待在黑暗森林，所以我們需要他。」

虎星沒有回應，影望看見他背脊的毛髮直直豎起來，顯露出他不願說出口的恐懼。

「我不准你去。」他對影望罵道。

「虎星，你要想清楚。」蛾翅說道。影望愣愣地盯著她——看她之前的反應，影望還以為她鐵定會站在虎星那一邊。「我一開始也認為他不該回去，但現在我沒那麼肯定了。影望知道進黑暗森林的方法，」巫醫貓接著說，「而且我們不支持他的話，最後追悔莫及的可能會是我們自己。如果能避免像以前那樣和黑暗森林爆發大戰役，那我們不是該為此努力嗎？我們必須把我們的貓兒救回來，趁現在趕快阻止灰毛。」

聽金色母貓說話的同時，虎星的表情愈來愈陰沉。「我可不想聽你們的意見。」他沉聲說。「更何況，在我們做決定之前，應該先讓影望休息才對。還有，蛾翅妳別忘了，現在我才是妳的族長。」

「你也別忘了，我和影望是你的巫醫貓。」蛾翅回嘴。「我們必須為部族——為所有部族的利益著想。」

「隨便啦。」虎星齜牙咧嘴地說。他伸出一隻腳爪，輕輕推了影望一下，讓他趴下來。「你站起來試試。」

影望儘可能用三條腿保持平衡，可是受傷的腿還是撐不住，他又癱倒在了岩石上。他知道父親只是想保護他而已，但還是覺得丟臉到全身毛髮都在發燙。

「好啦，我可能還沒辦法再去跟灰毛戰鬥。」他嘀咕道。

蛾翅嘆了口氣。「現在就算讓你和小老鼠戰鬥，你也贏不了。」

「可是我的腿很快就會痊癒了。」影望不情願地接受年長巫醫貓的診斷，接著說道。「我很快就會再回去了。根躍、棘星和松鼠飛還在黑暗森林裡，在那邊面對我們無法想像的危險。」

第十九章

根躍被包圍了。莖葉和其他幾隻眼神空洞的貓靈都圍了過來，把他和左右兩邊的柳光與松鼠飛包在中間，困住了他們。在一開始說了那句話過後，貓靈們就一直保持陰森的沉默，不過根躍能從他們的站姿和豎起的毛髮看出，他們可是充滿了敵意。

他焦急地左顧右盼，想在貓靈之間找到缺口，從而衝出包圍網。貓靈之間隔了也許能讓一隻貓逃跑的距離，但根躍不確定他們三隻貓能不能同時成功脫逃。

要是他們對我們用武力，那就麻煩了。

死去的部族貓們在莖葉的率領下逐漸逼近，和根躍他們之間的距離愈來愈短了，貓靈與貓靈之間的空隙也逐漸縮小。根躍在他們眼中看出，無論他和他的兩個同伴有沒有逃跑的打算，貓靈們都準備傷害他們。他還想到自己身在黑暗森林，即使成功衝出重圍、擺脫了緊追著他們不放的貓靈，他還是有可能永遠困在這個地方。

就算我試圖逃跑，情況也不可能再惡化了。他們如果來追我，柳光和松鼠飛就有機會逃走。

根躍低下頭，往最近的兩隻睜著死魚眼的貓靈衝去，從他們之間跑了過去，過程中還感覺到自己和他們毛皮相擦。在那一拍心跳的時間，他驚慌地心想：他一定失敗了，貓靈們會撲倒他、把他按在地上，到時候他就完全沒有還手之力了。

然後，他什麼都沒感覺到了，只感受到腳爪拍打地面，帶著他愈跑愈遠。

好耶！我逃走了！

可是勝利的成就感轉瞬即逝，一隻腳爪重重按在他尾巴上。他又驚又痛地號叫一聲，被原本的衝力帶著又跑了幾步，接著全身往後飛，「咚」一聲摔倒在地。他發現自己被抓住了，從胸腔深處發出一聲哀叫。

粗暴的腳爪抓過他兩邊肩膀，根躍轉過脖子，看見族貓沙鼻的貓靈拖著他往回走。

「沙鼻！」他焦急地高呼。「是我啊，是根躍啊！你不認得我了嗎？」

然而，曾屬於天族的貓靈沒有回應，空洞的雙眼沒有流露任何情緒，他彷彿從沒見過根躍這隻貓。

「好啦，你可以把爪子收起來了。」根躍又說。沙鼻的爪子用力掐著他肩膀，他忍不住倒抽一口氣。「我懂了啦，我不會再逃了……」

貓靈沒有放開爪子，繼續又拖又推地帶著根躍穿過矮樹叢，似乎完全不在意刮過身側的樹枝，被尖銳的石子絆倒了也不管。

回到其他貓身邊時，根躍努力想從心中挖出一丁點樂觀與勇氣——就算他再也離不開黑暗森林，永遠都困在這裡，和其他貓靈一樣變得雙眼無神，只能聽灰毛的號令……至少這麼一來，五貓族就可以團結起來對付敵人了。棘星逃走了，他說不定可以回到活貓的世界，把發生在他身上的一切告訴各族。如果五族聯合起來對付灰毛和他的追隨者，想必就能打敗他們了。

我必須相信這一點！

可是根躍被沙鼻拖回同伴身邊時，看見傷痕累累的松鼠飛目光渙散地被莖葉壓著打，柳光則被莓鼻緊緊盯著。根躍感覺自己最後的希望如滲入旱地的雨水，就這麼消失無蹤。

我們應該永遠無法逃出這個地方了。

✦✦✦

根躍蹲在小島岸上，感覺到泥濘滲入腹部的毛髮，滲到腳爪的肉墊之間。暗紋就站在附近，爪子不停伸縮——根躍知道自己就算只是動一下觸鬚，那隻黑暗森林戰士也會撲過來壓制他。

他現在非常想和松鼠飛說話，可是她和柳光被莖葉他們拖到小島的另一個區域了。根躍偶爾可以瞥見雷族副族長和死去的巫醫貓，可是周圍有太多貓靈了，他沒辦法救她們，也沒辦法逃跑。而且，這裡的貓靈都被灰毛控制住了。

光是看到暗紋，看見這隻精壯公貓冰冷無情的黃眼睛，根躍也感到全身發涼。灰毛似乎無法控制黑暗森林的貓——那暗紋到底是有多殘暴，才會**自願**選擇幫助灰毛？想到這裡，根躍就知道只有傻子才會去攻擊暗紋。

不可能成功的。

根躍想著自己危險的處境，想到自己被困得死死的，一顆心就迅速下沉，他都擔心心臟會破胸而出，直接掉在他腳爪邊的泥地上了。他無路可逃，只能和松鼠飛一起永遠被囚禁在黑暗森林了。最讓根躍害怕的是，他知道灰毛遲早會來對付他們，把他們也變成目光呆滯的奴隸，永遠在這個生與死之間的恐怖地盤替他做事，再也無法恢復自由的心志了。

就算我願意離開天族，我也不可能當鬚霜的伴侶了。他難過地意識到。**我再也沒機會見到她了。**

想到這裡，根躍心中有什麼東西蠢蠢欲動，他的意志堅定了起來，他無論如何都必須想盡辦法逃走。根躍也不想丟下松鼠飛和柳光不管，但他知道自己先重獲自由以後，才比較有機會解放她們。**我也許可以去找棘星，先去幫助他……**

根躍把下巴枕在腳爪上，像要打盹似地瞇起眼睛，實際上卻偷偷東張西望，努力尋找最合適的逃生路線，思考往哪一個方向逃最有可能成功。他注意到，莖葉和其他受困的貓靈大多聚集在松鼠飛與柳光身邊。

那當然了。如果只能確保一隻貓不逃離這座小島，灰毛選的絕不會是我。現在就是最好的機會了。根躍讓身體側躺下來，閉上眼睛裝出陷入沉眠的樣子，不過他不太確定黑暗森林的貓到底需不需要睡覺——他剛才驚慌地逃離莖葉跑了很久，還被貓靈們從森林另一頭一路拖過來，現在卻一點也不想睡。儘管如此，附近的貓都沒有注意到他，他只能假定自己的表現沒有太過異常。

根躍用所有感官仔細觀察，確認自己沒聽見或聞到灰毛控制的貓靈朝這個方向走來。確定沒有貓往他走來之後，根躍翻身趴著，四肢肌肉緊繃、準備行動。他微微撐開眼皮，看見貓群中之中出現了縫隙，他可以從空隙跑到小島邊緣，而此時此刻，所有貓靈的注意力都放在松鼠飛身上。

就是現在！

根躍深吸一口氣，像在吞嚥特別韌的一塊肉似地吞下了恐懼，儘量靜悄悄地偷偷往前走。他逐漸接近貓群中的空隙，希望能找到最好的起始點。他冒險回頭一望，看見松鼠飛注視著他，綠色眼眸突然閃過一道光。松鼠飛一躍而起，根躍突然擔心她是想警告暗紋與灰毛其他的手下，自己趁隙逃跑。

結果，松鼠飛發出令人耳朵發疼的一聲尖叫，往最近的貓靈莓鼻撲去，一把推開他之後搶到另外兩隻貓靈之間，一副準備逃命的樣子。所有貓靈都擠過去抓松鼠飛，沒有貓理會根躍。

根躍很想喊她，想叫她不要放棄，想保證自己會盡己所能去找到棘星、幫助她逃離這個地方……可是他也知道，他不能冒險讓貓靈們注意到他。

根躍無聲無息地溜走，過程中一直咬緊牙關、繃緊肌肉，不讓自己猛衝向小島邊緣，以免腳爪被泥地吸住的聲響引起貓靈的注意。他不太能控制自己的動作，尤其因為他兩隻耳朵都轉向了後方，努力聽著小島中央傳來的聲響。

接近水岸時，根躍聽見後方一陣憤怒的號叫。他們發現他不見了，松鼠飛幫他爭取的時間用完了——莖葉提高音量發出令人膽寒的淒厲呼號，同時追了過來。

根躍前後閃躲，努力尋找遮蔽物，但他也知道黑暗森林裡沒有任何一個角落是安全的。霧氣逐漸凝聚，一絲絲濃霧飄在樹木之間，宛如伸出來抓他的鬼爪。在淺色霧氣中，根躍看見前方一棵大樹的樹幹，他試著收住腳步，可是動作太慢了。他直直撞了上去，頭部「咚」一聲撞上粗糙的樹皮。

全森林都在根躍周圍旋轉，他試圖繞過大樹、繼續往水岸前進，但隨著每一拍心跳的時間過去，霧氣就變得更濃稠。不知為何，前方的樹木似乎比他印象中多了不少，每次都憑空冒出來阻擋他。

在樹木與濃霧的阻撓下，根躍沒辦法加快腳步。除了自己踩在地面的腳步聲與慌張的呼吸聲以外，他還能聽見逐漸逼近的追捕者們。

最後，他從樹木之間的縫隙鑽了出去，這裡的空氣比較乾淨，也離水岸近一些，但根躍馬上就瞥見莖葉與沙鼻分別從兩側逼近，還有他不認識的黑暗森林貓直衝過來。

沒救了。他絕望地想。**我要被抓住了！**

根躍心中湧上一股滾燙的憤怒，驅走了絕望，點燃了某種新的執念。

「我要給你們好看！」他高聲號叫。「你們別想活捉我！」**前提是身在黑暗森林的我還算是「活貓」**。

他齜牙咧嘴、伸出爪子撲向莖葉，努力無視腦中的抗議聲——他也知道事情會變成這樣並不是貓靈們的錯，可以的話，他也不想攻擊莖葉他們。但現在同情與理解這些受困的貓靈也沒用了，還是活著最重要。

曾屬於雷族的戰士貓靈沒料到根躍會突然反撲，他閃到一旁躲開根躍。根躍從莖葉身邊飛撲而過，幾乎沒感覺到抓過身側的爪子，然後他腳下的地面立刻消失無蹤，他一下子重心不穩滾下一片陡坡，最後……

嘩啦！

湖水沖過他頭頂的同時，根躍才發覺自己摔進了小島周圍的黑湖，和許多個月前那一天──還是見習生的他被鳶掌與龜掌嘲弄譏諷的那一天一樣，在水中不停掙扎。當時的他差點丟了小命，而現在，冰冷汙濁的湖水在他周圍湧動，他逼自己睜開眼睛，卻發現湖水完全不透明，他什麼都看不見。根躍不會游泳，甚至連上下方位都分不出來，也不曉得自己沉到了多深的位置。

這不是普通的水……它好像透進我的身體了。

他感覺自己的力氣逐漸流失，過往的回憶湧上心頭：從前的他太過驕傲，對那兩隻嘲笑他的貓憤怒無比，所以掉進了湖泊。

可是現在，鬃霜不會來救他了。

然而一想到鬃霜，根躍就有了求生的意志力。活下去的執念在他心中膨脹，他受再見鬃霜一面的願望驅使，有了活下去的動力。鬃霜是他最在乎的貓，根躍可不打算從此消失無蹤，讓鬃霜永遠不知道他去了什麼地方、發生了什麼事、為什麼沒再回來。

我不想就這麼孤孤單單地在沒有鬃霜的地方死去，而是想和她並肩對抗灰毛。如果我今天非死不可，那我就要死得有意義。

即使力氣被黑水抽走了，根躍還是踢著四條腿，努力把自己調整成可能是頭上腳下的姿勢，然後用力踢腿逼自己往上游，直到頭部破出水面。他大口呼吸空氣，繼續慌亂地踩水，一直到亂踢亂蹬的腳爪踩到了扎實的地面。根躍手忙腳亂地爬上泥灘，倉促地躲到一棵枯樹的空樹幹內，豎起耳朵聽聽有沒有貓靈追過來。

片刻後，他聽見從島上飄過湖面傳來的說話聲。

「他死了。一定是死了。」

「對啊，不可能有貓活著從水裡逃出去的。」

根躍聽著語音逐漸遠去，他大大鬆了口氣，寬慰流遍了全身上下。黑暗森林貓放棄追趕他，掉頭回去了。他正想從藏身處出去、往反方向逃跑，卻突然想到自己還困在黑暗森林裡，找不到離開的路。除此之外，他心裡還有一道聲音，那個聲音要他儘力拯救松鼠飛，不可以自己逃回去。

根躍滿心想儘量遠離灰毛的監獄島，但還是順著湖岸行走，找到一棵半懸在水上的朽木。他笨拙地爬到樹枝上，找到一個能遠遠觀察小島的位置。發臭的樹皮在他爪子下剝落，他忍不住皺起了臉。

根躍遠遠看到松鼠飛被貓靈們壓制在地上，莓鼻與玫瑰瓣用腳爪按著她的肩膀和臀部，不讓她爬起來。

同樣被困住的柳光朝他們走去，根躍看著她接近貓群。看到有貓試圖幫助松鼠飛，他心裡很開心，但同時也感到惴惴不安。面對那麼多凶猛的戰士，一隻巫醫貓應該不可能打贏吧。

灰毛的手下一定會把她們兩個弄傷，甚至對她們做出更可怕的事……

柳光逐漸接近貓靈們，似乎在等待最合適的進攻時機，等著拯救松鼠飛。根躍遠遠地看著她，緊張到呼吸急促、爪子不停伸縮，滿心想為那隻巫醫貓貢獻自己的力量與戰鬥技巧。

柳光，就是現在了！動手吧！

然而時間一刻一刻過去了，根躍逐漸發現了真相，一種噁心的感覺沉澱在胃裡。柳光不會進攻的。**她不是在等待時機——而是被灰毛控制了！**根躍驚恐到腸胃都糾結在一起了，遠遠看著柳光走到雷族副族長面前，站在那裡看著她，雙眼不再眨著了。

松鼠飛繃緊了全身，用力甩頭。「偉大的星族，這到底是什麼回事？」她質問道。

柳光沉默不語，繼續睜著那雙一片空白的眼睛盯著松鼠飛。

松鼠飛似乎絕望得縮起了身體，根躍也感覺自己受到了沉重的打擊。

這表示灰毛就在附近嗎？根躍東張西望，卻沒看見那隻邪惡公貓的蹤影。**可是從我們被貓靈抓住到現在，我幾乎一直都在注意柳光啊。**他默默地自言自語。**灰毛到底是什麼時候控制住她的？**

這時，一股冷冰冰的感覺從根躍耳朵擴散到爪子尖端，他感覺自己全身都要變成冰塊了。他驚恐地意識到，打從一開始柳光把他拉進月池之時，她想必就已經在聽從灰毛的指令了。所以說，柳光只是假裝在幫助他而已，說不定她指使根躍跟蹤楓影，就是希望他進了山洞之後被落石砸死或被濃霧弄死。

難怪我出現在湖邊時，她會露出那麼驚訝的表情！

根躍也突然發現，柳光想必是一直和其他貓靈保持了某種連結——難怪他們之前奮力逃跑，莖葉卻每次都能跟過來，每次都突然出現在他們所在的位置。

難怪她一直瞇著眼睛。根躍又想。**她根本不是被光線刺得眼睛痛，而是不想讓我發現她和其他貓靈一樣空洞無神！**他忍不住哀嘆一聲，開始罵自己。**我從一開始就該發現事情不對勁了！**

然而，隨著憤怒逐漸消退，根躍感受到了對柳光的同情與憐憫。他記得柳光還在世一直對自己的貓族忠心耿耿，也一直努力完成巫醫貓的職責。看到她變成現在這個樣子，只能遵從灰毛邪惡的指令，根躍不禁深感心痛。

問題是，根躍自己的狀況已經無比危險了，他只能把柳光的問題推到腦海一角，同時告訴自己事情還有希望。如果他和其他的部族聯手打敗灰毛，柳光就能擺脫灰毛的控制，和其他貓靈一起去往星族了。

我該怎麼辦？他焦急地問自己。**我說不定該去找影望，他應該在這附近吧？**

但就在他以為情勢已經沒辦法再惡化之時，根躍的目光被小島上的動靜吸引了——灰毛親自來了。旁邊有一棵倒落的樹木，糾結在空中的樹根宛如昂起頭頸準備攻擊的蛇，灰毛拖著某個東西從那棵樹後面走了出來。根躍認出了被灰毛拖行的東西，驚恐地倒抽一口氣：那是一具長了深色虎斑毛髮的癱軟身體。

棘星！

灰毛現在還想拿雷族族長的身體做什麼？難道那具身體還有別的用處嗎？想到這裡，根躍才發現灰毛並不想把身體拿來自己用，只是不希望棘星找回身體、回到自己身體裡。根躍想像雷族族長焦急地在黑暗森林裡到處找身體與松鼠飛，想像棘星心中的希望逐漸耗盡……就算他的靈魂重獲自由，在沒有身體的情況下，他也不可能回到活貓的世界，不可能回去領導雷族。

灰毛是不是已經贏了？

根躍坐在原地凝望小島的同時，聽見樹下傳來的爪子聲。他全身緊繃地轉過來，一面伸出爪子一面做好拚死一戰的準備。

來者是隻瘦巴巴的白色公貓，他腹部有一條猙獰的長疤。根躍起初以為自己被灰毛控制的貓靈逮到了，但是他仔細一看，發現這隻貓的眼睛並不空洞。**他應該是黑暗森林的貓……問題是，他是站在灰毛那一邊嗎？**

「你不要再靠近了。」根躍低吼一聲警告對方。

「別緊張。」白色公貓低哼一聲爬上樹，爬到一根較低的樹枝上，離根躍的爪子遠遠的。「我是你的朋友。」

「我在黑暗森林裡可沒有朋友。」根躍嘶吼道。

「沒有嗎？那我可能是認錯了。你是活貓吧？我不久前遇到一隻瘦小的灰色虎斑貓，你認識他吧？」

「影望嗎？」根躍驚訝到忘了要提防對方。「你遇到影望了？」

白色公貓點點頭。「對啊，他之前和灰毛打了起來，後來就突然……消失了。我猜他是回陽間去了吧。」

是嗎？根躍很希望那隻年輕巫醫貓成功回到家了。儘管如此，他還是希望有貓親眼看到影望回家。無論如何，聽了黑暗森林貓這段話之後，根躍對他稍微放下了戒心。公貓的說詞符合松鼠飛先前說的話，根躍只希望影望真的從灰毛手裡脫身了。

「那你又是誰？找我做什麼？」根躍問道。

「我的名字是雪叢。」公貓答道。「我之前幫了影望，你要的話，我也可以幫助你。」

根躍瞇起眼睛，還是不確定自己能不能相信這隻公貓。**我已經被一隻貓騙過了**，他再次哀傷地想起柳光，暗暗心想，**可是星族老天啊，我確實需要幫助。我能一直對他保持警戒的話……**

「你為什麼想幫我？」他問道。

「我不想看到森林繼續縮小。」雪叢回答。

「縮小？」根躍重複道。他想起自己受柳光指使去跟蹤楓影時，那種詭異又荒謬的感覺——當時他感覺自己一直在兜圈行走，森林彷彿對折了起來。「森林在縮小嗎？」

「沒錯。」雪叢點點頭。「有很多我記得的地方，後來都……不存在了。還有幾隻貓也是。」他一臉憂慮地頓了頓。「而且——我非常討厭那些逐漸逼近的濃霧，我猜那東西和灰毛有某種關係。如果能幫助你們活貓解決灰毛，那我自然會幫忙。」

有道理。根躍心想。他和這座不停變化的森林不熟，也不瞭解駭人的濃霧，但從他目前為止的觀察結果看來，他完全能想像一隻無法逃離這地方的貓兒此時的心情。「好喔。」他喵嗚道。「我叫根躍。你如果是真心想幫忙，那我很樂意接受你的幫助，不過你要是敢搞什麼小把戲，就別怪我把你的毛皮撕下來。」

雪叢發出一聲有點好笑的低哼，然後繼續往樹上爬，來到根躍這根樹枝，在根躍身旁蹲下。「島上發生的事情，我剛剛都看到了。」他對根躍說道。「你現在打算怎麼辦？」

見雪叢貌似沒有敵意，根躍的心情平靜了下來。難得有一隻眼睛正常，不會茫然或空洞的貓在面前，難得遇到一隻和灰毛手下不太一樣的貓，根躍開始打起精神了。儘管如此，他的肌肉還是做好了戰鬥的準備，以免這隻黑暗森林貓突然動手。

根躍想著柳光、莖葉與其他那些被困在小島上的貓靈，為他們心痛。**我不可能真正信任黑暗森林的貓……可是黑暗森林裡滿滿都是我可以信任的貓，只要從灰毛手裡解放他們，我就能找他們幫忙了！**

「我必須想辦法解除灰毛對貓靈們的控制。」思索片刻後，他低聲告訴雪叢。「那之後，我們就有機會一舉擊敗灰毛了。」

唉，我要是知道怎麼解放他們就好了！

第二十章

鬃霜躁動不安地在月池邊來回踱步，身上每一根毛髮都在催促她跳進水池深處，強行闖入黑暗森林。要不是知道這種行為太過愚蠢，她可能早就跳下去了。**到時候我只會變得又溼又冷……根本就不會到達根躍身邊。**

「我們不能放棄救他！」她再次對蛾翅說。巫醫貓的表情平靜得令鬃霜火大，她坐在水池畔，尾巴蓋著自己的腳爪。「他現在一定是遇到了危險。」鬃霜接著說。「他是很強壯、很勇敢沒錯，可是在沒有其他貓兒幫忙的情況下，他真的有辦法自己脫離險境嗎？」

鬃霜不知道黑暗森林現在是什麼狀況，不過她能想像根躍的決心與恐懼，她同時也感覺自己的心驕傲又害怕地為他顫抖。「我不相信他被灰毛抓到了，」她對蛾翅說，「也不相信他死了。只要我相信他還活著，我就會窮盡全力回黑暗森林找他。」

鬃霜退離月池一步，抬頭望向空谷上方的懸崖。樹與虎星並肩站在崖上，兩隻貓用混雜著好奇與不信服的眼神俯視著她。

即使發生了那麼多事情，他們還是不認為該派我回去，不認為我幫得上忙。鬃霜幾乎被絕望吞噬了。**說不定他們沒有錯……**

樹至少還一副樂觀的樣子，不過鬃霜懷疑那只是無可奈何的希望。假如有機會救他兒子的命，樹應該不會讓機會白白溜走吧？

鬃霜再次不安地來回踱步，才剛走出幾步，她就聽見空谷上方的樹叢窸窣作響。她回頭望去，本以為姊妹幫又回來了，沒想到是灰紋用強而有力的肩膀推開樹枝走來，緊隨而來的是一隻母貓，她體型比較纖細，能較輕鬆地從樹叢中鑽出來。鬃霜認出了那隻母貓，那是她母親藤池。

鬃霜感覺像在熱天吹到一陣涼風，寬慰的情緒流過她全身。她之前以為灰紋永遠離開了雷族，現在他又回來領導部族了，而藤池是她的母親與英勇的族貓，曾在大戰役前去過黑暗森林無數次——看見這兩隻雷族貓的同時，鬃霜感覺心情好多了。

她說不定能幫我！

鬃霜蹦蹦跳跳地跑到螺旋步道底部，迎接順著步道走下來的灰紋與藤池。「太好了！你們來了！」她高呼。

灰紋親切地對她一點頭。「我想說是時候來看看這邊的狀況了。」他喵嗚道。「藤池似乎認為我需要由戰士陪著過來，她可能是擔心我迷路吧。」

「族長怎麼能獨自在外遊蕩呢。」藤池回嘴道，看向灰紋的眼中閃爍著笑意。她踏步上前，和鬃霜鼻頭相碰。「我是來看妳的。」她輕聲說。「我和妳父親都很擔心妳的狀況。」

「你們不用擔心。」鬃霜回道，但她也不確定自己是不是真的不需要別的貓掛心。「我沒事的。」

「所以呢，這裡現在是什麼狀況？」灰紋問道。「根躍和影望還在黑暗森林那邊嗎？」

「我沒看到根躍的蹤跡。」鬃霜對他說，說著說著，她覺得肚子裡好沉重。「影望和灰毛打一架過後回來了，他還想再回去，但是他傷得很嚴重。」

灰紋望向月池畔，看著影望靜止不動的身體，以及坐在他身旁的蛾翅。「可憐的小傢伙。」他低聲說。「我去和蛾翅談談吧。」

他走向巫醫貓，留鬃霜與藤池站在原地。鬃霜轉向母親，但她還來不及說話，虎星就匆匆沿著步道下來，對她們簡單一點頭之後擦身而過，走去蛾翅那邊了。樹倒是沒有下來谷底，鬃霜看得出，他現在只在乎自己兒子能不能回來，其他的一切他都不關心。

「藤池，我有話要跟妳說。」鬃霜轉向母親，喵嗚道。「妳聽了應該會不高興。」

藤池豎起耳朵。「我就知道。」她嘀咕道。「妳又做了什麼好事？」

「我……我去了黑暗森林。」鬃霜回答。

藤池的藍眼睛瞪得很大，鬃霜發現母親根本沒預料到她會說這種話。「妳是怎麼過去的？」藤池問道。

「我是在夢裡過去的。我聽了兔星的話，還有蛾翅給柳光的建議，結果還真的成功了。」鬃霜不耐煩地一抖觸鬚。「可是沒有用。我去到黑暗森林時，只在那邊待一下下就不得不回來了。藤池，」她靠近母親，接著說，「請幫幫我。妳作為雷族的間諜在黑暗森林受過訓練，請把妳當時穿越過去的方法告訴我。」

藤池猶豫片刻，重重心事使藍眼睛的顏色變得黯淡一些。鬃霜用力將爪子刺入地面，擔心母親會拒絕她。

「不。」藤池低聲說。「我比妳更瞭解那個地方，應該由我過去。」

鬃霜胸口一緊。「不行——」

「別爭辯。」她母親堅定地說。「妳要是和我一樣瞭解黑暗森林，就會知道那不是年輕戰士該去的地方。」

鬃霜儘量直起身體，讓自己顯得高一些。「就算是如此，」她回道，「這也是屬於我的戰鬥，是我該解決的問題。」

藤池注視著她很久，深藍色眼眸形成了兩汪波光粼粼的哀傷。最後，她長長嘆息一聲。「我不贊成妳過去，但我就算阻止妳，妳也不會聽勸吧？」

「對——我非去不可。我一定要找到根躍，一定要幫助他！」

藤池給了女兒一個剛硬的眼神，說話時語氣尖銳，話語彷彿長了利牙。「當初我姊姊也說了類似的話。」她喵聲說。「妳居然想和別族的貓當伴侶？」

「我很想啊！」鬃霜克制不住聲音的顫抖。「可是妳不必擔心，」她稍微平靜下來，接著說道，「我和根躍已經討論過了，我們都覺得這是不可能的。我們雙方都對自己的貓族太忠誠了，不可能離開部族的。」**話雖如此，我已經開始懷疑這份忠誠了……**

鬃霜識相地沒把最後這句話說出口。

「感謝星族。」藤池喃喃自語。「我知道這很困難——但是相信我，這樣才是最好的選擇。」

「可是就算不能成為伴侶貓，我也不能把他自己丟在黑暗森林裡。」鬃霜斷言道。

藤池眼中似乎閃過了亮光，悲傷被寬慰與驕傲取而代之。「妳真的好勇敢。」她一面說，一面用尾巴撫摸鬚霜的身側。「真的好勇敢喔。」

「請教教我吧。」

「我也只知道自己以前用過的方法。」藤池回道。「妳知道入睡時要想著黑暗的想法，才有辦法過去吧？」鬚霜點點頭。「其實，我那時的想法真的非常黑暗。」藤池接著說。「在那段時期，我對鴿翅嫉妒不已，我嫉妒她的特別，也對自己的這份……這份平凡……耿耿於懷。帶我進入黑暗森林的，應該就是這份黑暗——至少，起初是這樣。後來事情就愈來愈容易了……也許是因為我每次踏上那邊的土地都嚇得半死，也可能是因為我知道雷族需要我去到那邊，需要我為部族效力。」

「妳才勇敢吧——」鬚霜開口說話，卻被藤池用尾巴摀住嘴巴。鬚霜順著母親的視線望去，看到灰紋離開了月池邊的貓兒們，正朝她們母女走來。

「別把這些事情告訴灰紋。」藤池低聲警告她。「他是現在的族長了，要是他禁止妳去黑暗森林，妳就必須聽從指示。」

鬚霜簡單地一點頭，然後灰紋就走到了她們面前。「看樣子巫醫們都知道該怎麼做。」灰色老戰士的聲音低沉地在胸中嗚響。「但虎星似乎不太同意他們的看法。」他一抖毛皮。「藤池，我們該走了。」

灰紋踏上螺旋步道，鬚霜好不容易可以放鬆了——然而，灰紋在這時候回頭俯視她，黃色雙眼炯炯有神地定住了她，令她再次繃緊全身。

「我猜，妳應該還有不少事情沒告訴我吧。」灰紋喵嗚道。「但我不會去問。鬃霜，我信任妳，妳是英勇又聰明的戰士，相信妳會為妳的貓族——還有某隻年輕的天族公貓——做出最好的選擇。妳該做什麼就去做吧！願星族照亮妳的道路。」

「謝謝你。」鬃霜輕聲說。她低下頭，對灰紋獻上最深的敬意。

灰紋繼續沿著步道往上爬。在跟上灰紋之前，藤池將吻鼻貼在鬃霜肩頭。「灰紋說得對，」她喵嗚道，「妳是勇敢又能幹的貓，比其他貓兒更有機會完成任務。可是……」她的聲音抖了一下，她深深吸一口氣才恢復平穩的語調。「親愛的女兒，好好保重。」說完，她沒等鬃霜回應就頭也不回地跑上步道了。鬃霜目送藤池與灰紋走遠，看著他們消失在樹叢中。

在新一股決心的驅使下，鬃霜走回月池邊加入虎星與兩隻巫醫貓。她還沒走到三隻貓身邊，影望就一跛一跛地迎了過來——他之前在黑暗森林受了傷，現在還在努力用三條腿保持平衡，但至少腿部與耳朵的傷口都不再流血了。蛾翅已經幫他敷上藥草，也用蜘蛛網幫他包紮傷口了。鬃霜覺得影望現在似乎平靜一些，沒有剛受傷時那麼痛苦。

「影望，你知道在黑暗森林久留的方法。」鬃霜積極地說。「能不能請你教我，讓我也在那邊待久一點？」**再加上藤池給我的建議，說不定我這次就能成功找到根躍了。**

在那幾拍心跳的時間，影望一直沉默著，猶豫地眨著眼睛。「我不太確定要不要教妳。」最後，他開口回答。「鬃霜，妳也知道我很想幫妳，但也許我能在黑暗森林久待並不是好事。」

鬃霜煩躁地甩動尾巴。「你這是什麼意思？」

影望低下頭。「我在黑暗森林時，有時候會感覺到自己受森林影響，思想變得更黑暗、更憤怒、更絕望。我猜老貓們說黑暗森林『讓好貓變成壞貓』就是這個意思。」

鬃霜盯著他看。「影望，你沒有什麼問題啊。」她語氣平穩地說。「不管是誰，在黑暗森林裡都會有那些感覺的。」

「但你們大部分的貓都會醒過來。」影望堅持地說道。「鬃霜，妳不覺得這是好事嗎？妳之所以會醒過來，是因為妳沒辦法長時間忍受那種糟糕的感覺，那不符合妳的本性。」

「唉，影望。」鬃霜嘆息著說。「你認為這是你的本性嗎？」

「我不知道。」年輕公貓的眼神很憂傷。「我只是不確定妳是不是真想得到這份能力而已。」

「可是影望，我是真的想要這份能力。」鬃霜又說。「我想去救根躍，反而沒那麼擔心自己出事。我們至少可以試試看嘛，對不對？」她焦急到連嗓音都逼得很緊。「影望，拜託你了。」

影望又遲疑片刻。「我們沒辦法確定妳去了以後會發生什麼事。」他和聲提醒鬃霜。「我可能可以幫助妳穿越到另一邊去，但這不表示妳回來時還會是妳自己。我這樣說，妳聽得懂嗎？」

鬃霜咬緊牙關，吞下一聲恐懼的哭號。她在夢中短暫去到黑暗森林時見識到了那邊的恐怖，她也知道自己回去時必須面對同樣的可怕事物……她實在無法想像黑暗森林進到她內心的感覺。如果森林從內部吞噬了她，那會是什麼感覺？

可是我非去不可。我必須冒險——為了根躍冒險。

「影望，你願意跟我一起去嗎？」她一時衝動，開口問。「如果有個朋友陪我去，尤其是你這個已經去過黑暗森林的朋友——我會安心許多。」

「**什麼？**」鬃霜剛才沒注意到虎星走過來，影族族長站在兒子身旁，用一聲號叫打斷了影望的回覆。「絕對不行！我絕不同意。我兒子已經和死亡擦肩而過太多次了，我有好幾次都差點永遠失去了他。」他轉向影望。「你要是繼續挑戰命運，總有一天會把運氣用完的。」

面對父親的焦慮與鬃霜的懇求，影望露出了糾結的神情。「鬃霜，我很想跟妳去。」他喵聲說。「我知道妳自己沒辦法拯救根躍，可是虎星說得不誇張，這樣真的很冒險。老實說，我不確定自己再去一次黑暗森林，回來時還能不能保有……自我。」

「你敢認真考慮這件事，」虎星低吼道，「我就把你拖回影族營地，關進原本關灰毛的監牢。」

影望目光平穩地對上父親憤怒的視線。「你們已經把我從監牢裡放出來了。」他回道。「我既然出來了就要繼續做巫醫的工作，不會再回牢裡去了。」

「你當真這麼認為！」虎星嗤之以鼻。「我不只是你父親……還是你的族長。我的職責就是保護你。」

影望凝視著父親片刻，然後突然挺起胸膛。鬃霜看在眼裡，感覺影望雖然受了傷、身體虛弱，卻不知怎地多了一股威嚴。「虎星，我尊敬你，」他開口說道，「你是我的父親，也是我的族長，你給我的支持也讓我非常感動。但是，我現在年紀夠大，可以自己做決定了。我是巫醫貓，只要是能幫助五族的事，我就會儘量去完成。」

「所以，你也不管我認不認同那些行為了？」虎星嘶吼道。

「就算你不認同，我也會去做。」影望語氣平穩地回答。

蛾翅走過來加入鬃霜他們，對氣憤的虎星一點頭。「影望已經是正式的巫醫了，我們繼續把他當小貓看待也沒有意義。」她對虎星說。「而既然他是正式的巫醫，那在緊急時刻，即使是族長也無權對他下指令。」

蛾翅過去處處針對影望，沒想到現在會替他說話。聽到蛾翅這番話，影望眼中閃爍著光芒。**她終於再次接受影望的巫醫身分了。**鬃霜心想。

虎星目光如炬地盯著蛾翅，彷彿想說的話實在太多了，他一個字也說不出口。最終他深深吸了口氣，呼了出來，像是在努力控制住自己。

「我只是在想，也許我們該選隻比影望更有經驗的巫醫陪鬃霜去黑暗森林。」他喵嗚道，很明顯是費了一番功夫才能鎮定地說話。「蛾翅，妳現在已經是影族的資深巫醫了，妳不覺得自己是不錯的貓選嗎？」

蛾翅瞇起眼睛，似乎懷疑影族族長在拍她馬屁，而影望似乎強行壓下了一聲低吼。鬃霜猜影望在生虎星的氣，氣虎星沒把他方才的話聽進去。

「這就不一定了。」蛾翅平靜地回答。「柳光死後，我就一直感覺到從前的貓族對我的拉力。他們現在沒有巫醫了，也許會需要我，而在他們需要我的情況下，我應該要留在月池的這一邊才對。更何況，」她補充道，「我曾經深深在乎的一隻貓對我說過，我和星族的關係相當複雜。」她低頭看著自己的腳爪，鬃霜甚至能感受到她為柳光而生的哀傷。「總之，」片刻過後，她抬頭說道，「我相信影望是執行這份任務的不二貓選。」

「好嘛。」虎星的語音還很平穩，雙眼卻閃過了怒火。「看來我的意見毫無價值，那我們就開始吧。」他轉身繞著月池開始踱步。

鬃霜看著他走遠，接著轉向影望。不能再浪費時間了。「好，那我該怎麼做？」她問道。

影望將尾巴搭在她肩頭安慰她。「我覺得在繼續下去之前，我們應該先聽聽別隻貓的建議。說不定除了作夢以外，還有別種進入黑暗森林的方法——也許我們能抑制黑暗的想法，安全地去往黑暗森林。」

「這是什麼意思？」鬃霜不耐煩地問。「你是想聽誰的建議？我想盡快去找根躍。」**還有盡快告訴他我愛他。**她默默補充道。

「姊妹幫已經耐心地等了我們很久，」影望又說，「我覺得是時候去關心她們的狀況，看看她們有沒有想到什麼好方法了。」

鬃霜吸了口氣。**對了！姊妹幫！**她們說過她們願意幫助貓族，鬃霜也覺得她們非常適合引導自己與影望踏上崎嶇旅程、去往靈魂世界。

影望轉向樹，樹剛才一直站在坡頂靜靜觀察貓兒們的對話。兩隻貓對視片刻，在鬃霜看來，他們似乎在無聲地討論事情。

最後，樹點了點頭。「我去找她們談談吧。」他喵嗚道。

「她們說過，她們很樂意給我們各種方面的援助。」影望對他說。「她們似乎非常瞭解靈魂世界……黑暗的部分也是，光明的部分也是。」

「而且她們願意幫忙。是啊，是時候向她們求援了。」樹同意道。之前提到他的親族時，樹眼中流露出了不甘願，不過現在鬃霜完全沒看到先前那些情緒了，看來他滿心想拯救被困在黑暗森林的兒子，沒有空想別的了。

黃色公貓順著空谷上緣繞行一段路，然後消失在了樹叢中。在先前的種種錯誤與不幸過後，鬃霜首度感覺到竄過腳底的希望火花。**說不定我們真的有機會成功。**

✦✦✦

樹離開過後，鬃霜又去狩獵，帶新鮮獵物回來給蛾翅、影望與虎星吃。大家吃飽以後已經過了正午，鬃霜和影望站在月池邊，等著樹帶領姊妹幫從臨時營地來到月池。影望現在已經能用四隻腳站立了，不過他站得不是很穩，在黑暗森林被抓傷的耳朵也還是動不了。

等待的同時，鬃霜感覺自己愈來愈有信心了。她相信姊妹幫能幫她在不改變自我的情況下進入黑暗森林，並在那邊待久一些，給她拯救根躍的時間。然而，她也知道虎星並不信任姊妹幫，影族族長不停地動著腳爪，用鬃霜聽不清楚的聲音喃喃自語。

「無論那個姊妹幫決定要怎麼做，」一段時間後，他喵聲說道，「影望都不能冒險。這是最重要的部分，我是不會讓步的。」

影望與鬃霜還來不及回應，就聽見螺旋步道上頭的動靜，知道是樹回來了。他鑽出樹叢，緊接著是姊妹幫其中幾隻貓。母貓們毛皮豐厚、肩膀寬闊，沒辦法像樹那麼輕鬆地穿梭在樹枝間。

樹領著她們走下步道，姊妹幫的領袖——一身白色毛髮的白雪緊跟在他身後，接著是她的幾隻同伴。鬃霜認出了淺黃色的豐腴母貓日昇，還有陣雪。

白雪站在樹身邊面對在場的部族貓，表情混雜了好奇與厭煩。「你們有事找我們？」她問道。

虎星開口要回答，卻被樹用一個警告的眼神阻止了。虎星半別過頭，氣呼呼地聳了聳肩。

「貓族們想到了請妳們幫忙的方法。」樹開口回答白雪。

「是啊，你之前就說過了。」白雪的語帶怨忿，目光不怎麼友善。「我們也一直很樂意幫忙，但你們部族貓卻不願意接納我們。」

鬃霜生怕白色母貓拒絕援助他們，她感覺自己用四隻腳爪的力氣跳進了深淵，已經阻止不了自己了。「有一隻好貓困在黑暗森林裡，」她喵嗚道，「我必須過去那邊，才能夠把他帶回來……可是我得想辦法在那邊待久一點，同時不讓黑暗進到我心裡。我們覺得妳們姊妹幫或許能教我怎麼做到這件事。」

樹踏上前，走到鬃霜身邊。「別忘了，被困在那邊的貓是我兒子根躍。」他告訴白雪。「他從前和月光的小貓一起吃過奶，也是日昇與其他好幾位姊妹的親戚。」

白雪的藍眼睛注視著樹。「樹，我還是第一次見到你這樣的公貓。」她氣呼呼地說。「大部分的公貓在離開我們之後，就不會這般頻頻出現在我們生命中了。」

樹瞥了鬃霜一眼，將尾巴尖端搭在她肩膀上。「為了救我們兩個深愛的那隻貓，我們什麼都願意做。」他平靜地說道。

聽到樹這麼說，鬃霜第一次沒有害羞到毛皮發燙，也第一次沒有本能地否定自己對根躍的感情，她現在只想說服姊妹幫幫助五族而已。鬃霜再次想像根躍害怕地獨自走在無星之地，她真的好想去那邊陪伴他。

「……好吧。」鬃霜回過神，聽見白雪喵聲說。「我們姊妹幫和五貓族近來建立了某種連結，雙方都欠了對方不少。但是，我們今天為你們提供援助，就會是最後一次幫助五貓族了。命運總會有分歧的時候。」

樹恭敬地對白雪一點頭。「妳們現在幫助我們，就算是還清了姊妹幫欠貓族的一切。」

「不過以後有需要的話，姊妹幫還是可以來找五貓族幫忙的。」影望插嘴說。「未來有什麼需要幫忙的地方，我們一定會儘量協助妳們。」

聽到影望這段話，虎星似乎又想說些什麼，然後才閉緊嘴巴防止自己出聲爭辯。

白雪翻了個白眼。「等到陽光和她的小貓可以遠行，」她喵嗚道，「我們就會離開湖泊，去別地方尋找新的地盤。」這時，她藍色的眼眸中閃過了笑意。「我都快忘了平靜的生活是什麼感覺了——這地方怎麼總是會發生各種事情啊！」她哀嘆道。

鬃霜與其他部族貓恭敬地後退一步，看著白雪與姊妹們聚在一起。她們湊得很近，開始低聲討論接下來該怎麼辦。

「還好我們找到了請姊妹幫幫忙的辦法。」鬃霜低聲對樹說。然而，她瞥向根躍的父親時，卻沒在他臉上看見相同的樂觀。「怎麼了嗎？」她問道。

「妳別抱太高的期望，」樹嘆息道，「到時候只會更失望而已。這不見得能成功，就算姊妹們能強化妳和黑暗森林的連結，也不表示……」他沒有說完，彷彿字句都在嘴裡化成了玫瑰刺。片刻後樹才振作起來，接著說：「這不表示妳真的能找到根躍，也不表示你們能找到回陽間的路。妳確定要冒這麼大的險嗎？」

面對這隻黃色公貓，鬃霜心裡突然湧起一股溫暖。他明明為兒子擔心不已，卻還是給了鬃霜退出任務的機會。

「我從沒有像現在這麼肯定過。」她毫不猶豫地回答，用尾巴尖端輕碰樹的肩膀。「這是我的使命。」

第二十一章

影望和鬚霜及其他部族貓站在月池邊緣，一面看著姊妹們，一面不耐煩地伸縮爪子。姊妹們的議論已經結束了，現在她們靜靜地並肩站著，似乎在凝望遠方的虛空。

過了半晌，白雪一抖毛皮，藍眼睛轉向影望等貓兒。「我們姊妹——月光的靈魂來到我們身邊了。」她解釋道。「她看到我們這樣合作，感到十分驕傲。」

影望試著從白色母貓的話語中汲取希望，讓自己相信這份任務能成功。然而，他看得出父親並沒有這麼樂觀。虎星從一開始就不認為姊妹幫能幫上忙，到現在還是用狐疑的表情面對白雪，但他沒有多說什麼，而是聳肩喵嗚道：「那就請繼續吧。」

姊妹們交換了納悶的眼神。「我們現在無法舉行儀式。」白雪說道。「現在還太早了，我們必須等到太陽開始下山才能舉行儀式。」

影望看見父親張開嘴巴，他趕緊趁虎星說出輕蔑的話之前大聲說：「非常感謝妳們來幫忙。」

白雪對影望點頭，眼中充斥著感激，然後她朝陣雪瞥了一眼。「我的姊妹在過來這個……這個月塘的路上，被荊棘刺到了腳底，能請你幫她治療嗎？」

「這個，我不——」虎星開口說。

「當然可以。」影望打斷父親。「我馬上就去找藥草。虎星，能請你幫我嗎？」

他不確定自己有沒有說錯話，畢竟父親從一開始就不願意向姊妹幫求援，在影望堅持要前往黑暗森林時虎星還大發脾氣……沒想到虎星聽了兒子的話，臉上居然露出驚喜的表情。

我希望他參與這次的計畫，影望心想，**這對他來說應該意義深重吧。**

這時，虎星突然愣了一下，彷彿現在才想起自己不是巫醫貓，而是一族之長。影望從父親喉嚨深處的低鳴聲聽出，他正想抱怨自己不該參與巫醫的工作。影望搶在他說話前對上他的視線，一抖觸鬚表示想私下和父親談話。

「呃……好喔。」影族族長咕噥道。「我很樂意幫忙。」

「蛾翅，我們手邊有山蘿蔔葉或是金盞花嗎？」影望問巫醫同伴。

蛾翅搖了搖頭。「沒有，我們所有的藥草都被我拿來治療你的腿和耳朵了。」

「那我們就只能出去採藥草了。虎星，我們走吧。」

聽到兒子對他發號施令，虎星驚訝地抖了抖耳朵，但還是默默跟了上去。

離開空谷前，影望停下來檢查陣雪的腳爪，看到她的肉墊上有一道猙獰的傷口，她一定很痛吧。至少傷口還很新鮮，還沒有被感染。

「妳好好把腳爪舔一舔，」影望告訴橘白相間的母貓。「把傷口完全舔乾淨。我很快就會回來幫妳敷藥。」

陣雪一點頭。「謝謝你。」她喵聲說。

影望帶著虎星爬上螺旋步道時，望見下方的鬚霜，只見這隻雷族戰士朝白雪走去。

「我們非得等到日落不可嗎？」她問道。「現在就只能等待了嗎？」
白雪搖搖頭，臉上露出發自內心的歉意。她回答：「恐怕只能等待了。」

✦✦✦

影望走在高地荒原裡，邊走邊注意周遭有沒有藥草的蹤跡或氣味。他感覺得出，父親愈來愈緊繃了。「怎麼了嗎？」影望問道。
虎星停下腳步，用力嘆一口氣。「父親差一點就要失去兒子，這可是非常可怕的事。」他解釋。「而且這樣的事情還經常發生。我真希望你不要動不動就被捲入這些……這些玄乎的怪事。我和鴿翅都覺得你像是被狐狸盯上了一樣，危險離你愈來愈近了。」
影望用尾巴撫摸父親身側。在他小時候，每次都是虎星和鴿翅照顧他，現在竟然輪到他安慰父親了，感覺好怪。但影望之所以想私下和虎星談話，就是為了安慰父親。他知道戰士不瞭解巫醫的這些工作，他想對父親說明自己不得不回黑暗森林的理由。
「作為巫醫貓，我永遠都不可能瞭解父母對小貓的感情，」影望開口說道，「但是我也有自己在乎的好幾隻貓，我會為他們操心，也願意為他們上山下海。根躍救過我的命，所以我感受到了對他的忠實與責任感。不過，」他又說，「我更覺得這一切──近來發生的這一切──都和貓族的存亡息息相關，五個貓族都會受到影響。就算我想要對這些事情袖手旁觀，我也做不到。」

虎星若有所思地低哼一聲，仔細端詳著影望許久。父親打量他的眼神令影望有點不安，他不知道父親是不是真的聽懂了。

最後，虎星長長嘆了口氣。「你和你的兩個手足都還是小貓時，我和你母親竭盡了全力確保你們不遇到危險，尤其是你——你小時候長得嬌小又脆弱，還不時會癲癇……現在，我知道我和鴿翅都必須放手讓你們自己生活了。撲步和光躍都當上了戰士，可能會在戰鬥中受重傷，甚至是死亡。」他又沉重地嘆息一聲，補充道。「這麼說來，巫醫也有巫醫的風險。你們不會像戰士那樣戰鬥，卻還是必須為自己的貓族冒險。」他靠上前，吻鼻貼著影望的肩膀。「對不起，我不該發脾氣的。我是真的以你為榮。」

影望感覺有一整窩小貓在他胸中與腹中追著尾巴亂竄——父親終於看見他了，這令他喜不自禁，同時卻也讓他害羞不已。「謝謝你。」他哽咽地說。

虎星發出溫暖的呼嚕呼嚕聲，影望則是害臊地東張西望，想找些東西讓自己和父親分心。

「你看，這裡有山蘿蔔！」他找到岩石堆旁一簇嫩綠色葉子與白花，高呼一聲。他跑上前，開始從接近地面的位置咬下山蘿蔔莖。虎星若有所思地看著他工作，然後陪叼著一堆藥草的影望走回去，回月池的路上一直沉默不語。

接近石谷的山坡時，他們聽見了腳爪走在土地上的聲響。虎星蹲伏下來、伸出爪子，肩頭的毛髮都蓬了起來，做好為自己與兒子而戰的準備。結果來者不是敵人，而是從一叢金雀花後方鑽出來的蛾翅。

「妳怎麼會偷偷摸摸地在這裡晃來晃去？」虎星一邊問一邊放鬆身體，煩躁地抖抖觸鬚。

「我是來方便一下的，這你管不著吧？」蛾翅回嘴。「喔，影望你找到山蘿蔔了，非常好。我檢查過陣雪的腳爪，她已經把傷口完全清乾淨了。」

她轉向螺旋步道頂的樹叢，可是才剛走出幾步，虎星就舉起一隻腳爪阻止她。

「蛾翅，我有話要對妳說。」他喵嗚道。「影望必須回到黑暗森林，這部分我已經接受了，但是他不能獨自進去。」

蛾翅瞇起琥珀色雙眼看著虎星，彷彿在想：這麼鼠腦袋的一隻貓是怎麼當上族長的？「沒有貓要他自己回去啊。」她回道。

「當然沒有了。」影望放下藥草，附和道。「父親，你也知道我這次回去是要幫鬃霜引路。她是戰士，在遇上麻煩的時候會由她負責戰鬥，我保證不會加入打鬥的。」

虎星盯著影望許久，影望開始擔心父親收回剛才說的話，臨時改變主意。然後，他看見了逐漸浮現在父親眼中的無奈。

「我不想讓你去。」他粗率地沉聲說。「只要是父親都不會想讓兒子去那個地方，但你是隻特別的貓，我必須接受這件事。褐皮說得對——你還是小貓時就痙攣過幾次，不過你其實是看到了急水部落的幻影。你那時年紀還太小，不可能聽過急水部落的事，所以你能看見他們的幻影，想必是有某種重要的意義。」

影望試著回想從前看見的預兆，在那一瞬間回想起了閃亮的落水，以及一座巨大的山洞，洞穴的岩壁與洞頂都閃爍著不均勻的光點。他不確定自己的回憶有幾分真實，畢竟孩提時代感覺已經是很久以前的事了。

「也許，你真的有某種使命。」虎星接著說。「某種命運——而你的使命可能不只會影響到影族。你從小就一再被捲入湖泊附近的種種危機，這想必是有某種原因的。」他眼中閃爍著亮光，補充道：「我已經很久沒有這種使命感了，所以很難接受這件事，而且我從以前就不怎麼瞭解你。」

「我其實沒有……」影望開口說話，感覺全身又湧遍了熱燙的羞窘。

虎星沒有讓影望打斷他說話。「儘管如此，我終究是你的父親，無論你有什麼命運、什麼使命，我都只想保護你，讓你平平安安地活著。你說這一切都是各族存亡的關鍵，也許真的是這樣沒錯，但我還是會擔心你的安危。我必須在兒子與五族之間做選擇，這可沒有你想像中那麼簡單。」他從胸腔深處沉重地嘆息一聲。「影望，我無論如何都愛著你，也相信你。既然你堅持要參與這次的計畫，我就會支持你，就算你非得和鬃霜一起進黑暗森林不可，我還是會支持你。」

在那一剎那，影望不確定自己是不是聽錯了。**他是真心的。他是真的相信我！**

「謝謝你。」影望大大鬆了口氣，喵聲告訴父親。「你願意相信我，我真的好驕傲。」

虎星親暱地對他眨眼，表情突然嚴肅了起來。「影望，我要你再答應我一件事——你一定要回來。我和你母親已經為你哀悼過一次了，如果再次失去你，我們可能會承受不了那份打擊。」

影望逼自己對上父親雙眼。他不想說謊，也不認為虎星聽他說了實話就會阻止他回黑暗森林……老實說，影望無法保證自己能平安歸來，但儘管如此，他內心還是想把虎星要聽的話說出口。

「嗯，我答應你。」他嚴肅地喵嗚道。

我只希望自己真的能實現諾言。

✦✦✦

太陽沉到了山丘後方，暗影灑在月池水面。白雪站起身來，一揮尾巴招來姊妹們。看到她的動作，影望與本來在水邊低聲交談的部族貓們都靜了下來，大家轉過身來，把注意力放在姊妹們身上。

影望全身一顫，彷彿被一陣寒風吹過了身體。**無論黑暗森林裡有什麼東西等著我們……這回，姊妹們會保護我們，我們也能夠互相扶持。**

第二十二章

根躍與雪叢蹲在樹林邊緣的樹叢下，以免被灰毛與島上的貓兒看見。根躍惦記著松鼠飛，想到棘星的身體又被灰毛帶走了，他焦慮得肚子裡翻攪不停。

「我們必須想辦法放她出來。」他喵聲對雪叢說。「一定有辦法的。」

雪叢不信服地搖搖頭。「島上太多隻貓了。」他回道。

根躍明知瘦小的白色公貓說得沒錯，還是不肯輕易放棄。「不然我們去攻擊灰毛，」他自言自語道，「這樣能不能讓他解除對島上貓兒的控制？那之後，我們把最近發生的事情告訴那些貓，他們都是善良又忠心的部族貓……只要我們聯絡上他們，他們一定願意幫助我們的。」

雪叢低哼一聲，很明顯沒有根躍這麼樂觀。「是可以試試看啦……」

根躍率先躡手躡腳地前行，在荊棘叢與蕨叢的陰影下鑽來鑽去，兩隻貓又找了個能看到小島的位置。根躍從一棵樹腐爛的殘幹後面往外望，看見灰毛的手下都站著不動，他們在松鼠飛身邊圍成一圈，但是沒有要攻擊她的意思。雷族副族長垂著頭和尾巴，一副灰心絕望的模樣。

「灰毛在哪裡？」根躍喃喃自語。「我沒看到他——也沒看到棘星的身體。灰毛把他的身體怎麼了？」

他說話的同時，灰毛再次從落木的樹根之間走了出來，卻沒有拖著棘星的身體。

他把棘星的身體怎麼了？根躍暗想，爪子刺進了地面。一個可怕的畫面侵入他的腦海：雷族族長的身體被完全摧毀，只剩幾塊染滿鮮血的毛髮，他的靈魂再也不可能回到自己身體裡了。**不行，那太恐怖了，我不能想這個……**

在根躍的注視下，邪惡的灰色公貓開始對手下說話，根躍遠遠看著，覺得灰毛顯得有點激動。「我知道他失去了對棘星靈魂的控制。」他低聲對雪叢說。「松鼠飛認為那可能是因為棘星是族長，有九條生命。不過，說不定灰毛對其他貓靈的控制也不是絕對的——我們可能沒辦法幫助那些靈魂去往星族，但至少能從那隻吃鴉食的噁心東西手下解放他們。」

「如果要解除灰毛對他們的控制，我們就必須把灰毛從他們身邊引開。」雪叢回道。「問題是，我們該怎麼吸引他離開小島？」

根躍還來不及回答，更不用說是開始制定計畫，就聽見後方樹叢中傳出窸窣聲。他快速轉身，伸出爪子、露出滿口牙齒，準備和對方打鬥。他有點希望是灰毛的手下追蹤他們找上門來了。

來得正好，我現在正想把他們臭呼呼的毛皮給扯下來！

然而，來者用肩膀推開樹枝、鑽出樹叢時，根躍卻大大鬆了口氣，放鬆了身體。看見那身深色虎斑毛皮、壯碩的身軀與琥珀色眼睛，根躍心中充滿了喜悅——不過對方的身體看上去不太扎實，根躍知道這是因為對方是以靈魂的形式出現在他面前。

「棘星！」他驚呼道。

雷族族長的靈魂凝視著根躍許久，眼中盈滿了深深的哀傷。**他應該是以為我死了。**根躍心想。

他對上棘星的視線，仔細查看那雙琥珀色眼睛，直到他百分之百確定這真的是雷族族長的靈魂，而不是灰毛的騙局。棘星的琥珀色眼睛一如往常地溫暖，不像受邪惡貓兒操控的貓靈那樣空洞無神。

根躍愈來愈肯定這就是真正的棘星了，原本受到壓抑的希望在心中急遽膨脹，他甚至有點擔心自己的胸膛會被希望撐破。

「棘星，真的是你耶！」他感動地喵聲說。

雷族族長一點頭。「根躍。在這裡遇到你，我真的十分遺憾。」

「我沒有死。」根躍安慰道。「是柳光把我帶過來的，我正在想辦法把松鼠飛從島上放出來。」

棘星豎起耳朵。「松鼠飛在島上？」

根躍用尾巴往那個方向一指，棘星跟著從殘幹後面往外望。看見伴侶被灰毛與他的手下團團包圍時，棘星胸腔深處發出一聲隆隆低吼。

「我猜你的身體也被灰毛帶到了島上。」根躍告訴他。「我現在看不到你的身體，不過它之前就在島上。我們想說——」

「『我們』？」棘星打斷他。棘星再次轉身，似乎這才注意到雪叢。他瞇起眼睛。「我見過你。」他嘶聲說。「我在黑暗森林與活貓的戰鬥中見過你。」

「雪叢在幫助我。」根躍替雪叢說道。瘦巴巴的白色公貓往後一縮，站得離雷族族長遠了一些。「我們本來想吸引灰毛離開小島，試著解除他對其他貓靈的控制。我知道這個計畫不是非常周全，不過……」

棘星低哼一聲，沒再對雪叢說什麼，但他眼中仍閃爍著懷疑，似乎不太相信這隻黑暗森林貓沒參與灰毛的陰謀。「看到有貓還沒放棄，我心裡就很安慰了。」

儘管身處險境，儘管前方擺著近乎無望的任務，根躍聽了雷族族長的讚美，還是感覺從耳朵到尾巴尖端都暖了起來。「你必須小心。」他警告棘星。「你的身體在灰毛那邊，在沒有分心的情況下，他還是能用意念控制你的靈魂。只有在他分心的時候，你才有機會擺脫操控。」

棘星嚴肅地點點頭。「話雖如此，我要是想回到自己的實體，也只有這次機會了。」他沉下了臉，補充道：「這就是為什麼我必須參與此次行動。灰毛偷了我的身體，偷了我在雷族的地位，利用我的身分對許多正直的戰士做了糟糕的事情。他製造了紛爭與衝突，挑撥了朋友與盟友，還弱化了貓兒們對星族的信念，這一切他都是冒著我的名義去做的。他對我的嫉妒扭曲了他的心，那傢伙現在打算一舉消滅所有貓族——而且，他就快要成功了。」

「但是，他不會成功的。」根躍堅持道。「我們會阻止他，一定要阻止他。就算不知道該怎麼做，我們還是要想想辦法。」

棘星發出贊同的呼嚕呼嚕聲。「當初是星族指派我當雷族的族長。」他喵嗚道。

「作為族長，我願意用自己的生命冒險，即使會死，即使會永遠困在這個地方，我也在所不辭。我必須拯救伴侶與雷族，還有所有的貓族。我必須導正過錯。」

「可是，你現在的處境比較危險——」

雷族族長打斷了根躍的抗議。「聽你的說法，你和雪叢都不知道該怎麼做，對吧？這下，輪到我上場了……」

✦✦✦

棘星很快地說明了計畫，說話時鏗鏘有力、堅毅不搖。**這才是族長該有的表現。**根躍意識到。

「你們覺得呢？」深色虎斑公貓解釋完畢，接著問道。「你們覺得能成功嗎？」

「總比沒有計畫好吧。」根躍回答。

雪叢的目光從棘星飄到根躍身上，又回到了棘星身上，脣角諷刺地捲了起來。「這的確是個好計畫，」他評論道，「但是我不得不承認，我不是非常想參與計畫。」

棘星煩躁地一抖尾巴，不過根躍比較同情這隻黑暗森林貓，他覺得雪叢正在努力改變，變成一隻比以前更正直的貓。「你為什麼要幫助我們？真正的原因是什麼？」根躍好奇地問道。他不太確定自己信不信雪叢之前在湖邊給他的解釋。

雪叢一眨眼，明顯沉浸在自己的想法之中。「黑暗森林開始縮小時，」他開口說，

「我只感到無奈而已。我心想，也許一切都將永遠消失，我和其他的黑暗森林貓也會隨著森林消失。」

這個淒涼的想法令根躍全身一抖。「你就不怕嗎？」

「一般來說，應該害怕才對吧？」雪叢回道。「但是我當時不怕……不算是害怕。我從以前就相信自己來到這邊是罪有應得，因為……要不是我罪有應得，我怎麼會來到這裡呢？我一定是在世時做了什麼壞事，死後才會被送過來。我從以前就一直覺得，我的故事會以悲劇收場。」

根躍用尾巴尖端輕碰他的肩膀。「不一定會變成悲劇的。」他喵聲說。

雪叢聳了聳肩。「也許不會吧。總之，就在森林開始縮小的時候，有幾隻好貓來了——影望，還有根躍你，現在連棘星也來了，你們都是需要幫助的好貓。說不定這是某種徵兆，說不定我在消失之前應該先做些好事。」

根躍瞄了棘星一眼，發現雷族族長和他自己一樣，被雪叢的故事打動了。棘星的琥珀色眼眸閃爍著深深的同情，他對雪叢點頭表示敬重。

雪叢清了清喉嚨，顯然是有點害羞，然後才直起身子、抖了抖毛皮。「總之，」他喵聲說，「你確定你的計畫能成功嗎？我不太想當你陷阱裡的誘餌，但我還是願意試試看。」

「會成功的。」棘星安慰道。他站了起來，身上每一根毛髮都豎了起來，展現出他的決心。「現在只能孤注一擲了。」

雪叢深深吸一口氣，從樹叢下衝了出去，跑下斜坡往小島直奔而去。與此同時，根躍與棘星在樹叢中往反方向移動，悄悄潛行到了連接小島與森林主體的窄步道附近。暗紋守在步道入口，視線一次次掃過樹林邊緣。

「喂，灰毛！」雪叢高聲呼號，呼聲迴響在黑暗森林陰冷的空氣中。「灰毛，你在嗎？」

片刻後，灰毛從貓群之中走了出來，走到小島岸邊隔著湖水面對雪叢。

「你想幹嘛？」他不高興地問。

「我有事情要告訴你。」雪叢回道。

在那一瞬間，灰毛似乎沒什麼興趣。根躍用力將爪子刺入地面，祈禱灰色公貓不要轉身回到貓群之中。這時，根躍看見灰毛好奇地歪過頭，他盯著雪叢的眼神變得犀利一些，眼中似乎閃過了一絲興奮。

「他說不定想控制住雪叢。」根躍輕聲對棘星說。「或是收買他，把他拉到自己那一邊。」

「好吧，你在那邊喵什麼？」灰毛終於開口問道。「有話就快說！」

「我其實不太確定，」白色公貓回應道，「但我好像找到棘星靈魂的藏身處了。他在一棵倒落的樹下，看起來像是受了傷，我猜他是被那棵樹壓住了。」

灰毛狐疑地瞇起眼睛。「你為什麼要把這件事情告訴我？」

雪叢把之前和棘星與根躍討論過的說詞說給灰毛聽。「你是這裡的老大——這是不爭的事實，任何一隻貓都看得出來。」他回答。「如果我幫助你抓住棘星，你是不是也能幫助我，讓我在黑暗森林中居住的地區維持穩定，不要那麼快消失？」

白色公貓說話的同時，根躍忍不住望向棘星。不知道他聽到其他貓兒計畫要害死自己，心裡是什麼感覺？他們知道雪叢在說謊，知道他這段話只是騙灰毛用的，但棘星現在應該不好受吧？根躍看著棘星，只見雷族族長定定地凝視著下方兩隻貓兒，表情高深莫測。

「好喔，」灰毛低吼道，「這件事我會親自處理。你在那裡等著。」

他轉身走向由暗紋防守的步道，停下來對深灰色虎斑公貓說了些什麼，然後從小島走到陸地上，順著湖岸走向雪叢。

「帶路吧。」他厲聲說道。

雪叢聽話照做了，帶著灰毛走向樹林，遠離棘星與根躍的藏身處。

「希望灰毛發現自己被騙以後，雪叢還有機會脫身。」根躍低聲說。「他要是被灰毛逮到了，灰毛一定會殺死他，或是對他做更過分的事。」

棘星點點頭。「他是自願接受了那份風險。他真的是勇敢的貓呢。」

雪叢與灰毛消失在樹林裡之後，根躍感覺到棘星繃緊肌肉。「準備好了嗎？」雷族族長問道。

根躍點點頭。「我們猜你的身體被灰毛藏在那棵落木的樹根裡，」他喵嗚道，「你一定要先去那裡把身體找回來。」

「我記得。」棘星回道。「我們走！」

棘星一躍而起，奔下斜坡往小島衝去。根躍和他並肩奔跑，同時發出充滿挑戰意味的一聲怒吼。暗紋聽見他的叫聲時猛然轉身，看見這兩隻凶猛的貓直衝而來，他駭然瞪大雙眼。暗紋害怕地尖叫一聲逃到小島上，消失在貓靈群之中。

「他從以前就膽小如鼠。」棘星咬牙切齒嘀咕道。

兩隻貓在幾拍心跳的時間內飛奔過步道，根躍讓較有戰鬥經驗的棘星跑在前頭。看到棘星狠狠地揮動前腳、拍開灰毛的手下，根躍心裡欽佩不已。

然而，貓靈被拍飛之後，又在落地的瞬間跳了起來，彷彿完全沒有受傷。他們全身毛髮直豎，爪子也伸了出來，每隻貓似乎都準備跳回來加入戰局，和棘星殊死戰鬥，絲毫不怕死——或者說，絲毫不怕死後未知的命運。

根躍氣餒地盯著他們，感覺自己的勇氣像潑在旱地上的水，很快地消失無蹤。

我們怎麼可能打敗這些貓兒？

棘星筆直奔向那棵落木，根躍則硬著頭皮緊跟著他跑去，努力模仿他揮腳爪的動作。可是根躍沒有棘星那麼強壯，也沒有他的戰鬥經驗——他一掌拍向莖葉時，貓靈擠了過來，逼他停下腳步。根躍與莖葉扭打在一起，腿和尾巴都纏在了一起，過程中根躍一直努力不去看莖葉無神的雙眼。

我還記得他活著的樣子。我真的不忍心看到他現在這副模樣。

根躍看不到棘星了，但他遠遠瞥見松鼠飛，只見她在灰毛的一群手下之中奮力掙扎。貓靈們都擠在她身邊，她沒辦法脫身，而暗紋則鬼鬼祟祟地站在她後方，像是想抓住適當的時機加入戰局。

或是在尋找不參與戰鬥的藉口……根躍心想。

他奮力一甩，把莖葉從身上甩了開來，同時大力跳向松鼠飛。片刻後，他看見棘星從另一個方向撲進貓群，一面把他們推開，一面努力朝伴侶的方向前進。

根躍繃緊了身體盯著他，然後不耐煩地低吼一聲，發現棘星還是以靈魂的形式在戰鬥，顯然還沒找到身體。他想必是看見松鼠飛的困境，還沒找到身體就分心了。

棘星掙扎著想靠近伴侶，甩開一隻隻試圖將爪子刺入他的毛皮、將他拖到地上的貓靈，然後就在此時，根躍再次瞥見了暗紋。暗紋鬼鬼祟祟地走在戰鬥的貓群邊緣，緩慢又刻意地靠近雷族族長。

「棘星，小心！」根躍高喊。

他快步衝向小島另一頭，受灰毛操控的貓靈們紛紛試圖阻止他，他感覺到一隻隻腳爪抓過身體兩側。根躍直接一頭撞在暗紋身上，搶在他動手攻擊棘星之前將這隻黑暗森林公貓撲倒在地。

根躍用四隻腳爪壓著暗紋，在喘過一口氣的同時環顧四周。他離落木不遠——他瞥見棘星的身體癱倒在一條樹根上，他感覺像是被一陣強風吹過了身體一樣，從耳朵到尾巴尖端都充滿了寬慰。

「棘星！」他尖叫著用尾巴一指。「在那邊！」

雷族族長猛然轉頭，在那一瞬間改變行進方向，四隻腳迅速奔往身體。與此同時，根躍感覺到暗紋的爪子刺入他脖子的毛髮，高大的公貓試圖將他甩開。根躍重心不穩摔倒在地上，又和暗紋扭打了起來。

全黑暗森林似乎都在傾斜，地面在他身下消失了，他和暗紋糾纏著滾下一片泥坡。根躍本能地用兩隻前腳抓住泥地，防止自己繼續往下滾。他身後傳來驚恐的尖叫聲，片刻後暗紋無助地從旁邊滑落，摔進了圍繞小島的黑水。

根躍花了兩拍心跳的時間喘過一口氣，然後邁開腳步往山坡上爬。他才剛走兩步，就感覺到一陣劇痛刺穿他的尾巴。他赫然發現：**有東西抓著我。**

他轉頭看見暗紋從水裡伸出腳爪，爪子緊緊抓著根躍的尾巴，想把他拖下水。

暗紋抬頭瞪著根躍，黃色眼眸中混雜著邪惡的意念與恐懼。根躍猜他不會游泳，而且黑水應該對他造成了很可怕的影響。**他是想把我溺死，還是想利用我爬上岸？**

根躍用全力一踢，同時一扯尾巴，在掙脫的同時感覺毛髮被扯下來的疼痛。他手忙腳亂地爬上泥坡，後方傳來暗紋被水嗆到與掙扎的聲響，但這次他沒有再轉頭去看那隻壞貓了。

那種壞貓，死了正好⋯⋯

根躍跌跌撞撞地回到小島中心，正好看見棘星跑到枯木的樹根之間，接近毫無動靜的身體。雷族族長跳上自己的身驅，像消失在湖裡的雨滴似地陷了進去。根躍氣喘吁吁地盯著他，滿心期望棘星站起身來。

然而，那具身體動也不動。

太遲了嗎？根躍痛苦地想。**星族啊……棘星離開身體太久，已經回不去了！**

片刻後，根躍看見棘星的一隻腳爪微微一抽——那個動作實在太細微，他一開始還以為是自己眼花了。接著，棘星的身體開始更強勁地扭動，他睜開雙眼，大大吸了口空氣，同時站起身來。

根躍看見雷族族長眼中的驚慌，但那份情緒只一閃就消失了。棘星幾乎是馬上就顯得強壯又結實許多，頭部先是轉向一邊，接著又轉向另一邊。他彷彿剛睡了很長的一覺，開始伸展前腿。

松鼠飛擺脫了包圍她的最後幾隻貓，跳上前到伴侶身邊，眼中閃爍著喜悅，根躍感覺自己心中也盈滿了相同的欣喜。大家為了找棘星而經歷了重重危難，現在棘星是不是終於回來了？

這時候，雷族族長挺起身軀，強壯的身體驕傲地站著，發出一聲響徹了黑暗森林的號叫。

太好了！他活過來了！

棘星身邊的貓靈們困惑地站在原地，有些貓盯著棘星看，有些貓面面相覷。他們仍舊眼神空洞，但他們似乎認出了棘星，特別是雷族的貓靈——他們一副不知所措的樣子，很明顯不願意繼續戰鬥。根躍望見玫瑰瓣從其他貓靈身邊退開，像是在心裡和自己交戰似地顫抖著。

就連黑暗森林的貓兒也愣住了，他們好像不太想攻擊這隻突然出現在貓群之中的雄壯戰士。在他們猶豫之時，松鼠飛率先展開了行動。

「往這邊！」她邊喊邊用尾巴指向貓群中的一道空隙，活貓們能從貓群之中鑽出去，跑向通往陸地的步道。

棘星跟著松鼠飛快步奔過橫跨黑水的窄道，根躍則跑在最後面，大口喘著氣，努力把自己全身上下的速度與力量都逼出來，看著漣漪陣陣的黑水從旁略過。

然而，三隻貓來到岸上的瞬間，一道淺灰色身影就出現在了樹林邊緣。

「不會吧，偉大的星族！」根躍哀聲說。「灰毛！」

棘星立刻停下腳步，甩著尾巴進入戰鬥姿勢，胸中爆出盛怒的低吼。根躍短暫地在他身邊停了下來，然後回頭望向小島——灰毛的手下已經聚在一起，準備追過來了。

「不行！」他氣喘吁吁地對棘星說。「你還不習慣用自己的身體行動，讓我去支開灰毛，你和松鼠飛趕快離開吧。」

我必須確保自己也活下來。

根躍不等棘星回應就衝上前，跑上山坡迎向直奔下來的灰毛。一進到攻擊範圍內，根躍就朝灰毛撲了過去，前腳爪瞄準邪惡公貓的眼睛抓下去。

在那一拍心跳的時間，灰毛似乎被他進攻的速度嚇到了，灰色公貓驚慌地倒退幾步。根躍的爪子抓過空氣，沒有傷到灰毛。

根躍有了片刻的喘息時間，他半轉過身。「快離開這裡！」他對棘星與松鼠飛高喊。「快跑啊！」

見根躍沒有連續攻擊，灰毛趁隙粗暴地一扯根躍的腿，根躍「砰」一聲重重摔倒在地，全身的空氣都被擠了出來。

他還來不及恢復狀態就被灰毛用強壯的後腳壓在地上，灰毛朝根躍的頭部一次次揮爪子。灰毛的藍色眼睛閃爍著怒火，他好像在氣自己差點被一隻沒什麼經驗的年輕貓兒打敗。

到此為止了。根躍無助地在灰毛的腳爪下掙扎，暗自心想。**我今天就會死在黑暗森林裡。鬚霜，對不起，我再也不能和妳見面了。**

但就在他感覺自己的力氣逐漸消逝、眼前萬物逐漸黯淡的同時，灰毛的重量忽然消失了。根躍氣喘如牛地坐起身來，看見雪叢和邪惡公貓在地上扭打。

他是從哪來的？

瘦小的白貓抬起頭，爪子深深刺入灰毛雙肩。「你還在等什麼？」他對根躍高呼。「快跑啊，鼠腦袋！」

可是已經太遲了，灰毛的手下從小島湧了過來。他們都只想著要解救首領，根本沒去注意棘星與松鼠飛。

棘星似乎很想加入戰局，卻被松鼠飛往後推了一把，松鼠飛顯然在和他爭論。最後，兩隻雷族貓都往樹林跑去。

很好。根躍心想。**棘星一定要逃走，這樣他才能率領五族對抗灰毛。**

雪叢從灰毛身邊跳開，用力推了根躍一把。「就叫你快跑了！」兩隻貓並肩在森林裡飛奔，和幾隻黑暗森林貓擦身而過，那些貓立刻就掉頭追了上來。根躍聽見灰毛憤怒地提高音量尖叫。

「抓住他們！別讓他們逃了！」

根躍好像能聽見身後貓靈們的喘息聲，他快步鑽進了樹林的暗處。他和雪叢左右閃躲，還鑽進矮樹叢希望能甩掉追來的貓兒。樹林似乎比之前茂密許多，濃濃的白霧從樹木之間捲了過來，彷彿想困住逃跑的貓兒，但至少追蹤者的號叫聲逐漸淡去了。根躍希望是他們跑得太慢，或者跟丟了。

雪叢氣喘吁吁地指示他前進，沒過多久根躍就望見跑在前頭的棘星與松鼠飛了。「棘星！」他高呼。

雷族族長與副族長停下腳步，等根躍與雪叢追上來。「根躍！你還好嗎？」棘星問道。「你應該是我見過最勇敢的貓了。」

根躍害羞地聳聳肩。「我沒事。」他回道。他感覺到之前被灰毛抓出來的傷口在流血，不過那些應該都是輕傷。

「我們也沒事。」松鼠飛喵聲說。「我們——」

「我們一定要站在這裡閒話家常嗎？」雪叢不耐煩地插嘴道。「黑暗森林裡半數的貓都還在追我們呢，你們難道忘了嗎？」

根躍知道白色公貓說得沒錯，他還是能遠遠聽見貓群追來的聲響，聲音又愈來愈響了。「好喔。」他簡短地回道。「往哪裡走？」

「跟我來。」雪叢回答。「我帶你們去可以離開森林的地方。」

「感謝星族！」棘星高呼。

雪叢跑在前面帶路，棘星與松鼠飛緊跟在後。根躍也想跟上去，卻從眼角看見一閃而過的陰影。

一拍心跳過後，一具溼答答的身體撞了上來，把他壓倒在地面。根躍試圖呼喊，卻被敵人的重量壓在地上，口鼻都被按在黑暗森林地表的枯葉之中。他無法呼吸，也無法發出聲音。

別丟下我啊……他無聲地哀求的同時，感官逐漸陷入一片虛無。

第二十三章

太陽逐漸西沉，長長的斜影落在月池水面。在夜晚寒涼的空氣中，鬃霜蓬起了毛髮，回想起月池結凍的時候——貓族現在的種種問題，都是從那時候開始的。

她和影望交換了個眼神，看著姊妹們終於站起身走向月池邊緣。鬃霜看得出，身邊的年輕巫醫貓就和她自己一樣，想到又要回黑暗森林就緊張不已。

她和影望一同走向姊妹們之時，鬃霜瞥見了虎星臉上的無奈。白雪低下頭，碰了碰鬃霜和影望的頭。「祝兩位平安完成——」她開口說道。

白色母貓還沒說完，月池突然傳出水浪聲，接著是急促的喘息聲。鬃霜和其他貓兒不約而同地轉身，看見松鼠飛不停踩水，將虛弱的棘星推往水岸。

岸上眾貓發出歡喜與驚奇的呼喊聲，歡聲迴蕩在空谷裡。「棘星！松鼠飛！」虎星號叫道。就連姊妹們也加入歡呼了。

鬃霜心中盈滿了希望。**是受困的貓兒——松鼠飛還有棘星都回來了！他們逃出來了！**

那一拍心跳的時間，她心中的疑慮一掃而空，她期待地望向月池，等著根躍跟著游到水面。目前為止，鬃霜還沒看見根躍的蹤影。**他應該很快就會過來了吧？**她心想。**他一定要回來啊！**

虎星與白雪跑上前，伸出前腳將雷族族長與副族長拉上岸。兩隻貓都氣喘吁吁地站在岸上，抖了抖毛皮，旁邊眾貓都被噴了一身水。

「棘星你回來了！真是太好了！」虎星高呼道。話才剛說完，他突然顯得不安。「這是真的棘星嗎？」他焦慮地問道。

「是的。」松鼠飛告訴他。「我親眼看見他的靈魂回到身體裡了。而且，在經歷過這一切之後，我再也不會把別隻貓認成自己的伴侶了！」她發出呼嚕呼嚕聲，和棘星尾巴相纏，棘星也靠過去親暱地舔她的耳朵，然後閉上眼睛將頭靠在松鼠飛後頸，彷彿需要她幫忙支撐身體重量。**他可能真的沒有力氣。**鬃霜心想。

聽到雷族副族長這番話，眾貓又驚喜地歡呼了起來。

「棘星活過來了，他回到我們身邊了！」樹興奮地高呼。「松鼠飛也回到活貓的世界了。太不可思議了。」

「我真不敢相信這是真的！」蛾翅附和道。「你們是怎麼做到的？」

「我遇到了根躍還有一隻叫雪叢的黑暗森林貓，」棘星解釋道，「我們合力攻上了一座小島，我的身體就是被灰毛藏在那座島上。我設法強行回到了身體裡。」

「然後我們硬是殺了出來。」松鼠飛補充道。

兩隻貓都累到無法持續說話。他們眼中閃爍著歸鄉的喜悅，腿腳卻疲憊到不停顫抖，在幾拍心跳過後，他們一起癱倒在地上，將頭部枕在腳爪上。

鬃霜轉回去看月池，發現水面又恢復平靜了，只剩下瀑布激起的陣陣漣漪。一股冰冷、沉重的重量落在她肚子裡。「根躍在哪裡？」她問道。「他後來怎麼了？」

松鼠飛抬起頭來，驚恐地瞪大雙眼。「他剛才就在我們後面啊，」她喘息著回答。「他應該要跟著我們出來才對……」

現在，所有貓兒都盯著月池水面，盯著看了很久很久，但沒有貓兒破水而出。鬃霜努力想壓抑內心的痛苦，但是她看向樹時，在樹那雙琥珀色眼眸中看見與自己相同的不安。她忍不住倒抽一口氣。「他怎麼了？」她重複道。「他怎麼沒有一起回來？」

「我不知道。」棘星答道，神情和他的副手同樣擔憂。「他剛才一直跟在我們後頭……他一定是出了什麼事。黑暗森林真的太危險了。」

「從這一連串事件開始之後死去的貓兒，現在都受灰毛控制了。」松鼠飛補充道。「除此之外，還有幾隻黑暗森林貓選擇跟隨灰毛。」

樹垂下了頭，像是壓抑著悲痛的哭號似地咬緊牙關。

與此同時，虎星踏上前，目光在影望與鬃霜之間游移。「我們必須重新制定計畫。」他喵嗚道。「棘星與松鼠飛回到我們身邊了，他們需要我們的幫助。現在黑暗森林裡只剩根躍一隻活貓，他有……他有一些不尋常的天賦，也許不怕那邊的危險。」

樹聽見了影族族長的話語，臉上露出無比驚恐的神情。他張開嘴，然後又立刻閉上嘴巴，像是知道自己無論多麼努力爭辯，都不可能說服虎星派兒子回黑暗森林了。鬃霜猜想，樹現在應該也在衡量事情的風險——派兩隻健康的活貓進黑暗森林救一隻貓兒，真的值得嗎？

影望好像幾乎沒聽見父親說的話。「棘星和松鼠飛需要巫醫貓的幫助，」他指出，

「他們都快喘不過氣了。」

他匆匆走到他們身旁，和蛾翅一起幫兩隻貓做身體檢查。

「太不可思議了。」蛾翅驚奇地喵嗚道。「我還是頭一次看到貓兒用實體穿越到黑暗森林裡，不過他們看起來都沒事——就連在那邊待了很久、離開身體很久的棘星，看起來也好好的。他們應該沒有大礙，只要接受一些治療就好了。」她轉向樹，接著說：「能不能請你去採一些藥草回來？有杜松果最好，不過現在這個季節可能採不到。款冬葉的療效也不錯。」

樹點頭表示同意。鬃霜看得出蛾翅是不希望他為兒子操心才給他事情做，想讓他別一直念著自己的悲傷與恐懼。

「我也一起去。」虎星喵嗚道。「你應該知道那些藥草長什麼模樣吧？」他問樹。

鬃霜聽了稍微放下心來，至少這麼一來，她不在的時候就有貓可以照看著樹了。**我還是要進黑暗森林，我非去不可……一定要有貓進去救根躍。**

樹和虎星並肩走向螺旋步道時，回頭看了鬃霜一眼。鬃霜的情緒在心中洶湧翻騰，她費了好一番力氣才勉強對樹一點頭。**我會窮盡全力的。**她無聲地告訴樹。

其他貓兒都看著蛾翅治療棘星與松鼠飛，沒有注意到鬃霜。她趁機對白雪一點頭，回到月池邊。

「妳還是希望我幫助妳嗎？」白雪問道。「那位族長不是說……」

鬃霜回頭望向忙著幫蛾翅照料棘星與松鼠飛的影望，她雖然為根躍擔心不已，看到族長與副族長活著回來並恢復以往的親暱，她心中還是充滿了希望。**不管我發生什麼事，雷族都得救了。**

最後的幾束陽光幾乎完全從天空消失了，鬃霜知道再等下去就來不及了，她必須把握機會。

「我必須過去。」她輕聲告訴白雪。「我必須找到他。妳懂我的意思嗎？」

在那一瞬間，影望抬頭看見她，看得目瞪口呆，鬃霜用力對他搖頭。**別說話！**她擔心年長貓兒發現她的意圖，阻止她去黑暗森林。

影望微微點頭，很慢、很安靜地來到了她身邊。「我要跟妳去。」他輕聲喵嗚道。

「你也要來嗎？」鬃霜驚訝地說。「那虎星怎麼辦？你真的要冒險嗎？」

影望聳聳肩。「虎星不在這裡，我也沒辦法徵求他同意嘛。況且，他已經接受了我是巫醫貓這件事，我不需要徵求他同意。鬃霜，我們不能丟下根躍不管——換作是我們困在那邊，他也不可能丟下我們不管的。我們三個不是一起經歷過很多挑戰了嗎？」

鬃霜感覺自己的喉嚨哽住了，她點點頭，一時說不出話來。

白雪對兩隻貓一點頭，然後再次轉身面對池水。她低下頭，觸鬚擦過水面，貌似在對水池低語。

「這是你們冒險的終結。」她喵嗚道。「我們的愛會引領你們回家，為黑暗中遊蕩的你們指明方向。大地的守護者不是貓靈，而是你們。只要你們側耳傾聽，大地就會透過我們呼喚你們。」她轉向鬃霜與影望，接著說：「在月池邊躺下來，閉上眼睛。」

鬃霜聽話照做，在岩石的寒冷刺入毛髮時全身顫抖。她現在離水池好近，心中不禁惴惴不安。**要是我的靈魂在黑暗森林時，身體滾進月池怎麼辦？我會溺死嗎？**

這時，她感覺影望的尾巴撫過她身體一側，她心裡突然感到輕鬆一些。一陣冷風吹過她的毛髮，白雪的低語音量漸增，變成了持續不斷的唸誦，然後好像有更多聲音加入了唸誦，鬃霜猜是其他姊妹們加入了白雪的行列。儘管如此，唸誦聲還是逐漸淡去，直到鬃霜聽不清她們的字句。

片刻後，她大著膽子睜開眼睛，放眼望去盡是黑暗森林腐爛的地貌，她全身一顫，卻不是因為空氣中的寒冷。她看不到影望或其他貓兒，但還是能聽見白雪與姊妹們的唸誦聲，那個聲音成了隱隱約約的回音，一直沒有完全消失。

鬃霜鼓起所有的勇氣站了起來，緩緩轉了一圈。**如果這裡只有我一隻貓……我可能會受不了。**

鬃霜還是沒看見影望的蹤影，直到幾乎轉回起始點，她才看到那隻影族貓閉著眼睛憑空出現在她面前。

「影望！」鬃霜驚呼一聲，大大鬆了口氣。

年輕巫醫貓睜開雙眼，眨著眼睛環顧四周，臉上浮現了氣餒的神情，然後全身一抖。「這地方還是和我印象中同樣可怕。」他嘀咕道。

「我們出發吧。」鬃霜喵聲說。她努力做好心理準備，等著面對黑暗森林帶給他們的危險。「我們趕快去找根躍。」

兩隻貓小心翼翼地並肩走在森林裡，心跳一拍一拍過去了，他們一直保持警戒，注意有沒有別隻貓的腳步聲。鬃霜知道他們在這邊遇到的貓都會是敵人，那些貓都會想攻擊她與影望，甚至會想殺死他們。

此時，姊妹們的歌曲終於結束了，唸誦聲陷入寂靜。鬃霜本來就知道姊妹們的聲音會消失，但她發覺自己與影望身邊沒有同伴時，心臟還是撲通撲通地用力鼓動，肩頭的毛髮也逐漸豎了起來。

要是我們永遠回不去怎麼辦？

「閉嘴！」鬃霜咬牙對腦子裡的聲音嘀咕。「我才不會聽妳的話！」

她身旁的影望突然停下腳步，鬃霜感覺到他全身肌肉緊繃。「怎麼了？」她跟著停下來，開口問道。

「那邊好像有動靜。」影望輕聲回答，用尾巴一指。

兩隻貓像要狩獵似地蹲了下來，悄聲無息地溜上前，無視了荊棘刺入毛皮與泥濘黏著腹部毛髮的感覺。最後，他們來到了一片山坡的坡頂，低頭望向一片霧氣籠罩的小空地，空地感覺陰陰暗暗的。在鬃霜的注視下，白色霧氣稍微分開了，她遠遠望見一隻眼熟的黃色公貓——在那一瞬間，她的心寬慰地飄了起來。

我們找到根躍了！

可是隨著霧氣散去，她的心又墜了下來，她感覺全身的勇氣與樂觀都從腳爪漏了出去。根躍站在空地上，被一圈黑暗森林貓包圍著。

只見灰毛站在圓圈邊緣，一臉高傲與得意地盯著根躍，彷彿根躍不過是給小貓玩弄的一球青苔。

貓靈的包圍圈中間，根躍對面站著一隻鬃霜沒見過的瘦小白色公貓，兩隻貓齜牙咧嘴、伸出了爪子正在互相繞圈，顯然準備開打。

這是一場殊死的戰鬥。

「雪叢！」影望驚呼道。他盯著下方的空地，表情哀傷無比。

「什麼？」鬃霜問道。

「那隻白色的公貓——他是雪叢。」影望解釋道。「他是黑暗森林貓，以前在大戰役中和貓族對戰過，但我還以為他變了。他之前明明就有幫助我們啊！」

「他現在可沒有要幫忙的意思。」鬃霜嚴肅地喵嗚道。話雖如此，她不得不承認，那隻白色公貓似乎不是很想撲上去攻擊根躍。

灰毛顯然也有相同的想法。「你這隻膽小的白色癩皮貓，還不快點動手！」他呼號道。

雪叢一臉害怕地撲向根躍，根躍輕巧地閃到一旁，旋身用強而有力的後腿踢向對手。雪叢踉蹌兩步之後倒在地上，根躍跳到他身上，兩隻貓開始在地上扭打，黃毛與白毛四處紛飛，宛如暴風雨中的雨點。

戰鬥開始的瞬間，旁觀的貓靈們便開始號叫著幫雪叢加油，同時大聲嘲笑根躍。鬃霜盯著貓靈們不住扭動的身體，覺得他們似乎也在和幻想中的敵人打鬥。

「太……噁心了。」她悄聲說。「根躍……」

然後，鬃霜在貓靈群之中瞥見自己熟識的一隻公貓，那是她以為自己再也不會見到的一隻貓。

莖葉！

黑暗森林中，鬃霜驚恐地看著自己愛過的族貓高聲喝采，看著他催促雪叢殺死她生命中不可或缺的公貓。

國家圖書館出版品預編目資料

貓戰士七部曲破滅守則 . 五 , 無星之地 / 艾琳 · 杭特（Erin Hunter）著；約翰 · 韋伯（Johannes Wiebel）繪；朱崇旻譯 . -- 初版 . -- 臺中市：晨星 , 2022.02
面；　公分 . --（Warriors；63）

譯自：Warriors：The Broken Code. 5, The Place of No Stars

ISBN 978-626-320-041-8（平裝）

873.59　　110020126

貓戰士七部曲破滅守則之V

無星之地 *The Place of No Stars*

作者	艾琳 · 杭特（Erin Hunter）
繪者	約翰 · 韋伯（Johannes Wiebel）
譯者	朱崇旻
特約編輯	陳品蓉
文字校對	陳品蓉
封面設計	陳柔含
美術編輯	林素華
創辦人	陳銘民
發行所	晨星出版有限公司 407台中市西屯區工業區30路1號1樓 TEL：04-23595820　FAX：04-23550581 行政院新聞局局版台業字第2500號
法律顧問	陳思成律師
初版	西元2022年02月15日
再版	西元2024年02月29日（三刷）
讀者訂購專線	TEL：（02）23672044 /（04）23595819#212
讀者傳真專線	FAX：（02）23635741 /（04）23595493
讀者專用信箱	service@morningstar.com.tw
網路書店	http://www.morningstar.com.tw
郵政劃撥	15060393（知己圖書股份有限公司）
印刷	上好印刷股份有限公司

定價250元

（缺頁或破損的書，請寄回更換）
ISBN 978-626-320-041-8